Safehouse Anthology

차례

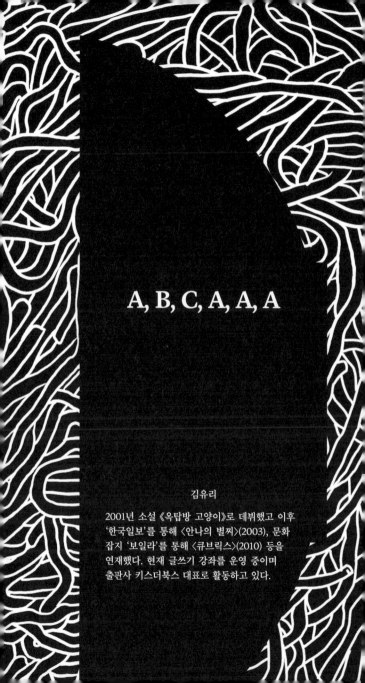

A, B, C, A, A, A

김유리

2001년 소설 《옥탑방 고양이》로 데뷔했고 이후 '한국일보'를 통해 〈안나의 별찌〉(2003), 문화 잡지 '보일라'를 통해 〈큐브릭스〉(2010) 등을 연재했다. 현재 글쓰기 강좌를 운영 중이며 출판사 키스더북스 대표로 활동하고 있다.

1. 나는 543번

노란색 종이에 사인펜으로 휘갈겨 쓴 '543'은 악필이었다. 한글은 몰라도 아라비아 숫자로 악필임을 드러내는 이는 세상에 퍽 많지도 않을 텐데, 내게 이 쪽지를 준 이는 참 특별한 필체를 가진 사람이었다. 필체만으로도 분노를 일으키게 했으니, 그의 의도가 나의 분노였다면 정확히 성공한 셈이다. 4층짜리가 한 동, 3층짜리가 한 동, 총 두 동의 건물과 넓은 마당을 가진 냉면계의 대기업 진주 '하연옥' 앞마당은 아라비아 사막처럼 더웠다. 아라비아 사막에 가 본 적은 없지만. 더우니까 냉면을 먹으러 왔겠지만. 하연옥 앞마당은 촛불 시위대처럼 이글거리는 눈으로 각각 번호가 다른 쪽지를 들고 있는 수백 명(과장이 아니다. 한여름 주말에 진주 하연옥으로 가 보라.)이 땡볕 아래 서서 일제히 한곳만 노려보고 있었다. 2층 식당으로 올라가는 계단 아래에 조립식 패널로 단단하게 지은 두 평짜리 가건물에 수백 개의 시선이 꽂혔다.

사람 얼굴만 한 유리 창문을 두드리면 10cm쯤 살짝 창문을 밀고 50대 남자의 손 하나가 나와 번호가 적힌 쪽지를 내밀었다. 남자는 8월 삼복더위에 달궈진 민중, 아니 식객, 아니 고객의 분노에게서 자신을 지키려는 듯 그 가건물에서 한 발짝도 나오지 않았다. 대신 안에 설치된 스탠드형 마이크로 말했고, 가건물 밖에 달린 스피커에서 그의 목소리가 쩌렁쩌렁 울렸다. 수백 명의 손님이 10cm의 틈으로 번호표를 받아 갈 때마다 그에게 똑같이 물었다.

"얼마나 기다려야 돼요?"

그는 단호했다.

"모릅니다."

'모릅니다'는 스피커를 통해 마당 전체에 크게 울려 퍼졌다.

물론 나도 30분 전에 그렇게 물었다. 얼마나 기다려야 돼요? 모릅니다. 함께 있던 A가 마악 닫히려는 10cm를 붙잡고 다시 물었다.

"저희가 543번인데, 혹시 542명이 다 먹어야 저희 차례가 오는 건가요?"

AI 같은 음성으로 '모릅니다'를 반복하던 그가 잠시 생각에 빠졌다. '흠, 이런 바보 같은 질문은 또 난생처음이군.'이라는 듯한 표정이었다. 그의 상념은 길지 않았다. 약 2초가 흐른 후, 그는 스피커를 통해 조금 색다른 답을 내놓았다.

"그건 아닙니다."

그리고 10cm의 틈은 사라졌다. 남자는 묵묵히 노란 쪽지에 사인펜으로 번호를 쓰는 수작업의 연속 세계로 돌아갔다.

내 뒤로 하연옥에 도착한 사람들은 네 개나 있는 주차장에 차를 세우자마자 그 스피커가 달린 가건물을 향해 직선으로 달려갔다. 가족 단위로 온 사람들 중에선 가장이 달렸고, 우리처럼 커플로 온 사람들 중에선 주로 남자가 달렸고, 친구들끼리 대여섯 명 온 무리에선 두툼한 총무 지갑을 든 사람이 달렸다. 모두들 한여름 주말 하연옥 사태가 어떤지 잘 아는 사람들 같았다. '얼마나 기다려야 돼요' 따위의 질문은 하지 않고 세 자리 숫자의 번호표만 받고 돌아섰으니까. 우리는 그 프로페셔널들 사이에 낀 아마추어였다. 아니, 마당에 모인 수백 명을 보고도 천천히 주차를 하고 느긋하게 걸어 몇 명에게 양보까지 해 가며 번호표를 받은 호구였을지도 모른다.

냉면이라면 도 경계를 넘어 다니며 맛을 보아 온 A와 나였지만, 이런 사태는 한 번도 겪은 적이 없었다. 하연옥 앞마당엔 총 네 개의 벤치가 있었으나 파라솔이 없었다. 네 개의 벤치에 엉덩이를 걸치고 앉은 노약자들은 500번 차례든 600번 차례든 결코 포기하지 않겠다는 의지가 확고해 보였다. 그러나 앉으나 서나 이 군중이 작렬하는 태양 아래 고스란히 노출되어 있다는 사실은 변함없었다.

A와 나는 두 번째 동 1층 벽면에 기대 한 뼘쯤 되는 그늘에 이마만 겨우 숨기고 있었다. 부산에서 진주까지 먼 거리를 당일치기로 다녀오는 데이트를 한다고 모처럼 원피스를 입은 내가 쪼그려 앉으려 하자, A는 화들짝 놀라 나를 다시 일으켜 세웠다.

A, B, C, A, A, A

"그렇게 앉으면 안 돼요."

"왜요?"

"치마 입었잖아요."

A는 마산에서 태어나고 자라 부산에서 대학을 다니고 직장 생활을 하는 남자였다. 부산과 마산과 남성을 섞어 넣고 갈면 멋진 생활 보수가 된다는 걸 나는 잘 알고 있었다. 사람은 누구나 다 생애 한 번쯤은 말도 안 되는 이성 교제를 하기 마련이라고 나는 믿고 싶다. 멀더처럼. 연애는 엑스 파일이니까. 더군다나 이 땡볕에 냉면집 앞에 함께 줄을 설 만큼 나는 A를 좋아했다. 왜냐하면, A는 나를 사랑에 빠뜨리는 주요 3대 요소를 다 갖춘 사람이니까.

나를 사랑에 빠뜨리는 주요 3대 요소.

1. 188cm의 키.
2. 아이돌처럼 생긴 얼굴.
3. 초콜릿 복근.

그랬다. 나는 남자 보는 눈이 없었다. 적어도 이 논픽션 소설의 끝에 이르기 전까지는. 나는 누구에게 견줘도 지지 않을 멍청한 사랑을 계속해 왔고, 왜 그랬는지는 모르겠지만 그들과 꼭 진주 하연옥에 냉면을 먹으러 왔다. 그러니까, 이 이야기는 내가 먹은 냉면 이야기이기도 하지만, 내가 저지른 멍청한 연애담이기도 하다.

'치마 입었잖아요'라는 한마디에 나는 얼른 쪼그렸던 다리를 펴고 일어났다. 나는 대체로 남자에게 순종적이었으므로. 2018년 한 해 동안 열심히 페미니스트 모임에 나갔으면서도 A가 입을 떼면 즉각 그의 아바타가 되었다.

나는 냉면집 앞에 서서 '나는 무엇인가'라는 고민에 빠지기 시작했다. 더웠다. 나는 페미니즘을 실천하고 있나? 아니다. 애초에 진주 하연옥 냉면을 먹으러 가자고 한 사람은 누구였나? 나다. 덥다, 덥다. 나는 왜 A를 2년째 만나고 있나.

아, 그건, 그건 말이지, 앞서도 말했듯이⋯. 나는 땀방울을 줄줄 흘리고 있는 A의 옆얼굴을 올려다보았다. 큰 키 때문에 날렵한 턱선이 먼저 보였다. 땀으로 젖은 셔츠 안으로 아름다운 복근이 보였다. 다시, 나는 왜 A를 만나고 있나. 그건⋯ A가 나를 선택했기 때문이다.

나는, 165cm에 98kg, 예쁘지도 않고, 한쪽 머리통을 반삭하고 손목에 문신을 새긴, 평생 남자 운이 없을 것 같아 보이는, 냉면 두 그릇쯤 앉은 자리에서 원 샷 때리고 "이모, 육전 두 개 포장요."라고 외치는 게 잘 어울리는 여성이었다. 그가 왜 나에게 사귀자고 했는지, 왜 2년째 이 연애를 계속하고 있는지, 수많은 '결격사유'에도 불구하고 왜 A가 나를 탈락시키지 않았는지는 아무도 모른다. 그자신도 모를 것이다.

어쨌든 2년 동안 남들 다 하는 짓은 다 했음에도 불구하고 우리 사이는 멀지도 가깝지도 않았다. 공통점도 비슷한 취미도 없었고, 심지어 자라 온 세대도 달랐다. 그는 1990년생이었고, 나는 1977년생이었다. 게다가 나는 한번 이혼한 전력이 있었다. 열세 살 차이. 누군가는 땡잡았다고 했고 누군가는 통장 조심하라고 했다. 그를 친어머니에게 소개했을 때, 냉정하고 잔혹한 언어의 마술사로 정평이 나 있는 그녀는 그가 주차장에 간 사이 팔짱을 딱 끼고 서서 이렇게 말했다.

쟤 봐라. 뒤태도 미끈하니 잘 빠졌네. 저렇게 생긴 애가, 그것도 연하가 뭣 땜에 널 만나겠니? DNA는 좋아 보이니 얼른 애만 가지고 헤어져라.

60 평생 세 번 이혼하고 마지막에 부자 남편을 만나 인생을 역전한 여성이 할 말은 아니라고 생각했지만, 나는 한참 그녀의 애정을 구걸하던 시기의 결핍된 딸이었으므로 한마디도 하지 못했다. 친어머니는 내 통장에 위자료가 쌓여 있을 거라고 믿었지만, 사실 내겐 전남편이 남기고 떠난 빚더미가 얹혀 있었다. 총 마이너스 8000만 원. 설사 A가 나이 든 여자를 골라 공사 치는 사기꾼이 맞다 해도 타깃을 잘못 고른 것만은 확실했다. A에게 구애하는 여자 중에서도 나는 543번쯤이었다.

2. A는 내 수강생이었다

이혼 후 나는 부산 남천동에 있는 창고를 개조해 글쓰기 강습소를 열었다. 등단도 하지 못한 작가였지만 국문학과를 나왔다는 이유 하나만으로 하나둘씩 수강생이 모이기 시작했다. 운이 좋았던지, 부산의 문학 텃밭이 좋지 않았던지, 어느 모임에서나 사회를 보는 말재주 때문이었는지 여하튼 운이 따랐다. 부산엔 시를 강의하는 곳은 많지만 소설을 강의하는 곳은 내 강습소 하나뿐이었다. 인터넷 검색창에 '부산', '소설 강습'을 써넣으면 내 강습소가 가장 먼저 뜨는 것도 그 이유 때문이었다.

남천동 주변엔 대학교가 많아, 나는 아침마다 대학교 앞으로 가서 강습소 홍보 전단지를 돌렸다. 전단지를 제작하는 비용을 소액 대출을 받아야 했을 만큼 궁한 처지여서, 절박함은 진정성을 낳았다. 나는 글쓰기가 필요해 보이는 얼굴을 관상만으로 파악해 쫓아가 손에 전단지를 쥐여 주고 "글쓰기 배우러 오세요."라는 말을 진심으로, 정말 진심으로 전했다. 거리에서 종종 나를 붙잡는 여호와의 증인이나 신천지나 대순진리교 교인들의 마음을 그때만큼 절실히 공감한 적이 없었다. 비록 내가 모시는 신은 나를 먹여 살리고 빚을 갚아 줄 자본주의의 신이었지만, 나는 그 와중에도 내가 좋아하는 냉면 한 그릇의 가격이 점점 오르는 게 절실히 안타까운 사람이었다. 그러므로 충실한 신도를 넘어 광신도여야 했다.

남천동 근처에 있는 경성대학교, 부경대학교, 동명대학교의 교문 앞을 아침마다 지키며 나는 혼자 전단지를 뿌렸다. 그 세 개의 대학 중의 하나로 등교하던 4학년이 A였고, 그에게 전단지를 쥐여 준 건 기억나지 않고, 나는 분명 영업용으로 방글방글 웃었을 테고, "좋은 하루 되세요."라는 말도 잊지 않았을 것이다. 그리고 4학년에겐 자소서가 필요했다. 그래서 A는 내 강습소의 수강생이 되었다. A에게는 자소서에 제대로 된 문장을 써넣기 위한 능력이 필요했다.

사회 복지학과 학생이었던 그는 내가 밤을 새워 가며 첨삭해 준 자소서로 좋은 복지관에 취업하는 데 성공했다. 취업 후에도 그는 꼬박꼬박 수강을 하러 왔다. 자소서를 더 쓸 일이 없으니 A에겐 글을 쓸 소재가 없었다. 그래서 꼬박꼬박 숙제를 하지 않았다. 하지만 나는 한 번도 그를 야단치거나 재촉하지 않았다. 잘생긴 남자에게 그깟 사소한 일로 야단을 쳐서야 될 말인가. 말도 없고 무뚝뚝한 편이었던 그는 두 시간 동안 내가 강의를 빙자한 토크쇼를 펼칠 때마다 간간이 웃을 뿐, 별다른 말은 하지 않았다.

그렇게 6개월쯤 지났을 때, 수업을 마치고도 혼자 남아 미적거리던 A는 내게 짜장면을 사 주겠다고 했다. 저녁 9시 반이라 문 연 집을 찾느라 한참 걸렸지만 결국 10시쯤에 우린 광안리 바닷가에 있는 중국집 테이블에 앉을 수 있었다. 그가 주방을 향해 낮은 소리로 말했다.

"여기 짜장면 보통 두 개요."

나는 거기에 동의할 수 없었다.

"아, 전 간짜장요."

주방 쪽으로 몸을 틀었던 A가 나를 휙 돌아봤다. 물주가 먹는 것보다 더 비싼 메뉴를 시키는 건 에티켓에 어긋나지 않나요? 라는 자막이 그의 턱 아래로 지나가는 듯했다. 하지만 누가 먼저 산다고 했던 연배가 높은 사람이 결국엔 짜장면값을 지불하게 된다는 것도 대한민국의 관습 중 하나였다.

"제가 살게요. 아직 취업한 지 얼마 되지도 않았잖아요."

나는 최대한 친절하게 말했지만, A는 미간을 찌푸리며 지갑을 꺼내 테이블 위에 올려 두었다.

"저 돈 있어요."

아니, 제가 댁한테 돈이 없다고 한 게 아니라,

"여기 간짜장 하나랑 보통 하나요."

그는 보통 짜장을, 나는 간짜장을 먹는 20분 동안, 그는 화가 난 듯 한 마디도 하지 않았다. 후루룩후루룩 면 넘기는 소리와 까드득까드득 단무지를 씹는 소리만 홀을 맴돌았다. 짜장면을 다 먹고 나서, 그는 "들어가세요."란 말 한 마디를 남기고 버스 정류장으로 가 버렸다. 나는 차를 몰고 집으로 돌아왔다.

그는 그때 왜 화를 냈을까, 에 대한 답은 수업을 마치고 매번 짜장면을 같이 먹기를 5주나 계속하고 나서야 알게 되었다.

"우리 사귀어요."

다섯 번째 짜장면 이후, 버스 정류장으로 향하는 대신 나는 A를 차로 집에 데려다주었다. 집 앞에 내리기 직전, 그는 그렇게 말했다.

"예?"
"사귀자고요."

물론 이 대목에선 '어이가 없었다'라고 써야 마땅하지만, 나는 '하나님 감사합니다 살다 보니 이런 좋은 날도 오는군요'라고 생각했다. 열세 살의 나이 차 따위, 지구의 나이에 비하면 근소한 차이인 데다 우리에게는 같은 지구인이라는 큰 공통점이 있었다. 나는 1초도 생각하지 않고 대답했다.

"네, 그렇게 해요."

나는 A에게 왜 나와, 하필 나와, 나이 많고 예쁘지 않고 뚱뚱한 나와 사귀자고 했는지 묻지 않았다. 대답을 듣는 게 무서웠다. 그게 어떤 대답이든 무서웠다. "마음씨가 예쁜 여자가 좋아요."라는 말을 들어도, "저는 뚱뚱한 여자를 좋아하거든요."라는 말을 들어도, "연상이 제 타입이에요."라는 말을 들어도 나는 명치를 맞은 듯 주저앉을 것이다. 뭐든 듣고 싶지 않았다. 그래서 묻지 않았다. 무려 2년 동안. 우리는 2년간 비밀 연애를 했다. 수강생 중 우리가 불순하면서도 불순하지 않은 교제를 한다는 사실을 아는 이는 아무도 없었다. 매주 둘만 남아 짜장면을, 국밥을, 곱창을 먹는데도 누구도 우리 사이를 상상조차 하지 않는다는 게 가끔 날 시름에 빠지게 했다.

앞서 썼듯이, 우리에겐 공통점이 없어도 너무 없었다. 나는 인디 밴드를 좋아했지만 그는 멜론 TOP 100을 좋아했다. 나는 밴드가 나오는 클럽을 좋아했지만 그는 미러볼이 돌아가는 클럽을 좋아했다. 내 나이 때문에 그가 좋아하는 클럽엔 들어갈 수도 없었다. 내가 좋아하는 '보수동 쿨러'나 '바나나몽키스패너' 같은 밴드가 공연하는 클럽에서 그는 어쩔 줄 몰라 엉거주춤하게 서 있다가 몹시 피로해하며 공연을 견디기 일쑤였다. 만날 때마다 우리는 대화 주제를 억지로 쥐어짰다.

그는 프리랜서인 내가 잘 이해할 수 없는 직장 이야기를 했고, 나는 직장인인 그가 잘 이해할 수 없는 프리랜서의 불규칙한 일과를 이야기했다. 취업을 하자마자 작은 원룸을 얻어 독립한 그는 오전 7시면 알람 없이도 눈을 뜨고 30분간 조깅을 한 후 샤워를 하고 간단하게 스스로 차린 아침을 먹고 설거지까지 마친 후 출근을 하는 사람이었다. 스물여덟 살 때 1년간 학습지 교사로 일한 것 외엔 한 번도 직장 생활을 해 본 적 없는 나는 해 뜨면 잠들어서 오후 2시쯤 일어나 컴퓨터 모니터로 미드를 보며 가장 단맛이 나는 시리얼을 두유에 말아 먹고,

사흘에 한 번 설거지를 했다. 2년쯤 사이를 두고 길에서 주운 유기견 세 마리는 한 달에 한 번 목욕을 시켰다. 덕분에 내 오피스텔은 며칠째 설거짓거리가 쌓인 싱크대의 비린내와 개 발바닥 꼬순내로 가득 찬 데다, 입는 옷마다 몇 개쯤은 개털이 꼭 묻어 있었다.

나를 만날 때마다 A는 내 옷에 묻은 개털을 찾아내 꼼꼼히 떼어 주고 나서야 안심한 듯한 표정으로 식당에 갔다. 내 옷에서 떨어진 개털이 음식에 들어가 그의 젓가락에 집힌 적이 한두 번이 아니었기 때문이다. 우리는 비록 같은 별에서 살고는 있지만 출신 행성이 달랐다. 그는 왜 인간이 아침에 기상하지 않는지 이해하지 못했다. 나는 왜 A가 미드도 안 보는 지루한 일상을 반복하는지 이해하지 못했다. 그는 글 쓰는 일이 왜 장기적으로 돈을 버는 일인지 이해하지 못했다. 나는 한 달에 소설 한 권 읽지 않는 그의 삶을 수긍하지 못했다. 결국 우리는 극장에 가서 블록버스터 영화를 보며 데이트 시간을 채웠다. 그리고 지역에 상관없이 차를 몰고 맛집을 찾아다녔다. 적어도 그동안은 그 음식에 관한 이야기를 할 수 있었다.

그래서 진주 냉면을 먹으러 하연옥으로 왔던 것 같고, 대기 번호는 543번이고, 우리의 대기 시간은 30분을 지나 40분을 향해 느리게 흐르고 있었다.

3. B와는 할 말이 많았다

B는 대학 선배였다. 제대를 마치고 복학한 그와 나는 곧바로 연애를 시작했다. 시시콜콜한 화제부터 유머 코드, 식성, 좋아하는 게임, 만화, 애니메이션, 정치적 견해까지 안 맞는 게 없었다.

함께 지루한 대학을 때려치우자는 데도 합이 맞았다. 꿈이라든지 미래라든지 공익광고에 나올 만한 요소는 우리 사이에 전혀 없었다. 그래도 하루하루가 재미있었다. 늘 화제가 풍부했으니까. 각자 PC방에서, 당구장에서 아르바이트를 하고 돌아와 새로 나온 영화를 다운로드받아 보고 있으면 내일이 걱정되지 않았다. 각자 내는 월세가 아까워 보증금 100에 월 15만 원짜리 형편없는 방을 얻어 오늘은 숟가락 두 개, 내일은 젓가락 두 개를 사들일 때도 행복했다. 물론 다이소에서 산 두 벌의 젓가락과 숟가락은 디자인이 한참 구렸지만 상관없었다. 우리는 사랑이란 걸 하고 있었으니까.

시외버스를 타고 진주까지 가서 진주성과 유등 축제를 보고 하연옥 냉면을 먹으면서도, 지갑 속에서 간당간당하는 차비를 보며 웃음을 터뜨렸다. 우리 돈이 없네. 하하하. 괜찮았다. 진주 냉면은 맛있었으니까. 비록 예산 때문에 육전은 함께 먹지 못했지만, 유등 축제는 딱히 재미없었지만, 우리는 최대한 똘끼 있는 엽사를 찍어 싸이월드에 올렸다. 우리는 이렇게 잘 살고 있어요. 뭐가 찢어질 만큼 가난하지만.

5년간 동거만 하는 우리에게 부모님들이 결혼을 권했다. 특히 내 아버지가 간절히 원했다.

"나 결혼 안 해도 상관없는데?"

갈빗집에서 아버지가 사 준 갈비를 뜯으며 쿨한 척 결혼을 거부하는 나에게 아버지가 더더욱 거부할 수 없는 제안을 했다.

"올해 정년 퇴임이다."

"그래서?"

"회수를 해야 한다."

아아, 그렇구나. 퇴임한 전직 경찰관 딸의 결혼식에 어느 동료가 오겠는가. 그간 아버지가 뿌린 축의금은 또 얼마나 많을 것인가. 우리는 양가에서 각각 천만 원씩을 받아 결혼을 했다. 500만 원은 웨딩 업체에 지불하고, 250만 원으로 파리에 신혼여행을 다녀오고, 나머지 돈으로 올 전세 천만 원짜리 방으로 이사를 했다. 아버지는 평생 조직 생활을 하며 지출했던 축의금을 무사히 되돌려 받았다. 모두가 행복했다.

부산 보수동 산복 도로나 영도 봉래산 꼭대기엔 천만 원만 맡기면 2년간 월세 없이 살 수 있는 집이 수두룩했다. 집주인에겐 그 천만 원마저 절박했다. 세입자가 계약서를 주고 천만 원을 입금해 주면, 나보단 조금 더 잘살지만 평균적으론 잘사는 축엔 들지 않는 집주인은 금방 그 돈을 은행 대출금을 갚거나 빚을 갚는 데 써 버리기 일쑤였다. 그들의 소원은 단 하나, 세입자가 천만 원 보증금이 있는지 없는지 모르는 채로 영원히 제집에서 이사 가지 않고 사는 것이었다.

당연히 천만 원짜리 보증금을 맡긴 세입자 따위에겐 단돈 100원을 쓰는 것도 아까워했다. 보일러가 삭아 터져도, 오래된 건물 외벽에 금이 가 비가 새도, 노후된 수도관이 터져도 고쳐 줄 생각이 없었다. 보일러를 고쳐 달라고, 비가 새지 않게 해 달라고, 수도관을 고쳐 달라고 나는 집주인과 수십 번을 싸우고 그를 어르고 달랬다. 집주인 발자국 소리가 나면 함께 살던 강아지가 이빨을 드러내고 으르렁거릴 정도로 우리의 계약 관계는 악화일로에 들어섰다. 계약 기간이 끝나고 이사를 가야겠다고 선언하면 집주인은 내가 침략 전쟁을 선언하기라도 했다는 듯 난리를 쳤다. 새로운 세입자가 들어와 내 보증금을 마련해 줄 때까지 버티는 수법으로 1년을 더 질질 끌었다.

그리고 그 좋았던, 매사에 잘 맞아서 사랑한다고 믿었던, 어쩌다 보니 남편이 된 B는 《드래곤 볼》에서 전투가 벌어질 때마다 항상 제일 먼저 피떡이 되는 야무치보다 못한 전투력을 보여 주었다. 그는 누구에게나 예의 바르고 상냥했다. 집주인에게도 그랬다. 딴에는 최선을 다해 전투장에서 이빨을 드러내고 눈빛에 힘을 주었지만, 산전수전 다 겪은 집주인의 스카우터는 곧 그의 낮은 전투력을 알아챘다. 언제나 그의 앞에 서서 싸워야 하는 것은 나였다.

세 번 더 이사를 하는 동안 그는 스스로에게 실망하는 빛이 역력했다. 자신감을 회복할 방법을 찾지 못해 게임에만 몰두했다. 〈디아블로〉에서 카우 레벨을 넘길 때만 눈빛이 반짝반짝 빛났다. 그는 게임에서 싸우고, 나는 집주인과 싸웠다. 모든 게 돈이 없기 때문이라고 생각한 우리는 무려 2000만 원짜리 올 전세에 도전해 보기로 했고, 그는 타이어 가게에, 나는 학습지 회사에 취직했다. 여전히 둘 사이에 할 말은 많았다. 우리는 여전히 사이가 좋았다.

한 후배가 내 블로그 방명록에 이런 말을 남겼다. '오늘 꼬질꼬질한 길고양이 두 마리가 다정하게 걸어가는 걸 보고 선배들 생각이 났어요.' B와 나는 그 방명록을 보며 우리가 사이 좋아 보이는 모양이라며 기뻐했다. 그게 조롱이었다는 걸 안 건 한참이나 지난 뒤였다. '꼬질꼬질한'이 그 문장에서 가장 핵심적인 단어였다는 걸 문득 깨달았을 때, 하필이면, 그때, 나는 적성에 맞지 않는 직장을 다니던 B가 왜 갑자기 눈빛에 생기가 도는지 점점 의심하기 시작했다. 어느 일요일, 나란히 누워서 〈프리즌 브레이크〉 시즌 1을 보고 있다가 내가 물었다.

"너, 혹시 바람 피워?"

모니터 속의 스코필드는 번번이 탈출에 난항을 겪고 있었다. B는 마치 '아니'라고 말하는 듯이 심드렁한 말투로 대답했다.

"응."
"누구?"
"우리 같이 몇 번 밥 먹었던 걔, 우리 지점 경리."

나는 B의 싸대기를 두세 번 후려쳤고, 그는 왜 이러는지 이해를 못 하겠다고 했다.

"너 쿨한 사람이잖아, 왜 이래?"

쿨하다, 란, 무엇인가. 패닉이 찾아온 머릿속에 이 한 문장만 떠올랐다. 연약한 그를 대신해 싸워 줬기 때문에? 그때마다 도움이 못 되어서 미안하다고 말하는 그에게 "괜찮아, 난 타고난 전사잖아."라고 말했기 때문에? 아니면 함께 10년을 산 이놈이 진성 또라이라는 걸 내가 몰랐기 때문에? 세 번째겠지. 빌어먹을 세 번째겠지. 와, 진짜, 씨발. 10분 거리에 사는 그 경리가 우리 집으로 달려와 무릎을 꿇었다. 그녀는 엉엉 울면서 이렇게 말했다.

"저 진짜 오빠 좋아요. 근데 언니도 좋아요."

이건 또 무슨 날벼락 같은 커밍아웃인가.

"오빠도 너무 좋은데 언니도 너무 멋있어요. 제가 세컨드라도 좋아요. 같이 살고 싶어요."

우리가 텔레토비도 아닌데 각자 정체성이 다른 구성원이 한집에서 살자고? 울어야 할 사람은 나인데 나보다 더 그녀가 오열하고 있었기 때문에 나까지 울 수는 없었다. 도대체 B와 그녀가 나에게 제시한 세기말적 연애는, 아니, 세기말도 아닌데. 받아들일 수 없었다.

그다음 날 법원으로 가서 이혼 서류를 제출했다. 나눌 재산도 별것 없었는데 나눌 빚이 있다는 놀라운 사실을 알게 되었다. B가 근무하던 타이어 가게 사장은 그에게 명의만 빌려주면 달마다 100만 원씩을 더 주겠다고 했고, 사장은 B의 명의로 새 가게를 오픈했다. 그리고 3년에 걸쳐 차근차근 말아먹었다. 빚은 모두 바지 사장인 B에게 떨어졌다. 그가 본의 아니게 진 빚이 1억 6000이었다. B는 법원 로비 소파에서 울음을 터뜨렸다.

"사실은 그래, 나 이제 어떡해?"

나는 그의 아내이자, 보디가드이자, 구원자였으므로, 이렇게 대답할 수밖에 없었다.

"8000은 내가 가지고 갈게. 나머지는 네가 알아서 해."

나는 바람을 피운 남편을 가진 데다 이혼녀가 될 것인데다 국제적 호구였다. 그간 즐거운 생활을 누리게 해 준데 대한 대가를 치르고 싶었다. 그게 호구지, 별게 호군가. 몇 주 후 간단한 이혼 절차를 마치고 지하철역 입구에서 헤어지던 때, B는 한결 가벼운 얼굴을 하고 있었다.

배가 고팠다. 마침 법원 앞에 맛집으로 소문난 냉면집이 있었다. 나는 북적이는 홀에 들어가 물냉면 하나를 시켰다. 그 냉면은 정말이지… 더럽게 맛이 없었다. 내가 나쁜 사람이라는 생각이 들었다. 그의 싸대기를 때린 내가, 셋이서 함께 살자는 부드러운 제안을 거절한 내가, 쿨한 척하고 살았던 내가 치르는 대가는 빚과 맛없는 냉면이었다.

4. A는 누구인가

나는 강습소에 출석하는 26명의 강습비로 생활비를 충당했다. 한 달에 10만 원을 받으니 260만 원이 저마다 다른 날짜에 입금되었다. 강습비가 늦어져도 나는 한마디 말을 하지 못했고, 한 달씩 두 달씩 미뤄 뒀다가 두 달을 건너뛰고 새 마음 새 뜻으로 다시 강습비를 내는, 물론 두 달 출석한 기억은 삭제한 채로, 그런 수강생들도 있었다. 나는 26명 모두와 사이좋게 지내는 강사였기 때문에 그런 사람에게도 강습비 재촉을 하지 못했다. 좋은 사람이 되고 싶었다.

매달 통장에서 8000만 원에 대한 이자 100만 원이 빠져나갔다. 그리고 월세 40만 원과 관리비 10만 원을 냈다. 핸드폰비 10만 원을 내고, 반려견 세 마리가 먹을 사료를 10만 원어치 사고, 한 달 식비를 지출하고, 시발 비용(스트레스 해소용으로 쓰인 비용)도 지출하고, 전기 요금, 도시가스 요금, 각종 세금을 내고 나면 남는 게 별로 없었다. 별로 없는 돈도 모두 빅 사이즈 원피스를 사는 데 썼다.

하필 대한민국에는 사계절이 있어서 1년에 네 번 계절옷이 바뀌었다. 천재지변이 온다 해도 대한민국의 의류

내수 시장은 튼튼하기 짝이 없을 것이다. 내가 입을 수 있는 원피스는 4XL였지만, 국내 의류 업체는 2XL가 빅 사이즈라고 생각했다. 2XL 원피스에 억지로 끼워 넣은 몸은 한 계절을 간신히 버티고 원피스 여기저기를 터지게 만들었다. 억울함을 삼키고 내 몸을 저주하며 그다음 해 다시 새 옷을 사고, 그다음 해 다시 새 옷을 샀다. 다이어트에 실패할 때마다 체중이 더 불었다. 나는 새로운 연애를 포기한 상태였다. 누가 나에게 반할 것인가. 돈도 없고 빚만 많고 개 세 마리를 키우며 4XL 원피스가 필요한 사람에게서 사랑의 후광을 볼 자란 대한민국에 없었다. 없다고 생각했다.

그때 나타난 것이 A였다. A가 나에게 고백을 했을 때, '아싸 땡잡았다.'라는 생각이 가장 먼저 들었지만 온갖 음모론이 그날부터 나를 지배했다.

정부에서 나를 감시하기 위해 보낸 안기부 요원은 아닐까. — 별다른 정치적 활동을 한 적이 없고, 페이스북에 대통령 욕을 좀 쓰긴 했지만 경미한 수준이다. 행여나 숨겨 놓은 자산이 있을 거라고 믿는 서투른 사기꾼은 아닐까. — A가 바보도 아니고, 더 이상 대출도 안 되는 신용 불량자한테 2년이나 작업할 이유가 없다. 혹시 내가 모르는 신체적, 성격적 결함이 있는 사람은 아닐까. — 신체적인 건 확인했고, 조금 보수적이고 까다롭다는 것 외엔 별 결함이 없어 보인다.

그가 나에게 접근한 이유에 얽힌 미스터리를 풀 만한 실낱같은 단서는, 그가 까다로운 사람임에는 틀림없다는 것이었다. 그에겐 중학생 때부터 여자 친구가 끊이지 않았다. 그가 자신의 까다로움에 질린 그녀들과 헤어진 후 대신에 아무리 미간을 찌푸려도 하하 웃어넘길 나 같은 여자를 선택했다면 그럭저럭 합리적인 이유가 되었다. 그러나 원래 그는 짜장면을 먹지 않는 사람이었다. 내가 짜장면을 좋아하기 때문에 다섯 번이나 짜장면을 먹었다고 했다.

"왜 짜장면을 안 먹어요?"

"어릴 때부터 안 먹었어요."

"어릴 땐 짜장면이 제일 맛있지 않아요?"

"까만색이잖아요. 더러워 보여서요."

오징어 먹물 스파게티를 맛있게 먹던 그를 떠올리면 조금 의아하긴 했지만, 날 위해 '더러워 보이는' 짜장면을 몇 번이나 먹었다고 하면 까다로움을 받아 줄 이를 찾는 여정을 넘어선 무언가가 있을 거라고, 나는 몇 번이나 나 자신에게 말했다. A와 사랑에 빠져서는 안 된다. 그가 떠나는 날, 나는 아마 A4지 10여 장에 이르는 유서를 쓰다가 죽기를 포기하고 어느 공모전에 유서를 내고 언제나 그랬듯 떨어지고 결국 공모전에 떨어져서 죽은 불쌍한 사람으로 주민등록등본에 남을 것이다.

그가 복지관에 취업을 하고 1년쯤 지났을까, 그러니까 우리가 사귄 지 3개월쯤 지났을까, 어느 날 그는 내 통장으로 30만 원을 이체했다. 그의 월급날이었다. 나는 SNS 창을 급하게 열었다.

'30만 원 뭐예요?'

'옷 사 입어요.'

'왜요?'

'맞는 옷 입어요.'

'저… 맞는 옷 찾기가 어려워요.'

SNS 창으로, 그가 일곱 줄은 되는 것 같은 인터넷 링크 하나를 보냈다. 해외 쇼핑몰이었다.

'여기 자기한테 맞는 옷이 많아요.'

링크를 클릭하고 창을 열었을 때, 나는 이 지구상에서 나와 같은 사이즈의 여자들이 글로벌 자본주의에 혁혁한 공을 세우고 있다는 걸 나만 몰랐다는 사실을 알게 되었다. 그가 알려 준 해외 인터넷 쇼핑몰엔 4XL, 5XL나 되는 예쁜 원피스들이 넘쳐 났다. 우리나라에선 유행하지 않지만 내가 사랑해 마지않는 롱 원피스까지 가득가득 준비되어 있었다.

집으로 뛰어가다시피 한 나는 곧바로 인터넷 창을 열고, 구글 번역기를 써 가며 30만 원어치의 원피스를 카트에 담고, 통관 고유 번호를 받고, 체크카드로 결제까지 하는 데 성공했다. 15일 후 내가 그 아름다운 원피스들 중 하나를 입고 나타났을 때, 그는 여전히 무뚝뚝한 얼굴로 한쪽 입꼬리만 올려 웃었다. 그리고 원피스에 묻은 개털을 의식처럼 꼼꼼히 떼어 냈다. 애인, 혹은 남자에게 '옷을 사라'고 돈을 받은 적은 처음이었다. 준 적은 많았다. 아주 많았다. 특히 이혼 직후, C, 그놈을 만났을 땐.

5. C는 지가 롸커라고 했다

채팅 어플로 만난 C는 운전석에 앉은 날 보며 활짝 웃었다. 안녕하세요, 싹싹하고 예의가 발랐다. 내 생애 첫 번째 채팅 어플로 만난 사람이었고, 혹시 날 보고 도망가지 않을까 염려했지만, 그는 그렇게 하지 않았다.

어디 가고 싶은 데 있으세요? 내가 묻자, 그는 술이나 한 잔하죠라고 대답했다. 우리 집안은 고조할아버지 때부터 대대로 술을 한 모금도 못 마시고 나 또한 그런 사람이었지만 이렇게 만나면 으레 이런가 보다, 하고 경성대 앞에 있는 칵테일 바로 함께 갔다.

생전 처음 가 본 칵테일 바에서는 여러 가지 술을 요만한 유리컵 한 잔에 흔들어 섞은 걸 8000원에 팔았다. 무알코올 음료도 마시지 못하는 나는(무알코올이라고 해서 알코올이 전혀 없다는 뜻이 아니다. 식약처는 알코올이 1% 미만 함유된 음료는 모두 무알코올 음료로 규정하고 있다.) 생수만 마셨고, 그는 내 몫으로 시킨 것까지 두 잔을 천천히 마시며 자기 이야기를 했다. 고등학교 때부터 롸커였고, 대학 때도 롸커였으며, 지금도 롸커라고. 그냥 "음악을 해요, 별것 아니지만."이라고 말하는 사람들은 많이 봤지만 '롸'를 일부러 정확한 미제 발음으로 말하려 노력하는 사람을 처음 봤기 때문에 아, 롹 스피릿이란 저런 거구나, 하고 퉁 치고 넘어가려 애썼다.

"밴드를 해요?"
"고등학교 때요."
"지금은요?"
"뭐, 해체된 상태죠."
"포지션은 뭐예요?"
"보컬이랑 기타요."

C는 고등학교 밴드부에서 보컬을 맡으면서 음악을 시작해 죽도록 기타를 쳤다고 했다. 기타를 치고 있을 땐 모든 고통을 다 잊을 수 있었다며 음악만이 자신의 마약이라고 기시감이 드는 문장을 말했다. 그때 도망쳤어야 했

다. 하지만 난 그러지 않았다. C는 그날 8000원짜리 칵테일 다섯 잔을 더 마셨고, 술값은 모두 내가 냈다. 죽도록 외로웠으니까. 적어도 그가 날 만날 때마다 활짝 웃어 주며 내 이름을 큰 소리로 불러 주는 게 좋았다.

함께 내 중고차를 타고 진주 하연옥에 가서 냉면을 먹었을 때도, 그는 내게 한마디 상의도 없이 육전과 청하를 주문했다. 그리고 그 북적이는 매장에서 두 시간 동안 천천히 육전을 먹고 술을 마셨다. 옆자리에서 계 모임이 있는지 몇 분마다 와르르 쏟아지는 웃음소리 때문에 그의 목소리가 잘 들리지 않았다. 그는 비극적인 자신의 삶에 대해 이야기하다 냉면집에서 눈물을 쏟았다. 비극의 대부분은 자신이 초래한 것이었지만, 나는 '너 참 찐따 같이 살았구나'란 말을 차마 하지 못했다. 두 시간을 견딘 나는 돌아가는 길에 차가 막힐 테니 이제 일어나자는 기막힌 아이디어를 냈다. 아쉬운 얼굴로 마지막 술잔을 비우던 그가 점원에게 말했다.

"이모, 육전 하나 포장요."

왜? 라고 잡아먹을 듯이 눈으로 묻는 나에게, 그는 촉촉한 눈망울을 하고선 이렇게 대답했다.

"집에 가서 안주 하게."

이미 다들 아시겠지만, 물론, 그것도 내가 계산했다.

'롸커'의 진가는 만날 때마다 하는 대화에서 점점 더 얇게 드러났다. 그는 롸커 중에서 김경호를 가장 좋아했고, 김경호 노래밖에 몰랐고, 찢어지게 높이 올리는 창법밖에 몰랐다. 어느 날 내가 너바나와 AC/DC를 좋아한다고 하자, 그는 불현듯 깜짝 놀랐다.

"그거, 마니악한 장르인데…."

너바나와 AC/DC는 각각 한 시대를 풍미한 대중적인 '롸커'였다. 마니악하다고 말하려면 적어도 마릴린 맨슨 정도는 되어야 할 테지만 그마저도 나는 뭐 이럴 수도 있겠지, 하고 넘어갔다. 만날 때마다 그가 마시는 술의 양이 점점 늘어 갔다. 모든 술값은 내 지갑에서 나갔다. 만난 지 6개월이 넘어갈 무렵엔 그가 이미 집에서 청하 한 병을 다 마시고 술 냄새를 풍기며 오후 2시에 날 만나러 나오는 일이 잦아졌다. 그리고 또 내 돈으로 밥을 먹고 술을 마셨다. 도저히 참을 수 없게 된 어느 날, 나는 용기를 쥐어짜 그에게 말했다.

"술 냄새가 나는 것 같아."
"술 마시고 나왔다고 얘기했는데."
"언제?"
"아까, 만나자마자 그랬잖아!"

그는 주먹으로 조수석 대시보드를 쳤다. 마치 내가 묻지 말아야 할 것을 묻기라도 했다는 듯이. 손등이 벌겋게 된 그가 아야야, 하며 손을 흔들었다. 손이 너무 고왔다. 기타리스트에게 필연적으로 생기는 굳은살이라곤 하나도 없었다. 나는 그가 내리친 대시보드를 물끄러미 바라보다가 이렇게 물었다.

"김경호 최신곡 하나만 말해 봐."
"뭐?"
"김경호, 최신곡, 하나만 말해 보라고."

그의 눈동자가 흔들렸다. 나는 제발 그가, 요즘은 김경호의 공백기이며, 2007년에 발표한 9집 《Infinity》가 최신 앨범이라고 말해 주기를 바랐다. 그가 김경호의 1집만 주구장창 듣고 뭐 어쩌고 하는 멍청이가 아니기를. 김경호의 팬도 아닌 내가 아는 걸 네가 모르지 않기를. '쇼윈도에 걸린 셔츠를 보면'이 아니라, '어느 때고 네게 전화 해'가 아니라 다른 가사를 불러 주기를. 마침내 그는 롸커답게 두성으로 빽빽 소리를 지르기 시작했다.

"너는 나를 무시해!"
"그럼 무시당할 짓을 하지 마."

그는 화가 머리끝까지 치솟았음에도 내 차에서 내리지 않았다. 여느 때처럼 내가 제집으로 데려다주길 기다리고 있는 것 같았다.

"내려."
"뭐?"
"지하철 타고 니네 집 가."

나는 차의 도어 록을 풀어 주었고, 그는 세상에서 가장 치욕스런 일을 당했다는 듯이 하, 하! 하는 감탄사를 내뱉다가 조수석 문을 쾅 닫고 내렸다. 쿵쾅거리며 멀어지는 발소리를 듣자 눈물이 났다. 내가 왜 대낮에 술을 마시는 남자를 만나야 할까. 왜 내 인생은 이럴까. 아예 남자를 만나지 말았어야 했는데. 왜 나는 매번 외로움을 견디지 못하는 걸까. 그때, 운전석 창문을 똑똑 두드리는 소리가 났다. C가 방긋 웃으며 창밖에 서 있었다. 나는 차창을 빼꼼 열었다.

"왜?!"
"1500원만. 집에 갈 차비를 안 갖고 나왔네."

내가 그의 얼굴에 만 원짜리 한 장을 던졌는지, 얼굴

이 아니라 가슴께에 던졌는지, 아예 던지지 않았고 정중히 건네주었는지도 기억이 나지 않는다. 어쨌든 그는 내게서 만 원을 득템했고, 집에 가는 길에 청하 몇 병을 더 샀고, 밤 11시 무렵엔 만취했다. 그리고 집 앞 골목으로 나와 내게 전화를 걸었다.

"하… 나야."

"전화하지 마."

"사랑해."

내가 '씨발'이라는 말을 했던 건 분명히 기억한다. 뭐, 씨발? 이라며 그놈의 "하!"를 몇 번 더 외친 그는, 2층 제 집으로 오르는 공동 현관의 유리문을 발로 차서 부쉈다. 스마트폰 너머로 두꺼운 유리문이 깨지는 소리가 났다. 곧이어 그의 신음 소리가 들렸다.

"나… 피가 나…."

그는 내가 유니세프라고 생각했던 걸까. 밤 11시에 대충 옷을 주워 입고 차를 몰아 그의 집으로 달렸다. 가난하고 어두운 골목길에 그가 찢어진 바지 사이로 피를 철철 흘리며 앉아 있었고, 주인집 할머니가 허리를 구부리고 옆에 서서 그에게 유리값을 물어내라고 악을 쓰고 있었다. 이거 7만 원이야! 7만 원! 그는 대답 대신, 골목길 입구에 차를 비뚜름하게 세우는 나를 물끄러미 쳐다보고 있었다. 그는 다쳐서 피 흘리는 아기 사슴을 진정성 있게 연기하는 중이었다. 나는 지갑 속에서 7만 원을 꺼내 주인집 할머니에게 건넸다. 할머니는 욕 몇 마디를 더 퍼붓고 1층으로 사라졌다. 불 켜진 2층이 그의 집인 것 같았지만, 그 난리 소동에도 불구하고 그의 식구들은 한 명도 나와 보지 않았다.

나는 다친 유기 사슴을 동물 보호 관리 협회에 데려다 주듯, 그를 응급실에 데려다주었다. 상처가 깊지 않았기 때문에 네 시간을 응급실 침대에서 함께 기다렸다. 맥주 병에 머리를 맞아 두개골이 드러난 50대 남자와, 7층에서 추락한 세 살짜리 여자애와, 술집에서 시비가 붙어 안경 낀 눈에 주먹을 정면으로 맞아 눈에 유리 조각이 꽂힌 20대 남자에 응급실 인원이 다 붙어 있었다. 네 시간 내내 그는 통증을 호소했다. 자기 아버지가 파상풍으로 돌아가셨다는 이야기도 했다. 마침내 의료진이 와서 그의 상처를 들여다보고, 별일 아니라는 듯 '열상'이라고 했다. 청바지에 묻은 피는 그저 넓게 스민 것뿐이었고, 그는 열 바늘 정도를 꿰맸다. 또 내 지갑이 수납을 하고, 사흘치 약을 타고, 그와 나는 응급실을 나왔다. 동이 트고 있었다. 그는 절뚝일 필요가 없는데도 한쪽 다리를 절룩거리며 주차장 쪽으로 앞서 걸어갔다.

"거긴 왜 가?"
"집에 가는 거 아냐?"

그는 웃고 있었다. 한없이 비굴해질 때 사람의 눈이 번들거리기도 한다는 걸 나는 그때 알았다. 그는 30분 거리를 승용차로 편하게 가고 싶어서 웃음을 사용하는 사람이었다. 나는 그의 손에 만 원짜리 대신 1500원을 쥐여 주었다.

"한 시간 있으면 지하철 다닐 거야."
"이 다리로 걸어가라고?"
"응."
"너 후회 안 할 자신 있어? 날 여기 이렇게 버려두고도?"

나는 웃음을 터뜨렸다. '버려두고'라는 단어를 사용하

는 그가 우스워 견딜 수가 없었다. 나는 배를 잡고 한참을 웃었다. 그의 얼굴이 점점 일그러지는 걸 보면서도, 나는 웃음을 멈추지 않고 내 차로 앞서 들어가 문을 잠갔다. 시동을 걸고 일부러 천천히 그를 지나치며 창문을 열고 소리쳤다.

"전화하지 마라!"

주차장에 멍청하게 서 있는 C를 사이드미러로 본 게 마지막이었다. 물론 그 뒤로도 1년에 한 번꼴로 세 번 더 전화가 걸려 왔다. 한 번은 자기 생일이라고 했고, 또 한 번은 자기 이야기를 들어 달라고 했고, 마지막 한 번은 A가 전화를 받았다. 그리고 나는 A가 야구 시합에 졌다고 경기장에 불을 지르고 원정 온 팀이 이겼다고 버스를 엎어 버린 마산 민족의 후예라는 사실을 그날 똑똑히 알 수 있었다. A는 '야이 개자슥아'로 시작하는 수십 개의 문장을 C에게 들려주었다.

전화를 끊은 A는 묵묵히 스마트폰을 돌려주었다. 그리고 C에 대해 더 묻지 않았다. 나도 그런 욕을 어떻게 익혔냐고 묻지 않았다. A에게는 상냥하게 대해야 하는 사람과 상냥하게 대하면 만만하게 보는 사람을 구별하는 초능력이 있었을지 모른다. 나에겐 없는 능력이었다. 내가 세 번째 전화를 받았다면, 전화하지 마, 전화하지 마… 만 뇌까리다 미적미적 전화를 끊고, 또 다른 어느 날 네 번째 전화를 받았을 것이다. 우리는 그날 부루마불 게임을 했고, 번갈아 가며 '서울'을 차지할 때마다 웃었다. 그리고 두 번 다시 C의 전화는 걸려 오지 않았다.

6. 매니지먼트

A는 월급날마다 내게 30만 원을 이체했다. 어느 때는 빚 갚는 데 쓰라고 했고, 어느 때는 개 사료를 좀 좋은 걸로 사라고 했다. 명절 보너스를 받은 달엔 백화점으로 데리고 가 58만 원짜리 가방을 사 주었다. 에코백을 메고 한사코 고개를 젓는 나에게 그는 말했다.

"사회생활 하려면 이런 가방 하나는 있어야 돼요."
"내 가방 쳐다보는 사람 아무도 없어요."
"있어요."
"누구요?"
"나요."

나는 그 가방이 모서리라도 닳을까 아까워서 데이트를 할 때만 메고 나갔다. 그는 평소에도 그 가방을 메고 다녀야 한다고 했다. 그래야 '계약' 같은 걸 할 때도 상대방이 우습게 보지 않는다고 했다.

"나한텐 계약할 일이 없는데요."
"있을 거예요."

A가 정확히 무슨 말을 하는 건지, 혹은 예언인지, 바람인지 알 수 없었다. 확실한 것은, 그가 나와 사귀기 시작한 지 1년 차부터 내 대책 없는 인생에 계획이란 낯선 걸 조금씩 주사하기 시작했다는 것이다.

곰곰이 생각해 보면 그즈음 그와 나는 칼국수를 먹다 이런 대화를 나눴다.

"빚 있는 거, 언제까지 이자만 낼 거예요?"

B와 C를 차례로 겪고 나서, 나는 내 정신이 망가지고

있는 줄 모르고 있었다. 나는 항상 명랑했고, 잘 웃었고, 사람들과 잘 어울렸다.

"일단 지금은 100만 원을 낼 수 있으니까요."
"영원히 100만 원만 낼 거예요?"

나중에 정신과에서 가면성 우울증이라고 진단받기 전까지, 난 정말 내가 괜찮은 줄 알았다. 자잘하지도 않았지만 자잘한 상처 따윈 다 극복할 수 있는 사람인 줄 알았다. 게다가 쓸데없이 솔직했다.

"돈 다 떨어지면 죽어 버리죠, 뭐."

그는 칼국수를 반도 먹지 않았다. 나만 한 그릇을 깨끗이 비웠다. 그때 그의 눈에 떠오른 공포의 빛을 나는 읽지 않았다. 읽을 생각도 없었다.

일단, 그는 나에게 이력서를 쓰게 했다. 작가들에게 이력서란 프로필을 포함한 포트폴리오와, 자잘한 작품 경력을 의미했다. 하지만 나에겐 별다른 작품이 없었고, 있는 거라곤 백일장에서 몇 번 상을 탄 경력뿐이었다. 단출하기 짝이 없는 이력서를 썼고, A가 내 집에서 가까운 주민센터, 구청, 시청, 문화원의 문화 교육 담당자 이메일을 다 쓸어 모았고, 거부당할 게 뻔한 이력서를 넣지 않겠다고 고집을 피우는 나 대신 A가 내 이메일에 접속해 이력서를 뿌렸다.

한 달이 지나자 주민센터 몇 군데와 구청에서 12주짜리 강의를 할 수 있겠냐는 문의가 왔다. 강의료는 적은 편이었지만, 내 강습소 밖에도 나를 원하는 사람들이 있다는 게 기뻤다. 나는 답신을 준 담당자들을 직접 찾아가 커리큘럼을 의논하고 강의 계약서에 사인을 했다. 주민센터와 구청의 수강생들은 장년층이나 노인이 대부분이었는데 할머니와 한 방을 20년간 쓰며 자란 나에게는 어르신들에게 잘 비벼 대는 재주가 있었다. 어르신들은 매시간 선생님 재미난 이야기를 들으러 온다며 출석부를 꽉꽉 채워 주었고, 친구들을 데리고 와 수강생을 더 불려 주기도 했다.

평생 글 한 줄 안 써 본 어르신들도 첫 문장만 떼면 어떻게든 글을 쓴다는 걸 알게 된 나는 12주 동안 나이 많은 수강생들이 엽편 소설 하나를 완성하게 하는 기적을 이루었다. 주민센터보다 예산이 좀 남는 구청에선 의외의 결과를 보고 작품집을 내고 싶어 했다. 작품집을 무조건 만들 수 있다고 큰소리를 탕탕 치고 돌아와서 A에게 전화를 걸었다.

"구청에서 작품집을 내고 싶어 해요."
"그거 잘됐네요. 결과물이 있어야 다른 강의도 들어와요."
"나는 작품집을 어떻게 만드는지 몰라요."
"내가 인디자인 프로그램을 다룰 줄 알아요."

A가 책을 만드는 프로그램인 인디자인을 다룰 줄 안다는 사실, 구청에서 작품집을 만들고 싶어 할 거란 걸 A가 이미 알고 있었다는 사실, 그가 내 일을 도와줄 거란 사실을 나는 전혀 예상하지 못했다. 원고를 텍스트 파일로 받은 A는 하루 만에 뚝딱 작품집을 만들었고, 인터넷을 뒤져 소량 인쇄 업체를 찾아 100부를 납품했다. A는 구청 담당자에게 열 권쯤 슬쩍 받아 오라는 당부도 잊지 않았다.

그 열 권을 A는 이력서에 첨부해서 백화점이나 대형

마트 문화센터에 넣어 보라고 했다. 또 한 달이 지나자 백화점과 마트에서 연락이 왔다. 이번에는 커리큘럼을 주부 중심으로 바꿨다. '이해와 치유의 글쓰기'라는 타이틀을 달자 가족이 주는 우울감에 지친 주부들이 수강 신청을 했다. 이번에도 어김없이 작품집은 만들어졌고, 내 강습소의 몇 명이 공모전에 당선되었고, 이런 일을 반복하는 사이, 부산 지하철 공사나, 대학에서도 스토리텔링에 관련한 특강을 해 달라는 제의가 들어왔다. 대학 세 군데에서 강의를 하자 이력서에 써넣을 말이 세 배는 더 생겼다.

A는 카드 뉴스 같은 걸 만들어 SNS로 강습소 홍보를 했다. 홍보 문구는 내 마음대로 '약 빤 듯이' 쓰라고 했다.

'전세금만 아니었다면 이 강좌는 열리지 않았다', '첫 글자만 써 봐. 나머지는 내가 해 줄게', '여기서도 안 되면 꽃꽂이를 하러 가세요' 같은 문구들을 열다섯 개쯤 써내려 가면, A가 그중에서 몇 개를 골라 넣었다. 진짜로 약을 빨고 싶은 듯한 직장인들이 강습소로 모여들었다. 그들은 다들 숨겨 둔 재능과 당장이라도 직장을 때려치우고 싶다는 열망을 가지고 있어서, 자신감과 기술 몇 개만 가르쳐 주면 공모전에서 상을 타 왔다. 수강생들이 모이면 모일수록 빚은 줄어들었다. 빚을 못 갚고 A가 떠나고 나는 고독사를 할 거라는 상상을 하는 날도 점점 줄어들었다. 그런 걱정을 잊고 지내는 날이 더 많아졌다. 그리고 나는, A와 진주에 냉면을 먹으러 왔다.

7. 하연옥의 물냉면은 맛있다

아, 그랬었지, 사실은, 단지 잘생겼기 때문이 아니었어. 쨍하고 이마를 스치는 태양 빛에 현기증을 느끼며, 나는 잊었던 사실을 떠올렸다. A는 늘 내 곁에 있었고, 덕분에 나도 애인에게 짜증이란 걸 부려 보기도 했고, 치마를 입고 아무 데나 주저앉지 말라는 지청구를 들어 보기도 했고, 이 남자의 보수적인 면을 어떻게 바꿔 볼까 궁리도 해 봤다. 이런 게 정상적인 연애라는 걸 나는 너무 늦게 알았다. 그 전의 나는 사랑 앞에 늘 비굴했다. 그게 누구든 내게서 떠날까 봐 화도 내지 못했고 백 번 천 번 상대의 아바타가 되어도 자존감에 관해 생각하지 못했다. 하지만 A의 아바타가 되는 건 싫었다. 그가 쪼그려 앉지 말라고 했고, 나는 벌떡 일어났고, 10분간 이게 과연 페미니즘의 실천인가 고민하고선 다시 쪼그려 앉았고, 그는 절레절레 고개를 흔들고는 더 이상 아무 말도 하지 않았다.

A는 묵묵히 번호표를 들고 서 있었다. 우리에게는 여전히 할 말이 없었다. 맛집 이야기를 하거나, 내 일 이야기를 하거나, 자기 일 이야기를 하거나, 가끔 둘 다 불행했던 어린 시절 이야기를 하거나… 어라, 할 말이 많았잖아.

"이거 먹고 부산 가면, 진짜 일 많겠네요."

그가 말했다. 일이 많아서 싫다는 뜻이 아니라 많은 일 후에 따라오는 보상이 많아 좋다는 의미였다.

"그러게요, 다행이에요."

진주로 오기 전, 나는 두 건의 전화를 받았다. 하나는 강서구청에서, 하나는 IT 업체에서 온 연락이었다. 강서구청에서는 강서구에 관한 스토리텔링 북을 만들어 달라고 했다. A가 관에서 일을 시킬 땐 최대 금액을 불러야 한다고 했기 때문에 나는 덜덜 떨며 제법 큰 액수를 불렀다. 안 된다고 하면 어떡하지. 하지만 구청 담당자는 "그걸로 돼요?"라고 반문하며 구청에 들어와 계약서를 작성하자고 했다. IT 회사에서도 마찬가지였다. 시청에 납품할 관광 홈페이지를 만드는 이 회사에게는 부산 구석 구석을 사진으로 찍고 장소 소개를 적어 넣을 팀이 필요 했고, 나는 신묘하게도 사진마저 잘 찍는 A와 1초 만에 팀을 만들었다. 월요일에 계약서를 쓰러 가야 할 곳이 두 군 데였다. 그 일을 빨리 마치면, 올해 안에 8000만 원의 빚을 다 탕감할 수 있었다.

아, 그래, 그랬지, 그래서 우리는 진주까지 냉면을 먹으러 왔어. 너무 기뻐서. 너무 더워서 잠시 잊고 있었지. 내가 543번이라서 잠시 빠쳤던 것뿐이야.

"물어볼 게 있어요."
"네."
"우리가 이런 사업을 따낼 줄 알고 있었어요?"
"네."
"어떻게 알았어요?"
"사회복지 쪽에서 이렇게 사업 규모를 불려 가거든요."

아, 그의 매니지먼트는, 경험에서 비롯된 것이었다.

"인디자인은 왜 할 줄 알아요?"
"복지관에서 결과물을 많이 내야 하니까요."
"사진은 왜 잘 찍어요?"
"복지관에서 무슨 사업 하면 꼭 사진 찍어서 서류에 첨 부해야 되거든요. 기왕이면 잘 찍는 게 좋아서 사진 수 업 들으러 다녔어요."

번호표를 받고 한 시간이 흘렀다. 영원히 오지 않을 것 같은 우리 차례가 다가오고 있었다. 가건물 속의 남자는 538번을 스피커로 외쳤고, 나에겐 남은 시간이 별로 없었다. 지금 물어야 했다.

"왜 나랑 사귀자고 했어요?"

흠칫, 그가 '존재란 무엇인가'라는 질문을 받은 것처럼 경직되었다. 천 년 같은 공백이 흘렀지만 실제로 그가 망설인 시간은 10초 정도였다. 그는 손수건을 꺼내 이마의 땀을 닦고, 내 목덜미도 닦아 주었다.

"왜 자기를 좋아했냐고 묻는 거예요?"
"네."
"나도 몰라요."
"왜요?"
"이유 같은 건 없어요."

마침내, 우리는 하연옥 2층에 입성할 수 있었다. 나는 물냉면을 먹고, A는 비빔냉면을 먹었다. 육전은 먹지 않았다. A는 하연옥 냉면 맛이 그리 좋지 않다고 했다. 좋아하는 데 이유 같은 건 없는 사람이 참, 식성이 까다로웠다.

8. 부일면옥 개성냉면

진주에 다녀온 후로 5년이 더 지났다. 그동안 우리는 전세 자금 대출을 받아 제법 좋은 빌라를 얻어 함께 살기 시작했다. 전세 자금 대출 이자를 갚는 편이 월세를 내는 것보다 더 쌌다.

A는 개털은 싫어했지만 내 개들은 사랑했다. 나와 사는 동안 집에만 갇혀 있던 개들은 그와 함께 하는 산책

을 무척 좋아했다. 그는 계속 사회 복지사로 일했고, 나는 문화 기획사를 만들었다. 나는 글쓰기 강습소와 자잘한 스토리텔링 사업을 계속하며 출판사도 따로 만들었다. A는 내 회사의 편집 디자이너였고, 사진작가였고, 기획자였다. 내가 아이디어를 내면 그가 실행에 옮겼다. 어디서 무슨 예산이 곧 나올 거라고 매번 알려 주는 일도 했다. 물론 그가 한 일만큼의 인센티브는 꼭꼭 챙겨 주었다. 그는 그 돈을 한 푼도 쓰지 않고 모아 주택 청약 통장에 넣었다.

'흥 메이커스'라는 노동 예술 단체와 같이 일하기 시작한 후론 정신없이 바빠졌다. 음악, 미술, 공연, 디자인 인력을 다 갖추고 있지만 작가가 없다는 말에 나는 냉큼 그 단체에 합류했다. 열아홉 살 때부터 운동을 시작했다는 그 단체의 젊은 대표는 대학 시절 북한에 네 번이나 다녀왔다고 했다. 남북 교류가 활발해 금강산 여행을 갈 수 있던 시절이었다. 그는 대학생 할인을 받아 적은 경비로 해마다 북한에 가서 뮤지션들을 만나 합주를 하며 밤을 새웠고, 평양냉면과 개성냉면을 다 맛보았다고 했다. 첫 회의를 마치고 그는 부곡동에 있는 한 냉면집에서 회식을 하자고 했다. 이 집 냉면 맛이 개성냉면 맛과 똑같다며. 과연, 맑고 비리지 않으면서도 진한 개성냉면 맛에 저절로 무릎을 꿇고 그릇 앞에서 경배를 드려야 할 지경이었다.

나는 그다음 날 당장 A와 함께 부일면옥에 갔다. A는 개성 냉면 한 그릇을 뚝딱 먹어 치우곤, 사실 자신은 냉면을 별로 좋아하지 않는다고 고백했다. 그러나 이 냉면은 정말 맛있다고 했다.

"냉면을 좋아하지 않는다고요?"

"네."

"왜요?"

"입맛이 까다로워서요."

"근데 이제껏 왜 나랑 냉면을 먹으러 다녔어요?"

"자기가 좋아해서요."

A는 부일면옥 냉면이 몹시 맛있다며, 다음 주에도 와서 돼지갈비도 곁들여 같이 먹어 보자고 했다. 집으로 가는 내내 그는 개성에 진짜 냉면을 먹으러 가고 싶다는 이야기와, 남북 관계가 좋아서 다행이라는 이야기와, 문재인과 김정은이 만나 백두산 천지에 오른 광경이 감동적이었다는 이야기를 했다. 5년 사이, 우리는 할 말이 참 많아졌다.

아직도 나는 그가 왜 나를 선택했는지 모른다. 그 뒤로 몇 번이나 왜 나를 좋아하냐고, 왜 나와 사랑에 빠졌느냐고 물어보았지만, 그는 대답하지 않았다. 그저 모른다고만 했다. 이번 추석엔 함께 청도에 있는 본가에 내려갔다. 평생을 자기가 낳은 자식보다 나에게 더 정성을 쏟은 새엄마는 그의 손을 붙잡고 울음을 터뜨렸다. 그 마음 변치 말라, 그 마음 변치 말라고 새엄마는 수없이 그에게 당부했다. 주책이라고 핀잔을 주면서도 나는 돌아서서 눈물을 닦았다. 그래, 결혼은 언제 할 거냐? 눈치라곤 대추씨만큼도 없는 삼촌이 물었을 때, 나는 한마디로 대답했다. 삼촌, 세상엔 다양한 결합 방식이 있는 거예요. 프랑스의 동반자법 모르세요?

정말로, 우리는 결혼하지 않을 것이다. 다만, 해마다 부일면옥에서 개성냉면을 먹을 것이다. 우리 둘에게 꼭 맞는, 부곡동 주택가에 숨어 있는 그 가게에서. 세상엔 수많은 냉면 맛집이 있지만, 우리 둘 다를 만족시켰던 건 그집뿐이다. 543번이라는 쪽지를 받지 않아도 되고, 냉면에 참으로 어울리는 돼지갈비도 있다. 그뿐이다. 단지, 그것뿐이다.

A, B, C, A, A, A

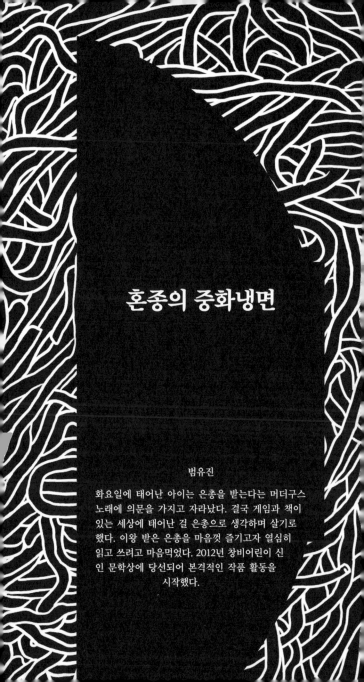

혼종의 중화냉면

범유진

화요일에 태어난 아이는 은총을 받는다는 머더구스
노래에 의문을 가지고 자라났다. 결국 게임과 책이
있는 세상에 태어난 걸 은총으로 생각하며 살기로
했다. 이왕 받은 은총을 마음껏 즐기고자 열심히
읽고 쓰려고 마음먹었다. 2012년 창비어린이 신
인 문학상에 당선되어 본격적인 작품 활동을
시작했다.

유는 그것을 혼종이라 불렀다. 끔찍한 혼종.

신은 유의 말을 알아듣지 못했다. 신의 한국어 수준은 '안녕하세요'와 '안녕히 가세요'를 헷갈려하는 딱 그 정도였다. 나와 라는 식탁에 앉아 있었다. 식탁 의자에 앉은 내게는 신과 유의 뒷모습밖에 보이지 않았다. 그러나 유의 납작한 뒤통수에서 뿜어져 나오는 악의가 너무나도 선명해서, 유가 어떤 표정을 짓고 있을지조차 상상할 수 있었다. 유는 말과 표정과 몸짓 모든 것을 이용해 감정을 뿜어내는 사람이었고, 체취처럼 그것을 사방에 흩뿌릴 수 있는 재주를 가지고 있었다.

유는 카드웰에 온 후에 두 달 내내 백패커에서 지내고 있었다. 두 번 셰어를 구해 들어갔지만, 사람들과 마음이 맞지 않아 나왔다는 거였다. 그것들은 모두 인종차별자였어. 내가 백패커에서 지내게 된 날로부터 사흘 후, 유

혼종의 중화냉면

는 자신의 셰어 생활에 대해 이야기하며 이름을 다 외우기도 힘든 수많은 사람들에 대한 험담을 했다. 그날은 내가 새우 공장 면접을 보고 온 날이었고, 식탁 위 맥주 두 병은 호주에서의 첫 일자리를 자축하기 위해 쌈짓돈을 털어 사 온 내 것이었으며, 유는 내게 그것을 마셔도 되냐 물어보지도 않고 한 병을 몽땅 마셔 가며 일방적으로 말을 쏟아 내었고, 그렇기에 나는 유와 함께 셰어 하우스를 썼던 사람들이 인종차별자는 아니겠구나 하고 확신할 수 있었다.

"혼종이 뭐야?"

신이 가스레인지에서 냄비를 내렸다. 개수대에 물을 버리는 폼이 능숙했다. 굳이 일본어로 물은 것이 영어보다 일본어가 편하다 했던 나를 위한 배려인지, 아니면 일본어를 아예 못하는 유를 냄비 속의 물처럼 따라 내버리기 위해서인지는 알 수 없었다. 어쩌면 양쪽 다였을 수도 있다.

신은 반사판이었다. 호의는 호의로, 적의는 적의로 받아들여 그대로 상대에게 내쏘았다. 신은 스물두 살이었고, 일본에서 요리 전문학교를 다니다 호주에 왔다고 했다. 실습을 나갔던 요식업장에서 신은 따돌림을 당했다. 그 따돌림이란 신이 손질해 놓은 재료를 버리거나, 설거지를 모두 신에게만 시킨다거나 하는 것들이었다. 그건 그 가게의 전통이었고, 가게 직원들의 게임이었다. 그 가게를 거쳐 간 실습생들은 대부분 기꺼이 그 게임의 아바타가 되어 주었다. 게임이 종료되면 취업 확정이라는 보상이 따라올 것을 알았으니깐.

처음에 신은 화가 나기보다는, 궁금했다고 한다. 여섯 명의 실습생들 중에, 자신이 아바타로 선택된 이유가. 신은 요리장에게 물었다. 왜 저인가요. 요리가 서툴러서, 가게 일에 그다지 보탬이 되지 않아서, 그런 이유라면 신은 기꺼이 아바타가 될 의향이 있었다. 그건 그거대로 이상하지 않냐고, 내가 인상을 쓰자 신은 권투하는 시늉을 해 보였다.

"아버지 입버릇이었어. 밥값을 해야 한다. 복싱 센터 트레이너였거든. 프로였다가 은퇴한. 선수들은 아무리 열심히 해도 성적 못 내면 끝이잖아. 훈련비도 안 빠지니깐. 그래서 어릴 때부터 내가 뭐만 하면 밥값은 해야 한다, 밥값, 밥값…. 밥값 증후군에 걸려 있었다니깐."

요리장은 신의 질문을 이해하지 못한 척하다가, 결국 한마디를 던졌다. "신, 너는 너무 튀어." "뭐가요?" "얼굴이. 그 탓이니깐, 그냥 참고 넘겨." 신의 부모님도, 친척들도 모두 일본인이었다. 그러나 신은 말을 하지 않으면, 동양인이라기보다는 남미 사람인가 생각하게 되는 얼굴을 가지고 있었다. 턱과 이마 라인이 뚜렷했고 코는 매부리코였으며, 선탠이라도 한 듯 피부가 까맸다.

그 말을 듣고, 신은 신의 방식대로 일을 처리하기로 마음먹었다. 신이 아침 일찍 나와 손질해 놓은 차조기 잎이 쓰레기통에 버려진 날, 신은 다른 조리사들이 손질해 놓은 재료를 몽땅 쓰레기통에 버렸다. 가게는 하루 장사를 망쳤고, 신은 D 등급을 받고 학교로 돌아갔다. 학교에서는 신에게 두 번째 실습처를 소개해 주지 않았다. 신은 거리를 걷다 전단지를 받았고, 전단지에는 '호주는 당신을 환영합니다'라고 쓰여 있었다. 환영해 주니깐 가야지. 신은 그 단순한 이유로 워킹 홀리데이를 신청했다. 단순함. 그것은 나와 신의 공통분모이기도 했다.

"하이브리드. 〈스타크래프트〉에 나오잖아. 저그랑 프로토스 섞인 애."
"그걸 한국에서는 혼종이라고 해? 이상한 말인 줄 알았더니."

신과 내가 다른 나라 사람임을 깨닫게 되는 건 이런 순간이었다. 문법과 단어를 알아도, 대화가 통해도 단어에 담긴 문화적인 맥락까지 전달하기란 힘든 일이다. 끔찍한 혼종, 이란 말을 어디에 갖다 놓느냐에 따라 생겨나는 미묘한 비웃음과 차별은 hybrid에는 담기지 않았다.

중화냉면을 만들던 중이었다.

엄마의 이메일을 받고부터 내내, 중화냉면이 먹고 싶었다. 땅콩버터를 듬뿍 넣어서 느끼하고 달달한 육수를 듬뿍 묻힌 면발을 단번에 빨아들이고 싶었다. 새우 공장에 서서 상태가 좋지 않은 새우를 골라내는 동안에도 중화냉면만을 떠올렸다. 브레이크 타임에 휴게실에서 샌드위치를 먹으며 중화냉면 이야기를 했다. 한국인인 미주만 중화냉면이 뭔지 알았다. 하지만 먹어 본 적은 없다고 했다.

"냉면이라고 하면 평양냉면이지. 비냉이나 물냉 좋아하는 건 아마추어고. 중화냉면은 완전 논외 아니야? 그건 파는 데도 별로 없고. 냉면이라고 이름은 붙어 있는데 냉면 아닌 것 같아."

여덟 살인가 아홉 살인가. 친구가 놀러 왔었다. 여름방학 중이었다. 시원한 걸 만들어 줄게. 중학생이던 언니가 중화냉면을 만들어 주었다. 친구는 한 입을 먹고는 인상을 썼다. 이상해. 이건 냉면 아니잖아. 친구는 길게 혀를 빼고 튀튀, 침을 뱉는 시늉을 했다.

그때까지 내게 냉면은 당연히 중화냉면이었다. 우리 가족은 외식을 잘 하지 않았고, 집에서 음식을 만드는 사람은 언니뿐이었다. 언니가 만들 줄 아는 음식은 몇 개 되지 않았다. 볶음밥과 중화냉면, 만둣국과 오이무침. 언니의 아버지, 그러니깐 내 새아버지는 중화요리 가게 주방장이었다.

어른이 되어 가며 알았다. 사람들과의 관계란 당연하다 여겨 온 것을 부정당하는 과정이었다. 중화냉면뿐만이 아니었다. 부모님이 이혼을 해도 별반 상처를 받지 않을 수도 있다는 것, 다른 아버지를 둔 언니를 친언니보다 좋아할 수 있다는 것, 일본인 어머니와 대만인 아버지와 살고 있어도 월드컵 때면 온 가족이 한국을 응원할 수 있다는 것, 내 몸에 흐르는 피의 몇 프로가 일본의 것이고 몇 프로가 한국의 것인지 생각해 본 적이 없을 수 있다는 것까지도 인정하지 않는 사람들이 있었다. 그들은 내게 묻고 또 물었다. 아버지가 한국인이고 어머니가 일본인이라면서 왜 한국에 살아, 새아버지가 대만인이면 네 국적은 어떻게 되는 거야, 집안이 복잡하니 힘들었지, 힘들었을 거야. 아무리 내가 상관없다 말해도 소용없었다. 어느 순간부터는 나도, 나를 구성해 온 것들이 당연하지 않은 것인가 의심하게 되었다.

"아, 히야시츄카 말하는 거구나."

일본인인 아야시는 중화냉면에 대한 설명을 듣더니 대뜸 말했다.

"한국이 히야시츄카를 따라 한 거구나. 자세히는 모르겠지만, 이름만 들으면 딱 그러네. 차가운 면에 고명을 얹어 먹는 것도 그렇고. 한국은 뭐든 일본을 따라 해."

"무슨 소리야. 일본이야말로, 한국 것까지 다 일본 거라고 우기잖아."

미주와 아야시는 같은 집을 셰어해서 살았고, 같은 공장에서 일했으며, 쉬는 날이면 같이 틸리에 장을 보러 가거나 바비큐 파티를 하거나 했다. 둘은 붙어 다니는 만큼 싸웠다. 미주는 아야시가 극우주의자라 욕했고, 아야시는 미주야말로 극단적인 보수주의자라고 욕했다. 그러곤 함께 술을 마시면, 미주는 한국이 헬조선이라 외쳤고 아야시는 쿠소 니폰을 외치며 어깨동무를 하고 함께 각자의 나라를 탈출한 것을 기뻐했다. 그래서 나도 신도, 미주와 아야시의 국가전에는 점점 신경 쓰지 않게 되었다.

하지만 그날은 요리가 주제였던 만큼, 신은 강제로 참전할 수밖에 없었다. 신은 중립을 택했다. 신은 미주도 아야시도 좋아했기에 어느 쪽의 편도 들고 싶지 않다고 했다.

"한국의 중화냉면하고 일본의 히야시츄카는 사실 꽤 많이 다른데. 중화냉면은 육수 위주고, 히야시츄카는 츠케멘에 가깝고. 둘 다 중국의 비빔면인 량멘이나 냉

반면이 모토가 되었다는 점은 동일하지만. 그 뒤부터
는 각 나라에 맞게 독자적인 변형을 이루어 왔다고 봐
야지."

중화냉면이 한국식 중화요리인가, 일본식 중화요리인
가는 내게도 중요하지 않았다. 내게 중화냉면은 언니의
냉면이었을 뿐이었다. 언니는 작은 몸집으로 달걀 프라
이를 부쳐 내고, 도마 위에서 통통통 썰어 고명을 완성하
곤, 면을 삶을 때면 꼭 소리쳐 물었다. 동생아, 얼마나 먹
을래. 언니는 나를 이름으로 부르기보단 '동생아'라고 부
르기를 좋아했다. 나도 언니를 이름이 아닌, 언니라고만
불렀다. 한국과 일본, 어느 쪽에서든 부르기 쉽도록 지어
진 내 이름 미유와 대만과 한국 어디서든 부를 수 있게
지어진 언니의 이름 시안은 아무래도 자매의 것으로는
들리지 않았다. 자매끼리는 이름에 비슷한 글자를 쓰는
것이 보통인 한국에서, 나와 언니의 이름은 박과 왕이라
는 성씨만큼이나 우리가 친자매가 아님을 여실히 드러
내었다.

이게, 아무래도 시안이 같아.

엄마의 이메일은, 언니의 이름으로 시작되었다. 엄마
는 나와 언니를 큰딸, 작은딸이라는 두리뭉실한 호칭으
로 부른 적이 한 번도 없었다. 왕시안, 박미유. 성까지 붙
여서 또박또박 한 글자씩 끊듯이 불렀다.

그렇기에 시안, 이란 이름만은 한없이 낯설었고 메일
을 열어 본 내 머릿속에는 잠시간 아무 생각도 떠오르지
않았다. 시안이를 봤다는, 소리 내어 읽었다. 언니를 봤
다는 사람에게서. 바꾸어 읽었다. 언니를, 하는 순간 달

큰한 땅콩버터 냄새가 밀려들듯 되살아났다.

중화냉면을 먹어야만 할 것 같았다.

하지만 어떻게.

카드웰은 작은 마을이었다. 좋게 말해 한적한 바닷가 마을, 적나라하게 말하면 있어야 할 것도 없는 마을이었다. 케언스에서 카드웰로 온 워홀러들은 일주일도 못 견디고 좀 더 큰 털리나 이니스필, 혹은 아예 다른 지역으로 떠나고 싶어 하거나 아니면 6개월을 꽉 채워 머물고도 아쉬워하거나 상반된 반응을 보이곤 했다. 마을에는 변변한 슈퍼도 없이 물건이 비싼 편의점이 하나 있을 뿐이라, 2주에 한 번씩 근처의 털리에서 식료품을 사 와야 했다. 그나마도 케언스에 비해서 1.5배 정도 비쌌다. 케언스에는 한인 마트가 있어서 된장이나 간장, 김치까지 구할 수 있다지만 이곳 카드웰에서는 미션 임파서블에 가까운 일이었다. 쫄면은 말할 것도 없었다.

언니는 중화냉면을 만들 때에 언제나 쫄면을 썼었다. 아버지 가게에서 일할 때는 두꺼운 중화 면을 사용했지만, 집에서 만들 때에 언니는 쫄면만을 고집했다. 쫄면은 한국에만 있대. 국수 중에서도 이렇게나 출신 확실한 애는 드물어. 언니가 쫄면을 한 올씩 떼어 내 냄비에 넣을 때면, 나와 언니에게 들러붙어 있는 수많은 쓸모없는 것들이 함께 떼어져 물속에서 끓어 사라지는 것 같았다.

"중화냉면은 몰라도, 히야시츄카는 만들어 줄 수 있어. 파스타 면으로."

트라이 해 볼래? 신의 제안을 거절할 이유가 없었다. 신이 귀하디귀한 간장까지 제공해 준다고 했으니 더욱 그랬다. 트라이를 외치고 하이 파이브를 하는 순간, 나도 신도 깜빡 잊어버렸다. 신이 홈 셰어를 하고 있는 곳은 외부인을 데려와 재우거나 편의 시설을 사용하게 하는 것이 엄격히 금지되어 있었다. 여덟 명이 한 집을 쓰니 그럴 만도 했다. 그러니 요리는 내가 묵고 있는 백패커에서 해야 할 터였다.

문제는 신이 2주 전까지 백패커의 일원이었으며, 유는 주말에도 백패커에 있는 때가 많았고, 유의 여자 친구였던 라라가 지금은 신과 사귀고 있으며, 유는 라라가 자신을 차 버린 이유가 신 때문이라고 여기고 있다는 것이었다. 신이 백패커를 나가 급하게 홈 셰어를 찾은 것도 유 때문이었다. 유가 밤마다 술을 마시고 신에게 시비를 걸어 댔던 것이다. 유는 신이 욕설에도 별반 반응을 하지 않자, 팬티까지 홀랑 벗은 반나체 차림으로 신의 침대 앞에서 춤을 추며 괴성을 질러 댔다. 다른 백패커들이 주인에게 항의를 한 것은 당연한 일이었다. 주인은 유와 신, 라라 셋 모두에게 나가라는 통보를 해 왔다. 라라는 백패커를 나가기 싫다고 울었고, 유는 주인에게 인종차별자라는 소문을 내겠다고 협박했으며, 신은 조용히 짐을 쌌다. 결국 신만 백패커를 떠났다.

유가 또 시비를 걸어 올 것을, 화목한 스파게티 타임이 되지는 않을 것임을 알았어야 했다.

"스파게티를 간장 소스에 찍어 먹을 생각을 하다니. 미유, 저런 걸 먹으려고?"

유는 식탁에 앉으며 나를 꼭 집어 물었다. 라라가 식탁 아래에서 내 왼발목께를 쳤다. 불편하니깐, 보내. 나도 가볍게 라라의 발을 쳤다. 그냥 모른 척해. 라라는 벽에 등을 붙이고 앉아 휴대폰을 집어 들었다. 사람과 함께 있을 때에는 좀처럼 휴대폰을 손에 들지 않는 라라였다. 스물두 살에 베트남에서 호주로 온 라라는 사람과 이야기하는 걸 좋아했고, 대화를 할 때면 꼭 사람의 눈을 봤는데, 나는 라라의 파란 기 섞인 갈색 눈이 참 좋았고, 그래서 주변에서 라라에 대해 무어라 말해도 아랑곳하지 않고 라라와 붙어 다녔다.

라라는 카드웰에서 근무 월수 5개월을 채워 가고 있었고, 그동안 일곱 명과 사귀고 헤어졌다. 카드웰은 좁은 만큼 소문이 빨리 도는 곳이었고, 여기에서는 일요일이면 하나뿐인 교회에서 거의 온 동네 사람들을 만날 수 있었고, 워홀러들 대부분은 기독교를 믿지 않더라도 교회에 나갔다. 어떠한 이유에서든 자신의 나라를 떠나 떠돌고 있는 사람들이었다. 워킹과 홀리데이 어느 쪽에 치우쳐 있든 떠돌며 돈을 버는 사람들은 눈치가 빨랐다. 작은 시골 마을은 어디든 비슷하게 보수적이라는 것을, 그렇기에 오래 머물려면 가능한 입방아에 오르지 않게, 마을 사람들의 생활 방식에 맞추는 척이라도 해야 한다는 것을 알 정도는 되었다. 그런 사람들 사이에서 라라는 이질적이었다.

라라는 교회에 나가지 않았고, 편의점 주인과 대판 싸우기도 했다. 마을에 단 하나뿐인 편의점은 중세의 빵집과도 같은 곳이었기에 워홀러들은 라라가 미쳤다고 생각했다. 빵도 구워 내고 소문도 구워 내는 가게에 밉보여서야 마을 어디에서 일하든 편할 리가 없었으니깐. 라라는 왜 편의점 주인과 싸웠는지는 끝까지 이야기하지 않았다. 미주는 내가 라라와 함께 다니는 것을 싫어했다. "걔는 몸가짐이 좀 그래. 베트남 북부 애들은 다 좀, 그렇다더라. 왜 굳이 베트남 애랑 같이 다녀? 한국인이 없으면 모를까. 나도 있고, 유도 있는데." 베트남 애가 아니라, 라라야. 나는 매번, 그렇게 대답하려다 그냥 입을 다물어 버렸다. 신은 아야시에게 비슷한 말을 들었다며 쓴웃음을 지었다.

"미유. 땅콩버터 좀 냉장고에서 꺼내 줘."

나는 자리에서 일어나 냉장고 문을 열었다. 냉장고 속 음식에는 모두 이름표가 붙어 있었다. 땅콩버터에는 올리비에란 이름표가 붙어 있었다. 나나 라라의 것은 없다. 백패커에 묵은 한 달간, 나는 올리비에를 만난 적이 없었다.

"올리비에 것밖에 없어."
"괜찮아. 써도 돼."

나는 땅콩버터를 꺼냈고 신은 당근 껍질을 벗겼다. 라라는 식탁 아래에서 발을 흔들거리며 휴대폰만을 봤고, 땅콩버터를 도마 옆에 올려놓는데 유가 일어나 나와 신의 등 뒤에 섰다. 유는 덩치가 컸다. 유는 나와 신의 어깨에 손을 올렸다. 나는 유의 몸 안에 갇힌 듯 답답해졌다. 유는 나와 신의 어깨 사이로 얼굴을 들이밀었다. 나는 땅콩버터 병 입구를 꽉 닫았다. 불쾌한 체취가 스며들지 않게. 나는 유가 무슨 말을 할 것인지, 어떠한 단어들로 등 뒤를 찌르려 하는지를 알았다. 유와 같은 사람들은 어디에든 있었다. 말로 벼린 칼을 품에 넣지도 않고, 손에 든 채 무작위로 휘두르는 사람들.

나는 그들을 피하는 법을 배웠다. 약간 베이는 것 정도는, 하고 버려 냈다. 그들은 사디스트와도 같아서, 상대가 자신에게 반응하고 괴로워하는 것을 즐겼다. 그렇다는 것은 상대가 아무 반응을 안 하면 다른 상대를 찾아 떠난다는 것이다. 떠날 때까지만 견디고, 조금씩 연을 끊어 내는 것이 나의 방어법이었다.

언니는 어땠을까. 한 번쯤은 물어봤으면 좋았을 거다.

언니와 다시 만난 건 내 스물두 살 생일, 그다음 날이었다. 통장에 영문 모를 돈이 입금되었다. 만 원, 2만 원이면 모를까, 112만 원이나 되어서 눈치챌 수밖에 없었다. 여름방학이 시작되기 일주일 전이었다. 계절학기와 토익 패스 특강을 신청해야만 했는데 그 비용이 만만치 않았다. 내 주머니 사정은 주변 친구들과 별반 다르지 않았다. 한 달에 아르바이트로 버는 돈으로는 고시원 방값을 내기도 벅차고, 20~30만 원의 용돈을 받는 것도 죄스러운, 학자금 대출을 갚아야 한다는 부담감에서 눈을 돌리기 위해 저녁마다 삼삼오오 모여 소주를 마시고, 월말이면 간당간당한 통장 잔고를 확인하느라 신경이 곤두서는 게 나와 내 친구들의 처지였다. 같은 나이, 같은 학교, 같은 과의 누군가가 외제 차를 몬다더라, 사업으로 성공을 했다더라 하는 이야기들은 나와 내 친구들에게는 외계 생물체에 대한 논의인 듯 들렸다. 결국 끼리끼리 모이는 거라니깐, 나와 친구들의 술자리에서는 자조 섞인 말들이 안줏거리가 되었다.

스물한 살 생일에도 술을 마셨다. 내 고시원 방에 네 명이 모여 앉아 소주와 과자, 치킨을 먹고 마셨다. 오후

9시부터 시작된 술자리는 새벽 1시까지 이어졌다. 생일 턱을 고작 이런 걸로 내냐고 투덜거리던 친구들은 금세 취했다.

"걔 얼굴 완전 고쳤더라. 천만 원쯤 들지 않았을까."
"오디션 본다던데. 왜 그, 아이돌 뽑는 거."
"스물 넘었는데 무슨 아이돌. 다 늙은 할망구 나왔다고 욕이나 듣지."

나와 친구들의 대화는 비슷하게 반복되고 있었다. 신세 한탄과 헬조선 탈출과 아등바등하는 누군가에 대한 뒷담화는 나를 지치게 만들었다. 그래도 나는 적당히 맞장구를 치며 웃었다. 웃는 건, 우는 것보다 쉬웠다.

나는 언제나 잘 웃었다.

언니의 아버지와 내 엄마가 이혼했음을 알리던 때에도 그랬다. 두 사람은 딱 7년 하고 4개월을 함께 살다 갈라섰다. 나는 열여섯 살이었고, 그날은 중학교 마지막 겨울방학이 시작되는 날이었다. 집에 들어설 때부터 이상하다는 생각은 했다. 현관에 놓여 있던 새아버지의 신발이, 슬리퍼 하나만을 제외하고 몽땅 사라져 있었다. 부엌에 들어섰다. 부엌 한편에 가지런히 놓여 있던 새아버지의 식칼들. 집에서는 거의 쓰이지 않아 장식물처럼 보였지만 늘 반들반들하게 벼려져 있던 그것들은 일찍 출근하고 늦게 돌아오는 새아버지보다 그의 존재감을 더 잘 드러내 주는 물건이었다.

칼들의 부재.

누군가의 물건이 사라지는 것은 늘 그랬다. 누군가가 사라진다는 것을, 말보다도 선명하게 내게 알려 주었다.

친아버지와 엄마가 이혼했을 때 나는 일곱 살이었다. 어느 날 유치원에서 돌아와 보니 아버지의 책상 위가 깨끗하게 치워져 있었다. 평소 아버지의 책상 위는 늘 무언가로 어질러져 있었다. 책과 서류와 휴지와 먹다 남은 음료수병, 수많은 메모들. 그것들이 모두 사라진 책상은 아이들이 모두 떠난 해 질 녘의 놀이터처럼 쓸쓸하게 보였다.

나는 아버지의 책상 아래 빈 공간에 들어가 숨을 죽이고 웅크려 앉았다. 아버지의 책상 아래는 집에서 내가 제일 좋아하는 곳이었다. 나는 그곳에 앉아, 아버지와 엄마가 집에 올 때까지 방문 쪽을 바라보곤 했다. 아버지 방의 벽 양쪽에는 바퀴 달린 책장이 설치되어 있었는데, 바깥쪽 책장을 밀면 안에 또 다른 책장이 나타나는 것이 마법처럼 느껴지곤 했다. 책상 아래에 앉아 보면 책장은 끝없이 천장 위로 솟아오른 듯했고, 그것은 책으로 만들어진 나무 같아서, 해가 지고 방 안이 어두워지면 밤의 숲 안에 감싸 안겨 있는 듯 안락했다. 집에 약간이라도 더 일찍 오는 쪽은 대부분 아버지였고, 아버지는 집에 오면 바로 아버지의 방으로 와 양복 윗옷을 벗고, 책상 의자에 걸터앉았다. 아버지는 의자에 깊이 몸을 묻고 나서야 책상 아래 쪼그리고 있는 나를 봤다. 아버지는 나를 보면, 한쪽 발을 책상 아래로 내밀어 툭, 쳤다. 그럼 숲은 사라지고 방은 그저 어둑한 방으로 돌아왔다.

책상 아래 한참을 앉아 있자 서너 명의 남자들이 방으로 들어왔다. 남자들은 책장에 가득한 책들을 커다란 상자에 마구 쓸어 담았다. 책장은 금세 텅 비었다. 남자들이 방을 나가고, 나는 책상 아래에서 눈을 감았다.

마법의 숲도 아버지도 이제는 영영, 돌아오지 않을 것이다.

책의 부재가, 내게 가르쳐 주었다.

그렇기에 나는 놀라지 말자고 스스로를 다독이며 부엌 입구에 서서 칼이 놓여 있던 자리를 봤다. 주변 다른 자리에 비해 그 자리만이 깨끗하게, 조금의 먼지도 내려앉지 않았다. 나와 새아버지의 관계가 꼭 그랬다. 함께 산 지 7년이 넘었는데도, 나와 새아버지 사이에는 무엇도 내려앉지 않았다. 새아버지는 성실한 사람이었다. 아침 6시에 가게에 나갔고 저녁 9시에 돌아왔다. 1년에 2~3일 쉴까 말까 하게 일에 열심이었다. 너무나 일에만 열심이라서, 함께 놀러 가기는커녕 인사를 하기도 힘들었다. 싸우거나 하는 일도 물론 없었다. 새아버지는 어디까지나 새아버지, 라는 호칭으로만 내게 인식되었다. '새' 자를 붙이지 않은 호칭으로 새아버지를 부르는 것은 내 입에 영 달라붙지 않았다. 그래서 나는 새아버지를 부르지 않고, 아예 입을 다물게 되어 버렸다. 시안 언니가 그냥 언니인 것과는 대조적이었다. 새아버지는 분명 시안 언니의 친아버지였으며, 시안 언니는 엄밀히는 내게 '새' 언니였다. 내가 새아버지를 그냥 아버지라 부르지 못했을 때부터 언니가 새아버지를 따라 언젠가는 내 옆을 떠나갈 것임을 깨달았어야 했는데.

그랬는데.

나는 그 사실을 왈칵, 한참이나 칼이 놓여 있던 자리를 보고 나서야 알았다. 현관문 열리는 소리가 났고 누군가 내 등 뒤에 섰는데, 나는 냄새만으로 언니라는 걸 알았다. 언니에게서는 언제나 비 오는 날의 흙냄새가 났다. 공기 아래로 무겁게 가라앉아 아주 깊게 숨을 들이마셔야 알 수 있는 냄새. 그건 엄마의 냄새와는 아주 다른 것이었다. 엄마에게서는 솔 냄새가 났는데, 가볍게 한숨만 쉬어도 코로 밀려들어 오게 가벼웠다. 나는 흙냄새가 더 좋았지만, 내게서는 무게 없는 솔 향이 날 뿐이었다.

"아버지랑 어머니가, 헤어진대."

내 등 뒤에서 언니의 목소리가 이슬비처럼 잘게 내렸다. 나는 뒤를 돌아보며 웃었다. 최대한 입꼬리를 끌어올려, 웃었다.

내 친아버지와 엄마는 이혼할 때 누가 나를 데리고 가는가 하는 문제로 싸웠다. 두 사람은 나름, 내가 눈치채지 못하게 싸우려 했던 것 같다. 하지만 어떻게 모를 수 있을까. 상대가 나를 원하지 않는다는 것을 어린아이만큼 재빨리 눈치채는 존재란 이 세상에 없을 것이다. 결국 두 사람은 딸아이의 양육 주체를 법에 결정해 달라 요청했다. 그다지 수입이 좋지 않았던, 시나리오를 쓰겠다고 직장까지 그만둬 버린 친아버지보다는 백화점 판매원으로 일하는 엄마가 고정 수입이 있는 만큼 아이를 기르기에 적합한 사람이라는 판단이 내려졌다. 친아버지는 내 양육비의 일부를 내라는 명령을 받았지만, 아마 한두 번 내고 내지 않았던 듯하다. 달에 한두 번씩 늘 비슷한 날에 엄마는 일본어로 욕을 했다. 아마도 그날이 친아버지가 양육비를 부치기로 되어 있었던 날이 아니었을까 싶다. 엄마가 일본어로 욕을 할 때면 나는 웃었다. 살아남으려고.

언니는 내 어깨를 끌어안았다. 나와 언니는 다섯 살 차이가 났다. 언니는 고등학교를 졸업한 후 대학에 가지 않고 새아버지의 가게에 나가 일을 돕고 있었다. 새아버지와 출퇴근을 함께 했다. 그래도 나와 언니 사이에는 매일, 수많은 것들이 쌓여 나갔다. 언니는 퇴근하고 들어와서는 반드시 내 방문을 노크했다. 내가 문을 열면, 쥐고 있던 주먹을 펴 보였다. 언니의 손 안에서는 온갖 것들이 나왔다. 달콤한 캐러멜부터 엄마는 절대 사 주지 않던 립글로스까지. 내 동생, 오늘 학교는 어땠어. 언니는 늘 그렇게 물었다. 그때의 내 학교생활은, 언니의 질문에 "좋았어."라고 대답하기 위해서만 존재했다. 언니는 그 이상을 묻지는 않았다. 나는 언니의 학교에서의 날들도, 나의 그것과 그다지 다르지 않았을 것이라 여겼다. 나의 학교생활이란 말한 적 없는 나에 대한 사실들이 소문이 되어 교실과 복도를 둥둥 떠다닌다거나, 원산지가 어디냐는 놀림을 받거나, 아이들이 일본 AV에나 나올 것 같은 엉터리 일본어를 외치며 주변을 맴돈다거나, 잡종과 튀기, 하프 등의 말이 혼혈이란 말로 쓰임을 알게 된다거나, 부럽다는 말을 듣는데 도저히 이유를 알 수 없다거나, 광복절 전날 종례 시간에 국기 꼭 달라는 선생님의 말에 다들 나를 보며 웃는다거나, 대놓고 쪽바리라는 놀림을 받는 그런 날들이었다.

나는 가끔, 학교 화장실 거울 앞에 가만히 서서 거울 안의 내 얼굴과 스쳐 지나가는 다른 아이들의 얼굴을 비교해 보곤 했다. 아무리 봐도 별반 다를 것 없어 보였다. 내가 엄마의 이름을 말한 적도, 엄마가 학교에 온 적도 없는데 다른 아이들이 어떻게 내가 혼혈이라는 것을 아는 걸까 싶었다. 다른 사람에게 외부인의 딱지를 붙이고 싶어 하는 사람은 미친개와 같다는 걸, 어렸을 때의 나는 몰랐다. 그런 사람들은 자신과 조금이라도 다른 점이 있는 사람들 주변을 돌아다니며 킁킁, 끈질기게 냄새를 맡고 물어뜯을 틈새를 노렸다. 나는 때때로 엄마를 닮은 솔 향을, 떠돌아다닐 수밖에 없이 가벼운 냄새를 원망했다. 그 마음은 미친개들이 몰려들 수밖에 없는 냄새를 물려준 엄마에 대한 원망으로 이어졌다. 그러나 내가 원망을 하든 말든 엄마는 별반 신경 쓰지 않았고, 그래서 나는 엄마를 원망하기를 그만두었다. 학교에서의 날들이 내게 가르쳐 준 것은 협동이나 우정이 아닌, 긴 시간 한 공간에 사람들을 놓아두면 얼마나 잔혹해질 수 있는가 하는 것뿐이었다.

"언니. 손에 아무것도 없어."

나는 언니의 품 안으로 파고들고 싶었다. 언니의 발가락 끝과 끝을 맞추고 서서, 내 머리 끝을 언니의 가슴께에 툭 내던지고 싶었다. 그러나 언니는 처음 내 언니가 되었던 중학교 때부터 별반 키가 자라지 않았고, 나는 콩나물이라도 되는 듯 해마다 키가 커졌다. 그때쯤 내 키는, 이미 언니를 넘어서 있었다. 나는 나를 꾸깃꾸깃 접고 싶었다. 그러나 그럴 수 없어 최대한 목을 움츠리고, 느슨하게 주먹 쥔 언니의 손가락만 하나씩 펴내었다.

"중화냉면을 만들어 줄게."

언니는 내 손등을 톡톡, 두드리고는 부엌 싱크대 앞에 가 섰다. 나는 부엌 식탁 의자에 앉아 무릎을 끌어안았다. 언니는 작은 과도 하나로 썩썩 요리를 해 나갔다. 오이를 자르고 당근을 다듬었다. 달걀 프라이가 기름 위에서 톡톡, 튀겨지듯 익어 가는 소리가, 정체 모를 울음소리인 것만 같았다.

"언니. 분식집에서는 중화냉면을 안 팔아."

"안 팔 거야. 아버지 가게에서도 여름에만 특별 메뉴로 잠깐 내놓거든."

언니는 양파를 꺼냈다. 평소에 언니는 중화냉면에 양파를 넣지 않았다. 언니는 딱히 가리는 음식이 없었지만, 양파만은 먹지 못했다. 양파를 한 조각만 입에 넣어도 눈물이 나와 멈추지 않는다는 거였다. "양파도 못 먹는 애를 무슨 중식당에서 일하게 한다고." 언니가 고등학교 3학년이었을 때, 엄마가 새아버지에게 그렇게 말하는 걸 들은 적이 있었다. 밤 10시를 넘은 시간에, 새아버지와 엄마가 싸우는 건 흔한 일이 아니었다. 새아버지와 엄마는 부부라기보다는 룸메이트처럼 보일 때가 많았다. 서로의 교육 방식에도, 서로의 생활 패턴에도 일절 상관하지 않았다. 정해진 생활비를 정해진 날에 내고, 분담된 집안일을 제대로 해내기만 하면 되었다. 실제로 두 사람의 결혼은 분명한 목적을 지닌, 비즈니스적인 것이었다. 새아버지는 대만 화교 3세였고, 한국 여자와 결혼해 언니를 낳았다. 언니는 대만과 한국의 이중국적자가 되었다.

새아버지는 한국에 귀화를 하라는 아내의 권유를 거부했고, 그게 이혼 사유가 되었다고 했다. 결혼 당시 한국에 귀화하지 않은 상태였던 건 엄마도 마찬가지였다. 그러나 이유는 새아버지와 달랐다. 엄마는 내 친아버지와 결혼하고 3년이 지났을 때, 한국에 귀화 신청을 하려 했었다. 외국인이 한국에 귀화하기 위한 조건은 다음과 같았다. 첫째, 배우자가 대한민국 국민일 것. 둘째, 그 배우자와 혼인하여 대한민국에 2년 이상 주소가 있거나 배우자와 혼인한 후 3년 이상이 지났으며 혼인 상태로 대한민국에 1년 이상 주소가 있을 것. 셋째, 3000만 원 이상의 재산이 있을 것. 엄마는 세 번째 요건을 만족시키지 못했고, 그래서 귀화 신청을 할 수조차 없었다. 새아버지는 일본에 새 지점을 내는 것이 꿈이었는데, 그 꿈에 함께해 줄 일본인 파트너가 필요했고, 엄마는 3000만 원을 모을 때까지 경제적 부담을 함께 지어 줄 파트너가 필요했다. 외국인 커뮤니티에서 몇 번 만난 후 두 사람은 서로의 이해관계가 합치함을 깨달았다.

그 이해관계에는 애정이 있었을까. 어린 내 눈에는 보이지 않던 부부간의 이야기가, 두 사람 사이에서는 존재했을지도 모른다는 데 생각이 미친 것은 내가 스무 살이 넘어서였다. 그렇기에 열다섯 살이었던 그 밤에는 새아버지와 엄마의 말싸움이 그저 낯설기만 했었다.

"양파 다듬을 때에는 전혀 매워하지 않아."
"그래도 애가 대학에 가고 싶다는 걸, 말이나 한번 들어 주지도 않고."
"당신 애야? 시안이는 내 딸이야."

아주 짧은 침묵이, 새아버지와 엄마의 틈 사이에 넓게 자리 잡았다.

"알아. 왕시안은 당신 딸이지."

나를 낯설게 만들었던 건 틈을 가르고 들어온 엄마의 목소리였다. 늘 하던 대로 왕시안, 이라고 언니의 이름을 부르는 엄마의 목소리는 시무룩했다. 유치원 때 친구가 있었다. 자신이 먹이를 주고 돌보아 주던 길고양이의 주인이 갑자기 나타나, 다시는 그 고양이를 만나지 못하게 될 것임을 알아 버렸을 때 친구는 고양이의 이름을 부르며 울었는데, 엄마의 시무룩한 목소리는 얼굴도 기억나지 않는 그 친구의 목소리를 떠올리게 했다.

"어떤 아저씨가, 중화냉면 시키고 엄청 화를 낸 적이 있어. 무슨 냉면이 이러냐고. 왜 국물에서 땅콩 맛이 나냐고. 메뉴 아래에 설명이 쓰여 있었는데, 그냥 냉면인 줄 알고 주문했던 모양이더라고. 중화냉면이 원래 이렇다고 내가 아무리 설명해도 계속 화만 내는 거야. 중국 놈들은 다 사기꾼이야, 이러더라고. 웃기지. 중화냉면은 한국에서 만들어진 건데 '중화'란 단어가 붙어 있다는 것만으로 중국 출신 취급을 받은 거야."

언니는 양파를 도마에 놓고 썰면서 이야기를 했고 나는 들었다. 언니가 요리를 할 때 말을 많이 하는 것도 처음이었고, 목소리가 염소처럼 떨린 것도 처음이었고, 요리를 다 완성 못 하고 쪼그려 앉아 운 것도 처음이었다. 양파가 맵다. 왜 이렇게 맵니. 차라리 언니가 양파 조각을 잘못해서 입에 넣었다 했으면, 나는 언니의 처음을 모른 척했을 것이다. 그러나 언니의 서투른 변명이 내게도 옮아 와 버렸다. 나는 식탁 의자에서 무릎을 끌어안은 채 얼굴을 숙였다. 딱딱한 무릎이 이마에 닿은 것이 저리게 느껴질 때까지, 고개를 숙이고 울었다.

그때 언니가 내게, 무어라고 했는데.

스물두 살 생일에, 술에 취해 잠든 친구들 사이에서 깨어나 뭉개진 케이크를 치웠다. 케이크에 꽂혀 있던 초는 스물두 개였다. 내 스물두 살을 미리 쓰레기 봉지에 밀어 넣듯, 초를 하나씩 세며 봉지에 넣었다. 언니와 헤어졌던 때, 언니가 스물두 살이었다는 게 생각났다. 나는 어느새 언니의 나이가 되어 있었다. 그것을 깨달았을 때 깨어 있는 사람이 나뿐인 것이, 웃을 필요가 없는 것이 참 다행이구나 싶었다. 나는 컴퓨터 앞에 놓인 의자에 앉았다. 그때처럼 무릎을 끌어안았다.

결국 열여섯 살의 그날, 나와 언니는 중화냉면을 먹지 못했다. 새아버지가 짐을 가지러 집에 왔고, 언니에게 어서 짐을 챙기지 않고 뭐 하는 거냐고 화를 냈었다. 언니는 손질해 놓은 재료에 비닐도 덮지 못하고 부랴부랴, 새아버지의 화에 떠밀려 방으로 들어갔다. 새아버지는 캐리어 하나를 끌고, 언니의 손목을 붙잡고, 다시 문을 닫고 떠났다. 계속 무릎에 고개를 파묻고 있던 나는, 문틈으로 몰려 들어왔던 싸늘함이 모두 사라질 때까지 기다렸다. 그러나 아무리 기다려도 싸늘함은 발 언저리를 맴돌았다. 결국 이마가 아파 고개를 들었고, 식탁 의자에서 일어나 섰다. 손질된 당근과 콩나물, 삶아진 채 말라 버린 쫄면, 간장과 식초, 그리고 뚜껑이 열린 땅콩버터가 싱크대 위에 어지럽게 놓여 있었다. 나는 커다란 그릇에 쫄면과 야채를 쏟아붓고 냄비 속 육수를 부었다. 간장과 식초, 땅콩버터의 비율 같은 건 알지 못했다. 그냥 한 숟가락씩 퍼 넣어 섞고 한 젓가락을 먹었다.

그게 꼭 이런 맛이었지. 나는 술 냄새와 음식 냄새, 고만고만한 사람들의 냄새로 가득 차 버린 좁은 고시원 방 안을 둘러보았다. 분명 멀쩡한 재료끼리 섞었는데 구역질 나게 썩은 맛. 어쩌면 나는 그날, 그릇 안에서 잘못된 레시피와 함께 뒤섞여 버린 것이 아닐까. 아니면 애당초 나는 잘못된 레시피로 태어난 아이였던 걸까. 고개를 가로젓고 자리에서 일어났다. 술에 취한 새벽에는, 아무런 생각도 하지 않고 무엇도 추억하지 말아야 하는 법이다. 쓰레기 봉지 입구를 비틀어 묶어 냉장고 옆에 던져 놓고, 친구들 사이에 끼어들어 잤다. 다시 눈을 떴을 때는 점심시간에 가까운 아침이었고, 친구들은 모두 어딘가로 사라지고 없었다. 휴대폰이 계절학기 수강료 납기일이 오늘까지라고 알려 주었다. 뱅크 앱에 들어가 이체를 하려고 했다. 그런데 표시되는 잔액이, 아무래도 너무 많았다. 벌떡 몸을 일으켜, 이체 내역을 재빨리 살펴보았다.

입금액 1,120,000. 입금자명 동생에게.

나를 동생이라 부를 사람은 전 세계에서 한 명뿐이었다.

"그걸 일본어로 뭐라고 한다더라. 잣슈? 잣슈우? 신, 오마에 잣슈?"

유가 하려는 말이 뭔지는 단박에 알았다. 雜種(ざっしゅ), 잡종. 엄마, 잣슈가 뭐야. 내가 그렇게 물었을 때, 엄마는 덤덤히 대답했었다. 사전 찾아봐.

사전상 잡종의 의미는 '어느 하나에 소속하지 못하고 잡다한 것이 뒤섞인 것'이다. 사전의 의미만을 봤을 때 나와 잡종이란 말은 너무나 잘 어울렸다. 그래서 그것이 지독한 악의를 품은 놀림이라는 것을 깨달은 것은, 일본에서 지낸 지 한 달이나 넘은 뒤였다.

엄마가 나를 데리고 일본으로 간 건, 내가 열일곱 살

때 일이었다. 엄마는 그동안 한국 국적을 따기 위해 애쓰던 것이 거짓이었다는 양 미련 없이 일본으로 향했다. 내 전학 수속도 일주일이 안 되는 동안에 갑작스럽게 이루어졌다. 엄마는 비행기에서 기내식으로 나온 샌드위치의 노랑과 분홍이 뒤섞인 단면을 지긋이 바라보았다. "어디든 똑같은걸. 뭐 하러." 엄마는 샌드위치를 목이 멜 정도로 한입에 욱여넣었다. 볼이 불룩 솟아오른 엄마의 옆얼굴을 보며, 나는 물으려다가 관뒀다. 왜, 라는 그 한마디를. 물어봐도 엄마는 대답해 주지 않을 것임을, 그때까지의 경험으로 알고 있었다.

엄마는 내 엄마였지만, 그 이전에 시즈카 아야였다. 엄마는 한 번도 자신을 '미유의 엄마'라고 소개하지 않았다. 유치원에서 학부모들이 자기소개를 할 때도 엄마는 "시즈카 아야입니다."라고 했었다. 김상미 엄마예요, 최규한 엄마예요, 하고 이어지던 리듬을, 엄마는 뚝 끊어 내 버렸다.

나는 엄마에 대해서는 무엇도 모르지만, 시즈카 아야에 대해서라면 몇 가지를 안다. 시즈카 아야는 나보다 스물두 살이 많았다. 일본 홋카이도 시라오이 군에서 태어났다. 그곳은 아이누족의 마을이었다. 홋카이도 개척민에게 밀려난 원주민들이 사는 곳이었고, 그래서 박물관과 민속촌, 기념품 가게들이 있었지만, 그다지 사람들이 많이 찾아오지는 않았다. 시즈카 아야의 할머니는 아이누족이었고, 관광객들이 오면 민속촌에서 춤을 췄고, 일본 사람들을 '본토인'이라고 불렀으며, 그래서 시즈카 아야는 어릴 적 자신은 일본인이 아닌 다른 무언가에 속한 존재라고 생각했다. 시즈카 아야는 커다란 호수를 바라보며 서 있는 것을 좋아했는데, 호수는 다른 세계로 통한다는 할머니의 이야기 때문이었다. 언젠가 호수에서 누군가 나와, 자신을 모름지기 속에 있어야 할 곳으로 데려가 줄 거라는 상상은 시즈카 아야가 중학교를 졸업할 때까지 계속되었다. 그러나 삿포로에 있는 고등학교에 진학하기 위한 서류를 준비하면서 시즈카 아야는 봐 버렸다. 국적에 '일본'이라고 표기되어 있는 것을. 시즈카 아야가 고등학교에 입학하던 달에 할머니가 세상을 떠났고, 시즈카 아야는 자신이 할머니가 그토록 싫어하던 '본토인'이라는 것을 참을 수 없었다. 시즈카 아야는 결심했다. 나중에 저곳에 꼭, 다른 무언가를 적어 넣으리라.

시즈카 아야는 스무 살이 되자마자 떠돌아다니기 시작했다. '다른 무언가'에 적어 넣을 만한 나라를 찾기 위해. 온갖 곳을 다녔고 꽤 많은 사람들을 만났으며, 그러다 여행 프로그램에 출연해 인터뷰도 했다. '세계의 일본인'이 프로그램 제목이었고, 시즈카 아야는 인터뷰 중에 "나는 일본인이 되고 싶지 않아요."라는 말을 했고 그래서 많은 공격을 받았다. 시라오이에는 골프장이 만들어지기 시작했고, 시즈카 아야는 한국에 갔다. 그곳에서 여섯 살 많은 남자와 결혼해 딸을 낳게 되리라는 것을 스물두 살의 시즈카 아야는 몰랐다.

내가 녹화된 인터뷰 영상으로 알 수 있었던 건 딱, 거기까지였다.

시즈카 아야의 엄마, 그러니깐 나의 외할머니는 삿포로에 살았고 자신은 일본인이라는 강한 정체성을 가지고 있었다. 외할머니는 나를 썩 좋아하지 않았으나 딸이 돌아온 것을 반겼다. 그다지 좋은 반응을 얻지 못했던 딸의 텔레비전 출연 녹화분도 17년 넘게 간직하고 있었던 외할머니였다. 외할머니는 엄마와 나를 자신의 집에서 지낼 수 있게 해 주었다. 엄마는 외할머니를 따라 꽃꽂이 교실에 다니고, 부녀회에 나가고, 근처 상점가를 돌며 인사를 했다. 갑자기 일본인이 되기로 결심이라도 한 듯 기모노 입는 법을 배우고, 된장국과 짠지 만드는 법을 배우러 다니느라 바빴다. 엄마나 외할머니, 둘 중 누구라도 덜 바빴으면 내게 '잡종'에 대해 가르쳐 줄 수도 있었을 것이다. 일본에서 잡종은 단순히 혼혈을 부르는 말이 아니라는 것을. 그건 내가 한국에서 들었던 '튀기'라는 단어와 비슷한 어감을 가진 말이었다. 혼혈은 하프, 튀기는 잡종. 패션 잡지에서는 '하프 뷰티'를 말하며 혼혈 모델들의 활약을 이야기했지만, 학교에서 나는 하프가 아닌 잡종일 뿐이었다.

하프로 대접받는가, 잡종으로 취급되는가. 그 차이를 가르는 것이 무엇인지는 알 수 없었다. 한국에서와 마찬가지로, 나를 부르는 호칭을 정하는 사람은 내가 아니었다. 호칭만이 아닌 다른 것들도 대부분 그랬다. 한국과 일본의 학교생활은 큰 차이가 없었다. 비슷한 괴롭힘이 이어졌고 다양한 욕을 들었고 원하지 않는 오지랖이 끼어들었다. 적당히 분위기 맞춰 웃었고 한두 명의 친구가 생겼다. 방학을 했고 친구 중 누군가는 연애를 했고 나는 친구의 연애담에 맞장구를 쳐 주었다. 그러니깐, 한국과 일본은 놀라울 정도로 비슷해서 다른 나라의 10대들도 다 비슷한 생활을 보내는 건지 아니면 한국과 일본이 지리적으로 가까워서 이런 건지 그것도 아니면 그 10대를 보내고 있는 사람이 나여서 그런 것인지 의문스러워졌다. 나는 가끔 중얼거렸다. "어디든 똑같은걸, 뭐 하러." 샌드위치는 내가 가장 싫어하는 음식이 되어 있었다.

한국으로 돌아가 대학을 다니겠다고 결정한 건, 단순히 언어 때문이었다. 한국이든 일본이든 어느 쪽이든 상관없다면 말하고 쓰고 읽기가 더 편한 나라를 선택하는 것이 당연했다. 외할머니가 집에서 한국어를 쓰면 곧장 호통을 쳤기에, 3년이 채 안 되게 지낸 것치고 내 일본어 실력은 꽤 향상되어 있었다. 그래도 10여 년 넘게 써 온 한국어만은 못했다. 무엇보다 한자가 싫었다. 한국 대학에 가겠습니다, 라는 내 말에 외할머니도 엄마도 크게 반대하지 않았다. 외할머니는 오히려 기뻐하는 것도 같았는데, 그즈음에 엄마의 재혼 이야기가 오가고 있기 때문이었을 것이다.

한국으로 떠나기 전날, 도서관에 책을 반납하고 집에 오니 엄마가 현관에 서 있었다. 낮 2시쯤에 엄마가 집에 있는 건 드문 일이었다. 엄마는 나를 보자마자 말했다.

"라멘 먹으러 가자."

딱히 거절할 이유는 없었다. 라멘집에서 엄마는 한참이나 메뉴판을 뒤적였다. 그러다 퍼뜩 깨달은 듯, 창밖을 봤다.

"겨울이지, 참."

11월의 삿포로에는 눈이 내리고 있었다.

"히야시츄카, 먹어 본 적 있니?"
"당연히 있지. 일본에 온 지 몇 년인데."

혼종의 중화냉면

"그렇구나."

엄마는 된장라멘을, 나는 쇼유라멘을 주문했다.

"난 히야시츄카를 먹어 본 적이 없어. 근데 그게, 중화냉면이라더라."

왜인지 그때, 시즈카 아야가 아닌 '엄마'에 대한 것을 딱 하나, 알게 된 듯했다.

그러니깐, 중화냉면이 몹시 먹고 싶었지만 신이 만들어 주는 히야시츄카라도 좋았다. 나는 유가 입을 다물고 꺼져 주기를 바랐다. 꺼져, 라고 말해야 하나 말아야 하나. 나는 땅콩버터 병뚜껑에 손을 올린 채 고민했다. 땅콩버터 병뚜껑의 프린트가 잘못된 듯, 오픈 표시가 양쪽으로 되어 있는 걸 그때 알았다. 왼쪽과 오른쪽, 어느 쪽으로든 돌려도 뚜껑이 열리는 새로운 용기가 개발된 것이 아니라면 말이다. 왼쪽으로 돌려서 열리면 계속해서 무시, 오른쪽으로 돌려서 열리면 무시 중단. 나는 뚜껑을 잡은 손에 힘을 줬다.

"하프? 쿼터? 신, 오마에하고 라라, 쌤쌤? 베리 베리 퍼펙트 매치."

유의 가운데 손가락이 까닥까닥 움직였다. 유가 계속 찔러 대던 다른 말에는 흔들림 없이 당근을 채 썰던 신의 손이 멈췄다.

"라라 이즈 콘 가이, 유 노우? 베트남 창녀 아냐고, 이 새끼야."

콘 가이, 라는 말에 휴대폰을 보고 있던 라라가 번쩍 고개를 들었다. 나는 오른쪽으로 병뚜껑을 돌렸다. 손등

에 핏줄이 솟아올랐다. 그 순간 나는 유가 한국말을 하는
것이 너무나도 싫었다. 병뚜껑이 돌아갔고, 신이 칼을 내
려놓았다. 나는 병뚜껑을 손안에 쥔 채 유에게 외쳤다.
꺼져. 신이 유의 팔을 움켜쥐었다. 둘은 서로를 노려보며
으르렁거리다 부엌 밖으로 나갔다.

라라는 무릎을 끌어안았다. 라라의 등이 둥글게 솟아
올랐다.

"라라도 라라 엄마도, 콘 가이 아냐. 신이 내게 그런 말
하면 안 돼."

콘 가이가 무엇인지, 나는 라라에게서 들어 알고 있었
다. 그거 한국어로는 화냥년 그런 말이야, 라고 설명할
때에 라라는 유독 '화냥년'을 잘 발음했다. 라라는 그 외
에도 몇몇 한국어 단어들을 말할 줄 알았다. 라라의 어머
니는 라이따이한이었고, 라라는 마을 남자들이 자신의
어머니에게 콘 가이, 화냥년의 딸, 그렇게 말하는 것을
들으며 자랐다 했다. 라라는 자신을 베트남인이자 라이
따이한 2세로 인식하고 있었다. 라라는 한국에 가 보고
싶어 했다. 그러나 돈 없이는 가기 싫다고, 호주에서 돈
을 모아 갈 거라고 했다. 한국에서 멋지게 차려입고 신나
게 노는 모습을 사진으로 찍어서 외할머니에게 보여 줄
것이라 했다.

"그랜마. 봐, 한국 완전 평화로워. 얘네 전쟁 같은 거
안 해. 나 한국인 친구도 있어. 그 애들 다 착해. 그렇게
말해 줄 거야. 그랜마가 치매에 걸렸는데, 계속 그래.
한국 군인 온다고."

라라는 한국을 좋아해서 한국에 가려는 것이 아니었

다. 오히려 싫어하는 쪽이었다. 그런 라라가 유와 사귀었다.

"뉴 라이따이한을 낳을 생각이냐고, 그랜마가 꿈에서 화를 내는 거야."

라라는 유와 사귀었던 두 달여간 내내 악몽을 꿨고, 그래도 유와 헤어지지 못했다. 결국 신에게 하룻밤 잠척해 달라 부탁을 할 정도로, 먼저 헤어지자는 말을 꺼내지 못했다.

"나는 유를 너무, 좋아해."

목 아래에서 끓어오르는 듯한 라라의 목소리를, 용암처럼 넘쳐흐를 듯한 절망을, 나는 라라의 둥근 등을 끌어안아 다독였다. 영영 끓지 않도록, 벅찬 열에 라라의 몸이 수증기로 변해 날아가 버리지 않도록 몸으로 덮어안았다.

라라의 솟아오른 등이 흔들린 순간, 나는 하얀 풍경을 떠올렸다.

아무것도 없는, 오직 하얗기만 할 그곳을.

약속 장소에 나온 건 언니가 아니었다.

내게 언니의 이메일 주소를 알려 준 건 엄마였다. 내 계좌에 찍힌 '동생에게'를 본 순간부터, 나는 무엇이든 해야 했다. 엄마의 라인 번호를 눌렀다. 엄마가 라인 보이스 톡을 사용할 줄 알까, 보이스 톡 연결음이 울리는 내내 손톱 끝을 튕겼다. 한국으로 와서 생활한 2년간, 엄마에게 먼저 연락을 한 적이 없었다. 1분 넘게 연결음이 울리고 툭, 엄마가 튀어나왔다.

"무슨 일 있어?"

전파를 타고 넘어온 엄마의 목소리는 느리고도 둥글었고, 나는 손톱을 튕기던 동작을 멈췄다. 엄마는 내 이야기를 듣더니 메일 주소 하나를 불러 주었다.

"2년 전에, 그 사람 가게에서 나왔다고 메일을 보냈더라고. 당장 방 얻을 돈이 없다고 해서 30만 원인가 부쳐 줬어. 그 뒤로는 나도 연락해 본 적이 없어."

그러니깐 그 메일로 연락해도, 답장이 없을지도 모른다고 엄마는 덧붙였다. 나는 이번에도 물음을 삼키려 했지만, 전날 술을 너무 마셔서인지 더 이상 무엇도 안으로 밀어 넣을 수가 없었다.

"왜, 나한테 안 알려 줬어? 언니한테 연락 왔다고."

토하듯 던진 물음에 엄마가 답해 줄 줄은 몰랐다.

"시안이한테 연락 오면 알려 달라거나 하는 말, 네가 안 했잖니."

엄마의 답은 담백했다. 엄마는 의외로, 물어보면 뭐든 알려 주는 사람이었던 걸까. 전화를 끊고, 종이에 받아 적은 메일 주소를 한 글자씩 키보드로 쳤다. 무어라 적을지 한참을 헤맸다. 썼다 지웠다를 반복하다 결국 다섯 줄만 써 넣고 보내기를 클릭했다. 「박미유라고 합니다. 이 메일이 시안 언니의 것이 맞나요? 제 계좌에 돈이 들어왔는데 무엇인가 싶어요. 혹시 만날 수 있나요? 답장 부탁합니다.」스팸 메일도 이보다는 문장이 자연스럽겠다 싶었다.

인스턴트 북엇국을 끓여 머그 컵에 담아 오니, 답 메일이 와 있었다. 「이번 주 토요일, 오후 3시. 목동역 8번 출구. 스웨터가 빨개요.」 딱 그렇게만 적혀 있었다.

8번 출구 앞에 서 있는 빨간 스웨터는 한 명뿐이었다. 파마머리에 은핀을 찬, 40대로 보이는 아주머니였다.

"네가 미유지. 딱 보니깐 알겠네. 사진이랑 똑같다, 야. 카페 가자. 여기 엄청 예쁜 카페 많은 거 아나. 무작정 여기로 오라고 해서 미안하다. 내가 오전에 출입국 사무소를 가야 돼 가지고, 오후에 또 일 나가야 하니깐 왔다 갔다 하면 아무래도 시간이 안 맞지 뭐냐. 목동이 이젠 사람 없다 어쩐다 해도 우리 가게가 워낙 맛집이라 오후 되면 손님이 끊이지를 않아. 화교가 주방장이면 뭐 해. 우리 가게처럼 경력이 길어야지. 어휴, 저기 들어갈까. 저기."

아주머니는 끊임없는 수다로 나를 잡아끌었다. 아주머니의 이름도 모르는 채, 카페에 앉아 커피를 주문했다. 아메리카노와 라테가 앞에 놓이고 아주머니는 핸드백 안에서 엽서와 편지 몇 장을 꺼내, 탁자에 놓았다.

"시안이가 보내온 엽서들이랑, 편지야. 지금은 어디 있는지 모르겠네. 일주일 전에는 산티아고에 있었는데, 돈이 떨어져서 잠깐 멈춰 있다고 했어. 이 뒤는 아마 우수아이아인가, 거기로 가지 않을까. 거기서 배를 탄다고 했던 것 같은데."

엽서를 들어 살펴봤다. 여러 나라의 기념엽서였다. 엽서 뒤에는 도착했습니다, 언제 어디로 떠납니다, 같은 말밖에 쓰여 있지 않았다. 편지도 별반 다르지 않았다. 다섯 장 정도의 편지는 모두 A4 반 장 정도였다. 엽서와 편지 모두, 똑같은 문구로 마무리되고 있는 것이 눈에 들어왔다. '앞으로 1만 7000킬로미터.', '앞으로 1만 2000킬로미터.' 숫자는 점점 줄어들고 있었다.

"이게 뭔가요?"

아주머니의 말도, 엽서와 편지에 쓰인 짧은 글들도 언니와 연결되지 않았다.

"시안이가 점점 남극에 가까워지고 있다는 증거. 애가 휴대폰도 안 쓰고, 메일 체크도 잘 안 하니깐 걱정이 되잖아. 이동할 때마다 보내라고 했어."
"남극요?"
"그래. 남극."

우리 가게에서 일하기 시작했을 때부터 그랬어. 돈 모아서 남극에 간다고. 아주머니는 기묘한 화술가였다. 언니의 이야기를 하는 듯하다 화교인 아들의 국적 취득에 대한 한탄으로 옮겨 갔고, 느닷없이 자장면의 역사가 튀어나오나 싶더니 다시 언니의 이야기로 돌아갔다. 그러다가도 출입국 관리국의 행정 절차를 탓하는가 하면 외국인 등록증을 잃어버린 썰을 한참이나 풀다가 다시 언니의 이야기로 돌아갔다. 구불구불한 길 곳곳에 장애물이 불쑥불쑥 솟아올라 있는데, 더 이상 피하기 귀찮아서 뛰어넘지 말아 버릴까 할 때면 다시 쭉 뻗은 길이 나타나는 게임 맵 같았다.

"시안이 아버지가 좀 유명해, 아주 독종으로. 근데 그 사람, 아무래도 사람을 사람으로 안 봐. 오해 마. 화교라고 다 그러는 거 아냐. 나만 봐도 인간미가 철철 넘치잖아. 친하냐고? 안 친해. 잘 몰라. 시안이네는 대만에 호적을 둔 애들이거든. 국민당 따라서 국적만 올려놓은 다른 사람들하고는 케이스가 좀 달라. 대만 내성인 출신이라 하더라고. 나처럼 부모가 산둥 출신인 사람들은 화교면 중국인 아니오, 이런 말 들어도 화를 안 내거든. 시안이 아버지는 중국인이오, 하면 아주 가게 뒤집어엎을 듯 화를 냈다 하더라고. 나는 대만인이오, 하고. 아, 중국인 대만인 그거 대만에서 당하고 산 내성인들이나 호칭에 민감하지, 한국에서야 다 똑같이 짱깨 취급 아니야. 유하게 생각하고 둥글게 좀 어울려 살지. 그렇게 각을 세우고 산다니깐. 그래서 첫 마누라하고도 이혼하고…. 안 친해도 이야기는 다 알지. 발 없는 소문이 천 리를 가잖아. 딸 하나 있는 거를, 공부도 더 안 시키고 가게에서 부려 먹는다는 소문도 돌았었거든. 그 딸이 일자리 없냐고 내 가게에 딱 나타났는데, 어떻게 안 받아 줘."

아주머니가 대만과 중국, 화교에 대한 이야기를 할 때마다 나는 아메리카노만 마셨다. 아주머니가 무슨 말을 하는지, 도통 알아들을 수가 없었다. 중국은 대만을 자기네 나라의 한 지역으로 여기고, 대만은 중국에서 독립된 나라로 행세하려 하고. 내가 아는 건 딱 거기까지였다. 그나마도 대만 출신의 한 연예인이 일으킨 소동 때문에 알고 있는 거였다. 그 연예인이 대만 국기를 들고 나와서 중국에서 사실상 방송 금지령을 내리고 한국 방송국에 항의를 했던 사건이었다. 잠깐 동안 중국과 대만의 관계에 대한 기사가 쏟아져 나왔고, 그중 몇 개를 읽었다. 내성인이 원래 대만에 살고 있던 원주민을 이야기한다는 것을, 중국에서 넘어온 사람들을 외성인이라부른다는 것을, 홋카이도의 원주민이었던 아이누족이 이주민에게 밀려났듯이 내성인들도 비슷한 과정을 겪었다는 것을 나중에야 알았다. 내성인과 아이누족, 어디에서든 원주민들의 비극은 샌드위치처럼, 닮아 있었다.

언니는 아주머니네 가게에서 반년쯤 일했다고 했다. 악착같이 돈을 모으기에 아주머니가 물었단다. 연애도 좀 하고 그러지, 돈만 모아서 뭘 하려고, 라고.

"호주에 워킹 홀리데이 신청해서 갈 거예요, 하더라고. 그 이야기를 꺼냈다가 아버지한테 된통 혼났대. 이러다가는 영영 식당 일만 하고 못 떠난다 싶어서 가출을 했다나. 시안이 아버지가 찾아오면 어쩌나 걱정도 했는데, 안 오더라고."
"워킹 홀리데이요?"
"그래. 비행기 삯하고 서류 준비하는 돈하고, 초반에 정착 비용은 있어야 되지 않겠냐고 하더라고. 신청 비용하고 초반 정착비하고 해서 한 400 모을 거라고. 어휴, 그거 아주 장난 아니더라고. 뭐 서류도 이만큼이고. 그렇게 힘들게 호주 가서 뭐 하려고, 그랬더니 돈 벌면서 남극에 갈 거라고 하더라고. 여러 나라를 거쳐서 갈 거라고."
"남극을요."
"응. '세계의 끝에 있는 우체국'에 가서 동생한테 엽서를 보낼 거라고."

시안이가 술만 마시면 동생 이야기를 했어, 라고 아주머니는 말했다. 전생에서부터 동생이었던 것 같았어요, 라고 했단다. 나는 술을 마시는 언니를 본 적이 없었지만, 어쩐지 그 장면을 쉽게 상상할 수 있었다. 내 상상 속에서 언니는 스물두 살의 모습 그대로였지만, 나와 처음

만났을 때에도 스무 살이 넘었을 때에도 언니는 작고 둥그렇고 솜이불 같았으니깐 그건 별문제가 되지 않았다. 작고 둥그렇고 솜이불 같은 언니가 소주를 마시는 게, 어쩐지 무척 어울리겠구나 싶었다. 소주를 마시고 내 동생, 이라고 말하는 언니의 목소리까지 들을 수 있을 것만 같았다.

"처음에는 친동생 이야기인가 했는데, 하루는 그러더라고. 동생한테 살짝 질투가 났어요, 하고. 동생의 학교생활은 어떨까를 상상하면 그랬다고. 짱깨라는 말을 듣지 않고 학교에 다니는 건 어떨까. 저 학교 다닐 때, 누가 그랬거든요. 유럽 여행 가서 곤니치와, 라는 말 듣는 건 별로 짜증 안 나는데 니하오, 를 들으면 인종차별인가 싶었다고. 일본인 취급받는 건 괜찮아도 중국인 취급받으면 막 내가 못생기고 더럽다는 뜻인가 싶었다고. 그런 이야기를 들어서인가. 그래도 일본 혼혈인 동생은 좀 덜 놀림받지 않을까 싶어서…. 그렇지만 아니었을 거예요. 그런 걸로 사람을 나누고 놀리는 애들은, 한쪽 부모의 국적이 일본이든 중국이든 대만이든 베트남이든 놀렸을 테니깐. 동생의 학교생활도 그다지 행복하지는 않다는 건 동생의 얼굴만 봐도 알 수 있었는데. 그래도 나는 질투를 했어요. 나쁜 언니였어요, 라고. 그 이야기 듣고 알았지. 이제까지 내 동생, 하던 게 친동생이 아니었구나 하고."

아주머니는 남아 있던 라테를 한 번에 들이마셨다. 소주라도 마시듯이. 내 아메리카노는 이미 바닥을 보인 채였다. 순간 나는 한 컵 가득 찬 물이 있었으면, 했다. 텁텁함을 넘겨 버릴 수 있는 시원한 물이.

언니가 나를 질투했을 거라는 생각은 한 번도 해 본 적이 없었다. 나도 언니도, 중화냉면일 뿐이라고 여겨 왔으니깐. 일본인가 중국인가 대만인가 하는 것은 당근인가 오이인가 깻잎인가 그 정도의 차이일 뿐이었다. 그것은 내 착각이었던 것일까. 어쩌면 나는 노른자를 품은 달걀처럼 채소 고명들 위에 척 올라앉아 있었던 것일까. 손에 들고 있던 엽서의 한 귀퉁이에 열은 손톱자국이 겹쳐져 새겨졌다.

"이젠 슬슬 가 봐야겠네. 참, 이거."

아주머니는 핸드백 안에서 또 한 장, 종이를 꺼내 탁자에 놓았다.

"이거 때문에 만나자고 한 거였는데. 계좌에 돈이 들어왔다고 했잖아. 시안이가 넣은 게 맞는 것 같거든. 걔가 가게에 있을 때 종이에 뭐를 하나씩 쓰더라고. 동생이 스물두 살 생일을 맞으면 해 주고 싶은 것들 리스트라고. 왜 스물두 살 생일이냐고 했더니 동생하고 헤어졌을 때 제가 그 나이였어요, 하던데. 그거를 줘야 할 것 같아서. 그래도 그렇지. 그런 의심스러운 메일 받고 막 나오고 그러면 안 돼. 알았지? 그럼 난 먼저 갈게."

아주머니는 수다의 끝자락까지 둘둘 잘 말아 넣고는 단숨에 카페를 나가 버렸다. 나는 빈 컵을 들고 빨대를 빨았지만, 올라오는 것은 아무것도 없었다. 결국 내려놓았다. 종이를 집어 들었다. 텁텁함이 묻은 입술을 혀로 핥으며 종이를 봤다. 일주일치 여관비, 가 종이 맨 위에 적혀 있었다. 식비와 교통비, 면접을 볼 때 입을 옷을 살 돈. 입술 핥기를 그만두었다. 목록 가장 아래에는 비행기

삯이 적혀 있었다. 60만 원쯤, 이라고. 각 항목을 모두 더한 금액은 120만 원이었다. '동생아. 네 스물두 살이 나와 같지 않기를 바라. 그때 내게 필요했던 딱 이만큼의 돈을, 내가 너에게 줄 수 있기를.' 숫자 옆 깨알처럼 작은 글씨가, 손톱자국보다 더 깊이 파여 들어갔다.

손등을 타고 컵에 맺혀 있던 물방울이 흘렀다. 나는 엽서와 편지를 차례대로 늘어놓았다. 종이 아래 숫자는 조금씩, 그렇지만 확실하게 작아지고 있었다.

아무것도 없는 곳. 남극은 정말 그런 곳일까. 왜 언니는 '세계 끝에 있는 우체국'에 가서 내게 엽서를 보내겠다고 한 것일까. 그 우체국에, 무엇이 있기에. 엽서를 아무리 들여다보아도 답은 찾을 수 없었다. 그러나 가득한 엽서의 사진 면과는 다르게, 몇 글자만이 쓰인 채 비어 있는 엽서 뒷면을 보는 동안 언니의 목소리가 점점 흘러 내렸다.

싱크대 앞에 주저앉아 울던 언니의 목소리가.

아무것도 없는 곳에, 가고 싶어.

어쩌면 언니가 도착하려는 세계의 끝은, 남극이 아닌 다른 어딘가일지도 모른다. 그러나 그곳이 어디든, 얼마나 먼 곳에 있든.

언니는 분명히, 나아가고 있었다.

신이 만들어 놓은 육수를 그릇에 부었다. 히야시츄카보다 조금 넉넉히, 그릇 중간쯤 넘실거리게. 간장과 설탕으로 간을 맞추었다. 땅콩버터 병에서 한 숟가락 가득, 버터를 퍼냈다. 히야시츄카와 중화냉면의 가장 큰 차이점은 분명 이, 땅콩버터이다. 전문적으로 중화냉면을 만드는 가게에서는 땅콩을 통째로 갈아서 쓰기도 한다고 했다. 그건 아무래도 언니가 만들어 주었던 중화냉면과는 다른 맛일 것 같다. 그래서 나는 한 번도 가게에서 중화냉면을 사 먹지 않았다.

땅콩버터와 연겨자를 섞었다. 천천히, 땅콩버터의 갈색이 진득해질 때까지.

"이상한 맛이 날 것 같아."

둥그렇게 말려 있던 라라의 등이 조금씩 펴졌다. 라라는 싱크대 옆에 와 섰다. 눈가에 아이라이너가 새까맣게 번져 있었다. 라라는 땅콩소스가 만들어지는 것을 유심히 지켜보았다.

중화냉면이 먹고 싶었다. 엄마의 이메일을 받았을 때부터.

내가 대학을 휴학하고 호주 워킹 홀리데이를 준비하는 동안, 엄마는 재혼을 했다. 엄마의 세 번째 결혼 상대는 미국인이었다. 엄마는 곧 미국으로 떠날 것이라 했다. 외할머니는 엄마에게 다시 돌아오면 받아 주지 않겠노라 엄포를 놓았다 했다. 엄마의 재혼 상대는 사진가이자 여행가였고, 전 세계에 친구들이 있었고, 그 친구들도 사진을 찍었다. 엄마는 그 친구들 중 누군가 찍은 사진 속에서 언니를 찾아내었다. 언니는 색색의 병이 가득 쌓인 가판대 옆에서 웃고 있었다. 바릴로체 벼룩시장이래. 검색을 해 보았다. 바릴로체는 아르헨티나의 도시였다. 남극으로 가는 항구가 있다는 우수아이아까지는 버스로 30시간 정도 걸리는, 약 2000km 떨어져 있는 도시였다. 우수

아이아에서 남극까지는 1000km 떨어져 있다 했다.

나는 마을에 하나 있는 인쇄소에 가, 엄마가 첨부해 온 사진을 프린트했다. 엽서도 한 장 샀다. 백패커로 돌아와 언니의 사진을 엽서에 붙이고, 뒷면에 '앞으로 3000km'라고 적어 넣었다. 그 엽서를 언니의 엽서들 뒤에 놓았다. 가장 앞에는 호주, 가장 마지막에는 아르헨티나가 자리 잡게 되었다. 내가 언니를 따라잡는 것이 먼저일까, 아니면 언니가 '세계 끝 우체국'에서 내게 엽서를 보내는 것이 먼저일까. 사진 속 언니 앞에 놓인 병 속에는 땅콩버터가 담겨 있었다. 갈색의 땅콩버터가 가득한 커다란 병을 보자, 혀 아래에 침이 고였다.

고소하고도 시원했던, 불량식품 같기도 했던 그 맛이 떠올랐다.

식탁에 그릇 세 개와 땅콩소스를 놓았다. 신이 부엌으로 들어왔다. 나도 라라도 유에 대해 묻지 않았다. 나와 라라, 신은 식탁에 앉았다.

"땅콩소스는 원하는 만큼 풀어서 먹는 거야. 수프에."

라라는 포크 끝으로 땅콩소스를 찍어 혀에 대 보더니 고개를 갸웃거렸다.

"수프가 많네. 이미 히야시츄카가 아닌걸, 이건."

신이 그릇을 들어 육수를 한 모금 마셨다. 나는 땅콩소스를 한가득 떠 국물에 풀었다.

시리얼 그릇에 스파게티 면, 닭 뼈와 냉동 새우만으로 내어 아무래도 감칠맛은 나지 않는 육수, 땅콩버터 양에 비해 부족했던 연겨자. 콩나물 대신 올라간 루꼴라. 그럴싸한 것은 신이 잘 다듬어 놓은 고명들뿐이었다.

중화냉면은 원래.

족보가 없다, 는 평을 공공연하게 들은 음식이다. 2010년 7월 〈한겨레〉에 누군가 중화냉면에 대한 글을 썼다. '족보는 없다, 중국냉면'이라고. 땅콩버터로 땅콩소스를 만드는 것은 한국에서 만들어진 방법이란다. 중국에는 '즈마장(芝麻醬)'이라고 땅콩과 깨가 섞인 소스가 아예 따로 있다는 것이다. 처음에 정해진 레시피가 없었던 만큼 가게마다 만드는 방법도, 올리는 고명도 가지각색이다. 히야시츄카처럼 육수를 적게 넣는 곳도 있고, 평양냉면 못지않게 가득 담는 곳도 있다. 땅콩소스를 면에 따로 비비게 내어 주는 곳이 있는가 하면 아예 육수에 푸는 곳도 있다. 70여 년이 넘는 시간 동안, 곳곳에서 각자 자기만의 레시피를 만들어 온 셈이다. 이쯤 되면 족보가 없는 게 아니라, 중화냉면이란 선조 아래 수십 개의 분과가 생겨났다고 보는 게 좋을지도 모르겠다.

그럼에도 중화냉면은 원래.

'중화'요리에도 속하지 못하고 '냉면'에도 속하지 못한 채 떠도는 운명을 지녔다. 여름 특집으로 '냉면'을 다룬 기사를 본 적이 있었는데, 중화냉면은 평양냉면과 함흥냉면, 심지어 모리오카냉면에도 밀려 저 아래 '그 외 퓨전냉면들' 한쪽에 자리 잡고 있었다. 퓨전은 메인이 될 수 없고말고요. 그렇게 이죽거리는 것만 같아서, 그 기사가 참 싫었더랬다.

그래도 중화냉면은.

"이상할 줄 알았는데, 맛있다. 땅콩소스는 뭐에 들어가도 진리구나. 베트남에도 있거든. 땅콩소스에 비벼 먹는 국수."

라라가 감탄했다.

"혼종. 끔찍한 혼종 아니지. 좋은 혼종."

신은 어쩌면 '혼종'이 맥락에 뒤섞여 만들어 내는 뜻을 알고 있었을지도 모르겠다.

"맞아. 좋은 혼종. 맛있으면 뭐든 오케이지."
"오케이지."

맛있다. 뒤섞여 있으면 어떤가. 그것만이 사실이다.

세계 끝에서의 엽서에 적을 것이다. 중화냉면을 기억하고 있나요, 라고. 아무것도 없는 흰 바다 위에 띄워 보낸다면 언젠가 누구에게든 도달하리라.

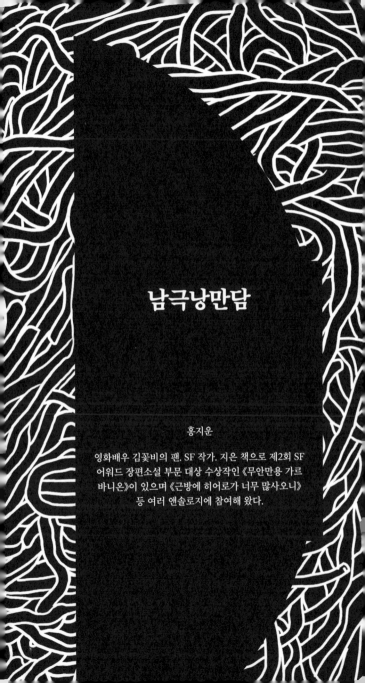

남극낭만담

홍지운

영화배우 김꽃비의 팬. SF 작가. 지은 책으로 제2회 SF
어워드 장편소설 부문 대상 수상작인 《무안만용 가르
바니온》이 있으며 《근방에 히어로가 너무 많사오니》
등 여러 앤솔로지에 참여해 왔다.

1.

남극의 오로라는 이런 상황에서마저 아름답더라고요. 어두운 밤하늘을 무대로 끊임없이 춤을 추며 빛나는 자기장의 파도. 이렇게나 추위와 굶주림 속에 괴롭기만 한데도 이 광경에는 위안을 받네요.

저는 다시 한번 세연 씨를 바라보았어요. 그러고는 말 없이 다독여 주었지요. 아무리 그래도 이렇게나 열심히 말도 못 꺼내는 모습을 보면 그게 좀 미안하잖아요. 지금 이 상황이 세연 씨 잘못도 아니니까요. 그런데 당사자는 그렇게 생각하지는 않는 것 같아서 좀 그렇더라고요.

세연 씨는 한숨을 푹 쉬고는 저를 따라 차 지붕 위에 드러누웠어요. 그러고는 저랑 같은 하늘을 바라보았지요. 별이 쏟아질 것만 같은 저 하늘을요.

세상에. 저는 이제까지 '별이 쏟아질 것만 같은'이라는 관용구가 진정 무슨 의미인지 감도 못 잡고 있던 것이더라고요. 지금 세연 씨와 제가 바라보는 하늘은 정말이지. 검은 종이 위에다 설탕 자루를 쏟아부은 것처럼 무수한 별들이 반짝거리고 있었거든요.

"죄송해요."

"괜찮대두. 세연 씨 때문이 아니잖아."

그야 그렇죠. 남극대륙에서 냉면 한 그릇을 먹으려다 이 모든 시련과 불운 그리고 고통을 겪게 되리라는 것을 과연 그 누가 상상할 수 있었겠어요?

저와 세연 씨는 그렇게 고장이 난 설상용 개조 차량 위에 누워 까마득한 얼음 절벽 틈새로 보이는 극지대의 밤하늘을 바라보게 되었습니다. 남극 장보고 기지에서 출발한 구조대가 저희를 찾아오기를 기다리면서요.

"그러네요. 별이 우라지게 많아요."

2.

일의 발단은 이렇습니다. 제게는 작년 말부터 개인적으로 준비하던 프로젝트가 하나 있었어요. 그리고 촬영 중에 추운 곳에서 촬영하면 좋겠다 싶은 장면이 떠오르더군요. 하지만 독립 영화 감독이라는 것이, 그중에서도 또 다큐멘터리 감독이라는 것이 어디 로케에 쓸 비용을 마련하기 좋은 직업은 아니더라고요.

그래서 이를 어쩌나 발만 동동 구르던 중에 정부에서 예술가들을 대상으로 극지 연구소에서 두 달 정도 머물며 이런저런 취재를 할 기회를 주는 지원 사업이 있다는 것을 알게 되었어요.

당연히 바로 지원을 했고, 어찌어찌 복잡하고 귀찮은 서류 작업의 산을 넘어 이렇게 탁, 남극 세종 과학 기지 보다도 더 외딴 곳에 위치한 남극 장보고 기지에 머물게 되었지요.

"남극을 보고 싶어 하시는 작가님들이 의외로 많더라고요. 몇 년 전에는 〈미생〉을 그리셨던 윤태호 작가님도 오셨었어요."

"장그래가 남극도 간대요?"

"어… 저도 그때는 연구원이 아니었어서 잘 모르겠어요."

"그렇구나."

그리고 이 남극 장보고 기지에서 저는 저의 방 짝이자 빙저호를 연구하는 과학자 세연 씨에게 많은 도움을 받게 되었지요. 4인실을 배정받기는 했지만 여자 대원이 많지 않아서 두 사람만 쓰라는 이야기에 가급적이면 성격이 맞는 사람이랑 방 짝이 되기를 바랐는데.

"세연 씨."

"… 네? 네!"

"나 씻으러 갈 건데 같이 가자고."

"네! … 네?"

이렇게 뜬금없이 대화가 막히는가 하면.

"…"

"…"

"…"

"……"

"……"

이렇게 평범하게 대화가 막히기도 하였죠.

세연 씨는 남극 장보고 기지에 빙저호를 연구하러 왔다고 했어요. 남극의 두꺼운 빙하 밑에 가끔가다가 호수가 생기는 경우가 있는데 그게 빙저호래요. 수백 미터에서 수 킬로미터 두께의 얼음층 아래에 외부와는 완전히 고립된 생태계가 있다는 것이지요.

그렇잖아도 고립된 남극대륙에서 한 번 더 고립된 빙저호를 연구한다니. 언제나 대학 도서관에서 모니터와 논문들만 마주했을 법한 인상의 세연 씨에게 어쩜 그렇게 어울리는 연구 주제가 있는지 그저 놀랍더군요.

사실 세연 씨의 첫인상은 전혀 이런 이미지가 아니었어요. 배구 선수 같은 키에 바싹 탄 피부만 봐서는 완전히 아웃도어파로만 보였는데. 이제 와 생각하면 그 수줍음 가득한 미소에서 눈치를 챘어야 싶어요.

알고 보니 키 크고 어깨도 넓은데 밥은 굶기 일쑤라 몸은 깡말랐고 바싹 탄 피부도 남극대륙의 강렬한 자외선 탓이었더라고요. 그 외에는 그저 뭐 인도어파. 그냥 인도어도 아니라 인도어 온 베드파.

세연 씨가 불편했다는 이야기는 아니에요. 탁구공처럼 대화의 소재가 핑, 퐁, 핑, 퐁 이어지지 않는 경우가 있긴 했어도 세연 씨는 저에게 무척 친절했거든요. 다만 한국-파리-호주-칠레로 이어지는 여행길에서 다른 대원들이랑 더 친해지기도 했고, 남극대륙까지 들어가는 쇄빙선 아라온호에서 같은 방을 쓰면서도 좀 데면데면했어요.

여하튼 프로젝트를 진행하기 위해 오기는 했는데 그 준비 과정에 있어 약간의 착오가 생긴 나머지 필요한 물건들이 아직 도착을 하지 않았더군요. 그래서 제 일정은 도착하자마자 붕 뜨고 말았어요. 그러자 세연 씨는 같은 탐사대 대원으로서, 또 방 짝으로서 남극까지 와서 멍 때리는 저를 위해 고생스러운 계획 하나를 제안하더군요.

"저… 언니. 잠깐 괜찮으세요?"

"응, 왜요?"

"제가 이번에 김 박사님이랑 근우 씨랑 같이 2박 3일로 탐사를 가거든요."

"응, 그런데?"

"혹시 시간이 비셨다면… 저희랑 같이 가셔서 운석 찾는 일 좀 도와주실래요?"

"진짜? 나, 나 할래! 나 데려가! 그런 일이면 제가 부탁드리고 싶죠!"

아니 그게, 그때는 진짜 조금 낭만적으로 들렸거든요.

3.

"우 감독이 다큐멘터리 감독이면 빙폭이나 빙탑 같은 걸 봐야 하는데. 아니면 크레바스라든가. 되게 멋져."

"김 박사님은 자주 보셨어요?"

"나야 월동 대원으로도 있었으니까 꽤 봤지. 운 좋으면 나중에 한번 같이 가자고."

"어딘데요?"

"있어. 전에 나 고립되었던 곳."

"아, 거기…."

김 박사님은 남극에 자주 오셨던 만큼 별별 사건 사고를 당하고 또 저지른 사람이라고 하더군요. 그중에서도 근래 가장 큰 사고가 몇 달 전 설상차가 전복되어서 같이 차를 탔던 연구 대원 한 분이 크게 다치고 김 박사님도 오랜 시간 동안 오지에서 고립되어야만 했던 일이었다고 해요. 그런 곳으로 촬영을 가라니, 심성도 곱죠.

팀의 대장이라고 할 수 있는 김 박사님은 지구 물리 대원이었어요. 월동 대원으로 지낸 적도 몇 번이나 있는 베테랑이기도 했지요. 몸집이 왜소하지만 그래도 눈에는 생기가 넘쳐흐르는 학자님이시고요. 끼고 계신 안경의 도수가 어찌나 높은지 눈이 좁쌀만 할 정도로 작게 보이는 것이 참 그분 성격이 보이는 지점이랄까요. 가끔은 그 작은 눈에서도 묘한 빛이 흘러나온다는 점이 특히나요.

"우 감독은 우리한테 그런 데 데려가 달라고도 안 하네. 남극에는 뭐 찍으러 온 거야?"
"남극에서 밥 먹는 거 찍으려고요."
"원, 농담도."
"진짠데? 박사님, 저기 튀어나왔다."

김 박사님은 자동차의 운전대를 돌렸어요. 눈 위라고는 해도 무척이나 매끄럽게 코너를 돌더군요. 4인용의 작은 차라고는 해도 개조되어 큼지막한 바퀴가 달려서 운전하기는 쉽지 않은 모양새였는데 말이에요. 저도 딱히 제 프로젝트를 설명하고 싶지 않아 창밖의 새하얀 설원을 바라보았어요.

세연 씨의 권유가 있던 다음 날, 저는 K-루트 탐사 제

3조에 속하게 되었어요. 그러고는 다른 조들과 함께 캠프 1까지 이동을 했지요. K-루트 탐사조라고 말하면 무척 거창한 느낌인데, 내용 자체는 일종의 캠핑이나 다름없었지요.

K-루트 탐사조는 남극 세종 과학 기지, 남극 장보고 과학 기지에 이은 세 번째 과학 기지 건설 후보 지역을 둘러보는 임무를 맡고 있었거든요. 본격적인 탐사가 시작된 것은 아니라서 저 같은 외부인도 쉽게 잡무 및 견학을 목적으로 합류할 수 있었어요.

우리 팀, 그러니까 제3조는 김 박사님과 근우 씨와 세연 씨 그리고 저 이렇게 4인 구성이었어요. 좋게 말하자면 초심자 팀이고 나쁘게 말하자면 멀리 가기는 귀찮아팀이었지요.

저희 말고 다른 탐사조는 헬기를 타고 나가서 일주일이나 가까이 캠핑을 하며 후보지를 물색한다고 해요. 하지만 제3조는 그렇게까지 하기에는 아직 남극 생활이 익숙하지 않거나 너무 익숙해서 이제 와 굳이 더 뭘 하고 싶지 않은 사람들의 모임이었어요.

"남극 풍경이야 '내셔널 지오그래픽' 같은 곳에서 천문학적인 설비로 촬영한 작품들이 넘쳐 나잖아요. 우 감독님은 우 감독님 작품 세계 챙기셔야죠. 첫 작품이 팔도 생활사를 다룬 거였던가요?"
"그렇죠. 애초에 제 장비 정도로 찍은 영상은 그쪽 판에서는 영상 취급도 안 해 줄걸요? 내 장비는 어쩌면 근우 씨가 가져온 장비보다도 못할지도 몰라."
"어쩌면이 아니라 더 비싼 물건이 맞습니다."
"부럽게 자랑은."

근우 씨는 웃으면서 카메라를 들어 보였어요. 아닌 게 아니라 제 카메라보다 2.5배는 더 비싼 물건이더라고요. 제 것도 그래도 공모전 상금을 탈탈 털어서 투자한 물건이었는데 말이죠. 근우 씨는 언제나 선크림을 한가득 바르고 마스크도 열심히 쓰고 다녀서 남극에서 생활하는 사람이라고는 상상하기 어려울 만큼 피부가 하얬어요. 체형도 김 박사님과는 달리 약간 포동포동해 인상이 참 선했지요.

근우 씨는 건설 전문 대원이었어요. 다른 대원들과는 달리 학계에 소속된 연구자는 아니었고요. K-루트 사업의 결과로 만들어질 제3기지 건설과 관련해 현대 건설 측에서 미리 파견 나온 자문 위원에 가까웠어요. 그래서 근우 씨가 갖고 온 사진기나 카메라 등이 모두 다 최신형의 회사 장비들이었지요.

김 박사님과 근우 씨는 오래도록 알고 지낸 사이였다고 해요. 근우 씨는 남극 장보고 과학 기지 준공 당시에도 참여한 베테랑이었거든요. 김 박사님도 공사 당시에 남극에서 계속 지내셨기 때문에 인연이 이제까지 이어졌다고 하고요. 그때가 2010년대 초였다니 그때 이후로 김 박사님이나 근우 씨 모두 커리어가 제법 쌓여, 두 사람 모두 이번 K-루트 사업에서도 나름의 중책을 맡게 되었대요.

근우 씨는 이 좁디좁은 남극 장보고 과학 기지 안에서 유일하게 제 작품을 본 적이 있는 사람이기도 했어요. 저 같은 신출내기 다큐멘터리 감독의 입봉작을 챙겨 봤다면 자기가 시네필까지는 아니라고 말하는 시네필의 단계조차 이미 넘어선 사람이죠. 이 사람도 참 신기해요. 도대체 그걸 어떻게 찾아본 거지?

"그런데 연구소 사람들만 남극 오는 게 아니었어요? 기업 사람들도 오고 그래요?"

"연구자들만큼은 아니지만 관계자들이면 다 오지. 저번에는 현대 자동차에서 싼타페로 양산 차 최초로 남극 횡단하고 그랬는걸. 그때 그 자동차들 남극 기지에 다 기부하고 그랬어."

"어? 저 주차된 차 중에서 싼타페 못 본 것 같은데요?"

"에이, 그게 몇 년 전인데. 남극 같은 극지 환경에서 자동차는 좀 과장되게 말해서 다 소모품이야. 우리가 타고 있는 차도 남극 환경에 맞게 만들어진 특수품에 정비도 꾸준하게 받고 있지만 한국에서만큼 오래는 못 써."

"그렇구나."

"그렇지."

이런저런 잡담을 나누고 있었지만 세연 씨는 조용히 입을 다물고 창밖만을 바라보더군요. 어쩌면 진지하게 남극대륙에 떨어진 운석을 찾고 있는 것일지도 모르겠다 싶었어요. 저도 딱히 무슨 말을 건네기는 애매해서 앞좌석의 두 사람들과 계속해서 대화를 했고요.

세연 씨의 설명으로는 남극대륙 같은 곳에서 운석을 발견하기 좋대요. 왜냐하면 다른 대륙에서는 떨어진 돌덩어리를 봐 봤자 이게 운석인지 그냥 원래 있던 돌인지 알 수가 없지만 남극은 하얀 설원 위에 무언가가 떨어져 있다면 땅에서 솟아난 것이 아닌 하늘에서 떨어진 것이리라 쉽게 짐작할 수 있기 때문이라나요.

그렇다는 이야기는 결국 남극대륙에서 운석을 찾아내는 방법은 하얀 설원을 내내 노려보다가 검은 점이 하나 보이면 그게 운석이리라 기도하며 일일이 확인하는 수밖에 없다는 것이지요. 세연 씨는 어쩌면 저렇게 일을 열심히 할까 싶을 정도로 창밖만 노려보는 일만 하더라고요.

물론 이 고급 인력들 — 정확히 말하자면 저를 제외한 이 고급 인력들 — 이 이렇게 하는 거 없이 자동차 창밖만 바라보는 드라이빙을 하려고 나온 것은 아니에요. 어디까지나 운석 탐사는 K-루트 탐사조들이 각지를 조사하면서 겸사겸사 운석도 하나 줍고 그러면 좋다는 정도의 임무였으니까요. 무엇보다 저 같은 비전문가도 할 수 있으니까 세연 씨가 권해 주었던 것이고요.

"그러면 제3기지 건설 후보지는 기준이 뭐예요? 풍수지리? 배산임수?"

"뭐 그 비슷하지."

"진짜?"

"아니, 진짜로 풍수지리를 따진다는 이야기가 아니라… 우 감독 지금 국내 최고의 연구자들을 무슨 미신쟁이로 보나. 주변 지형을 보고 따질 게 많다는 점에서 풍수지리랑 비슷하기는 하다는 거야."

"그러니까 뭘 따지느냐 싶은 거죠."

"여러 가지죠. 일단은 태양열 발전에 유리해야 한다. 지진파 검사를 해서 지반이 얼마나 튼튼한지 확인을 한다. 물자를 들이기 좋아야 한다. 이 정도가 건설 측에서 고민할 요소들이에요."

"게다가 이번에 K-루트 사업에서 가장 큰 목표라고

할 수 있는 게 빙저호 연구이기도 하거든. 우리 세연이가 하 박사랑 하고 있는 거. 그래서 빙저호 연구에 좋은 입지를 찾아야 해. 가급적이면 기존 기지보다도 더 남극 내륙 쪽으로 깊이 들어가려고도 하고 있고. 주변 생물종에 위협을 주지 않아야 해서 입지 찾으면 환경 평가도 받을 거고."

"뭐가 많네요."

"아직 본격적으로 시작한 것도 아니니까 크게 신경 쓰지는 말고 마음 편하게 캠핑 간다고 생각해요. 후보지를 아직 제대로 좁히지 못한 단계라 이렇게 소인원으로 여기저기 구경 다니며 살피는 정도니까요."

"그래도 남극 땅까지 와서 부동산을 고민하게 될 줄은 몰랐네요."

결국 이 상황에서 일개 독립 다큐멘터리 감독인 제가 할 수 있는 일이란? 열심히 창밖을 바라보면서 혹시나 무언가 검은 점을 발견하기만을 비는 수밖에 없었지요.

세연 씨. 배신이야. 운석 찾는다는 게 이렇게 재미없는 일이라는 것까지도 설명해 줬어야지. 이렇게 구박이나 하려고 옆자리에 앉은 세연 씨를 바라봤는데, 에휴. 이 친구는 뭐가 또 좋은지 마냥 웃고 있더라고요.

4.

"언니, 선크림 바르셨어요?"

"응. 아까 나오면서."

차에서 나오자마자 기지개를 쫙 켰어요. 엄청나게 강렬한 햇살이 제 얼굴에 아주 직격타를 날리더군요. 세연 씨가 괜히 선크림 이야기를 꺼낸 게 아니겠지 싶었어요. 공기가 좋기도 하고 눈밭에 빛이 반사되기도 해서 그렇 대요.

아주 오랜 드라이브였지요. 서울에 있을 때 장거리 드라이브를 안 했던 것도 아닌데 남극에서의 이동은 또 다른 방식으로 사람을 지치게 만들더라고요. 게다가 저희들이 운전하는 방향은 내지 쪽으로 더 들어가는 길이었던지라 설원 외에는 딱히 뵈는 것도 없어서 뭐 보는 재미도 없었거든요. 그리고 아마 당연한 이야기겠지만 운석 비슷한 뭐 하나도 발견하지 못했고요.

하지만 뭐가 됐든 사람이 일단 먹고는 살아야지 않겠습니까. 저희가 탐사하기로 한 지역까지는 아직 한참 남았지만 다들 슬슬 배가 고픈 듯하여 잠깐 차를 세우고는 식사 및 티타임을 갖기로 했습니다.

"텐트도 칠까?"

"귀찮은데."

"얼마 안 걸려. 차만 타니까 허리 결려. 텐트 안에서 밥 먹고 잠깐 쉬다가 가자."

"맞아요. 게다가 차도 끓일 거잖아요."

세연 씨는 말없이 차에서 텐트를 꺼내 설치를 하더군요. 제가 귀찮다고 말을 꺼내 놓고 세연 씨한테 일을 떠넘기는 것 같아 부랴부랴 달려가 설치하는 걸 도왔지요. 그 텐트는 일반적인 텐트가 아니라 남극 기지 보급 물자여서 그런지 최신형에 완전 고급 텐트더라고요. 덕분에 설치하는 건 정말 간단했어요.

저와 세연 씨 그리고 근우 씨가 텐트를 치는 사이 김

박사님은 물을 끓이셨어요. 공기부터가 까끌까끌한 남극에서는 식사를 할 때 뜨거운 차나 커피, 최소한 물 정도는 반필수적이거든요. 건조하기 그지없는 극지의 공기에 포근한 차향이 더해지자 조금은 숨쉬기가 편해지더군요.

그날의 점심은 샌드위치였지요. 조리장님이 다들 나가는데 요리하기 귀찮다고 대충 싸 주신 거. 어차피 우리 캠핑 나가면 며칠은 일이 편해지실 텐데도 참. 뭐 워낙에 뭘 해도 맛있게 만드시니까 크게 불평할 일도 아니었지만요.

5.

"그러고 보니 아까 결국 대답을 못 들었네. 우 감독이 찍으려는 게 진짜 남극에서 밥 먹기야?"
"우 감독님 작품은 톤이 항상 차분한데. 생활관 찍으시는 게 목적이면 그럴 만해요."
"우리 생활관이 뭐 차분한가. 맨날 아이돌 노래 틀고 음주 가무 하느라 바쁘지."
"그건 그래."

식사가 마무리된 뒤 티타임용 스몰 토크의 주인공은 결국 남극 장보고 기지의 신입 대원인 제가 되기 마련이더군요. 다들 두세 달씩 한 건물 안에 갇혀서 지냈으니 서로에 대해서는 얼마나 잘 알 것이며 저 같은 신출내기는 또 얼마나 반갑겠어요. 이것도 다 숙명이려니.

"네. 밥 먹는 거 찍으려고요. 남극에서 밥 먹는 것만이 아니라 다른 오지에서도 한국 사람들이 있는 곳은

다 찾아가서 어떻게 살고 있느냐를 살펴보는 게 테마
예요."

"히말라야에 김치찌개 잘하는 집 있다더라."

"아마존에서는 3대째 이어지는 순두부 가게가 유명
하다던데요."

"와. 내가 참 남극에서 폭력 사태를 벌일 수도 없고.
있죠. 제가 귀여운 세연 씨를 봐서 넘어갑니다, 진짜."

저는 이 사람들이 자연스럽게 헛소리를 내뱉는 걸 듣
다 보면 이것도 놀잇거리가 전혀 없는 남극대륙에서 살
아남는 재주겠거니 싶더라고요. 책이나 게임이나 드라
마는 어느새 다 시시해졌는데 허허벌판의 남극대륙에
서 차를 끓여다 수다를 떠는 기분은 제법 질리지가 않거
든요.

"그런데 막상 남극까지 오기는 했는데 서울에서 먹는
거랑 크게 다르지가 않더라고요. 배신감 느낌. 먹는
걸로 서운한 적이 없네요."

"저번에는 꿔바로우도 먹었는걸요."

"박 조리장님이 잘해. 양식이나 중식도 괜찮은데 한
식은 특히 잘해."

"여러분은 다들 남극에 와서 가장 맛있게 드신 음식
은 뭐였어요?"

다들 골똘히 고민을 하더군요. 남극 사람들이 가진 재
미가 정말로 뭐 없기는 해서 남극 기지는 먹는 재미만큼
은 확실하게 챙겨 주거든요. 괜히 남극을 무대로 한 음
식 영화가 나오고 그러는 게 아녔어요.

가장 먼저 입을 연 사람은 의외로 김 박사님이었지요.
아무래도 취향이 있어 보이는 사람은 아니었는데 말이

죠. 먹을 것도 조리장님이 주시는 대로 잘 드시고 그래서 그냥 그러시려니 했는데 의외로 먹을 거에 대한 고집이 강하시더라고요.

"냉면이야."
"냉면?"
"네. 냉면."
"남극에서?"
"남극에서."
"조리장님이 언제 냉면도 해 주셨어요? 저 한 번도 먹어 보지 못한 것 같은데."
"조리장이 한 건 아니고. 내가 직접 끓여 먹었지. 다른 사람이 빼앗아 먹을까 봐 나만 몰래. 언제 연이 닿으면 우 감독한테도 내 한번 대접할게."

모두들 감탄의 눈을 하고서는 김 박사님을 바라봤어요. 이 사람, 손매가 야무지게 움직이는 타입은 아니라고 봤는데 말이지요. 그런데 아예 문명사회와 괴리된 이 남극대륙에서 냉면처럼 품이 많이 가는 음식을 조리해다 먹었다니. 어째 풍취랄지 낭만이랄지 뭐 그 비슷한 감정마저 느껴지더라고요.

김 박사님은 자연스레 냉면을 좋아한다는 사람들이 으레 그러하듯 주구장창 기나긴 냉면스 플레인을 읊으셨지요. 그리고 눈에는 평소에는 가끔씩만 나타나던 생기가 팽팽히 돌기 시작했고요. 먹을 거 이야기하기가 그렇게 신이 나나?

"내가 전국 팔도를 다 돌아다니면서 냉면을 먹어 봤어. 세상천지에 자기가 냉면 고수라고 하는 양반들이 널렸지만 나처럼 남극까지 와서 냉면을 해 먹은 사람은 또 없을 거야. 추울 때 먹는 냉면이 진짜 냉면인데, 남극만큼 추운 곳에서 먹어 본 사람이 있다든?"

"남극 냉면이면 뭐 달라요? 펭귄으로 육수를 내기라 도 하셨어요?"

"펭고기를 주로 쓰는 냉면집 때문에 그런 말을 하는 가 본데 펭귄은 지방층이 두꺼워서 맛이 다를 거야. 그렇다고 뭐 내가 진짜 펭귄으로 냉면을 해 먹었다는 이야기는 아니고. 내가 뭘 해 먹었어도 허가 없이 펭 귄을 조리해 먹었다고 고발을 당해서 남극에서 쫓겨 날 위험을 감수하면서까지 여러분 앞에서 자랑할 만 큼이나 멍청한 사람도 아니잖아."

이렇게까지 말하면 해 먹어 본 것 같다는 느낌이 강하 게 들죠.

"고수를 자처하는 하수들이 꼭 냉면에서 법도를 따지 지. 냉면에 가위질을 하면 안 된다, 겨자나 식초도 안 된다, 그릇도 놋그릇이 아니면 안 된다, 젓가락이 나 무젓가락이라니 나를 죽일 셈이냐, 아주 시끄럽다고. 진짜 냉면은 그렇지 않다면서. 하지만 진짜와 가짜를 가르는 기준이 뭔데? 지가 뭔데 남 먹는 데 이래라저 래란가?"

김 박사님의 눈에 돌던 생기는 이제 슬슬 광기로 분류 해도 될 정도였어요. 그 얄팍한 목에 핏대마저 섰더라니 까요.

"그 사람들은 존재하지도 않는 전통을 따르고 또 만 들어 내지. 애초에 그치들의 목적은 맛있는 냉면을 먹 는 게 아닌 거야. 그저 자기가 잘났다 잘난 척을 하고 다른 사람들을 깎아내릴 기회만 엿보고 있는 거라고. 북한의 실향민들을 생각하고 그 사람들이 지켜 온 전통을 따르라지만 아니, 아지노모토에 전통이 있으면 뭐 얼마나 대단한 전통이 있다는 건가?"

"아지노모토가 뭔데요?"

"일본 MSG 조미료요. 한국으로 치면 미원."

"아, 미원!"

"맞아! 그 잘난 맛에 산다는 냉면 원리주의자들은 감칠맛을 어떻게 내는지도 모르고 냉면에 들어가는 MSG조차 부정하는 치들이 있지. 애초에 차가워야만 하는 냉면 육수에서 감칠맛을 잡아내기 위해서는 MSG만큼 효과적인 게 없는데도 말이야. MSG가 나쁜 게 아니야. 나쁜 재료를 MSG로 얼버무리려는 장사치들이 나쁜 거지. 아지노모토는 맛의 본질이라는 뜻이야. 미원도 한자를 약간 다른 거 쓰기는 하는데 그 의미는 비슷해. 하지만 이는 무척이나 겸손한 표현이라고도 할 수 있지. 우리 인간을 비롯한 지구상의 생명체들은 대부분 단백질 덩어리들이야. 무수하게 쌓인 아미노산의 조합들이라고. MSG가 정확히 무슨 단어의 약자인지 아나? 글루탐산 일나트륨. 아미노산 중 하나인 글루탐산으로 맛을 냈다는 거야. 즉 이 성분은 맛의 본질, 맛의 뿌리라는 표현으로는 부족해. 생명의 본질이라고 해도 과언이 아니라고. 생명은 바로 감칠맛이야!"

이거 기립 박수라도 쳐야 할까 싶었는데 말이죠. 김 박사님은 열변을 토하신 것으로는 모자랐는지 폐와 위장마저 토해 낼 정도로 강하게 기침과 헛구역질을 하시기 시작하셨어요. 어딘가 몸이 갑자기 안 좋아지신 듯했어요. 저희는 당황해서 김 박사님을 모셔다가 설상차 안으로 이동했지요. 김 박사님은 그렇잖아도 체구가 작은 편이라 남극의 차디찬 공기를 견딜 지방이 모자랐지 싶었어요. 겨우 뒷좌석에 김 박사님을 누일 수 있었지요. 하지만 김 박사님은 계속해서 장보고 기지에 연락하려는 저희를 막으셨어요.

"김 박사님. 기지로 돌아가셔야 해요."

"아니, 아니야…. 잠시만 쉬면 괜찮아질 거야. 내가 저번에 고립된 이후로 약간 체력이 떨어져서 그래. 쉬면 괜찮아질 거야…."

"아녜요. 우선 의사한테 진찰부터 받으셔야죠. 지금 기지에 연락할게요."

"하지 마!"

근우 씨는 깜짝 놀란 눈으로 김 박사님을 바라보았어요. 직전까지 당장이라도 숨이 넘어갈 것 같던 노인이 버럭 화를 내면서 근우 씨 손을 내리치고는 무전기를 빼앗아 갔으니까 놀라지 않을 수 없었을 거예요. 저나 세연 씨도 나름 화기애애하던 분위기가 갑작스럽게 이리 바뀐 것에 당황해 어쩔 줄을 몰랐고요.

하지만 무엇보다 여기서 가장 깜짝 놀란 사람은 다른 누구도 아닌 김 박사님이었던 것 같아요. 근우 씨나 저희를 천천히 바라보는 그 눈빛에는 당혹감만이 아닌 후회와 공포 그리고 체념이 섞여 있었거든요. 태어나서 처음으로 누군가에게 화를 내 본 사람처럼 자신이 한 일이 믿기지 않는 눈치였어요.

"김 박사님, 건강을 생각하셔야죠. 남극 같은 곳에서 크게 몸 상하시면 어쩌시려고요."

"괜찮아, 괜찮아…. 이번 연구만 마치고는 돌아갈 테니까…."

"김 박사님…."

도대체 그놈의 연구라는 게 뭔지. 그때는 상상도 못 했지요.

6.

그날 점심을 먹고 저희는 또 자동차로 한참을 달렸어요. 김 박사님을 모시고 남극 장보고 기지에 돌아가려 했지만 김 박사님의 결사반대로 가던 길을 그대로 가게 되었고요. 일전 남극에서 고립되었을 때 약간의 병을 얻으셨는데 큰 문제는 아니라고 하시더군요. 조금만 쉬면 금세 좋아진다고, 기지에 지금 돌아가면 한국으로 강제 송환될 텐데 그럴 수는 없다고 애원하셨거든요.

그 참에 운석이라도 찾을 수 있지 않을까 창밖이나 보려고 했는데 맨눈으로 설원을 바라보면 안 좋다고 하더군요. 남극의 강한 햇빛이 눈에 반사되어서 해를 입을 수 있다는 것이었어요. 아니, 그렇다면 세연 씨는 점심까지 왜 그렇게 창밖으로 고개를 돌리고 있던 것인지 참.

도착한 뒤로는 또 가볍게 이른 저녁을 해 먹었죠. 대단한 요리는 하기 어려우니 라면을 끓여 먹었고요. 샌드위치보다는 잘 넘어가기는 했는데 으, 남극이 오염되지 않도록 잔반을 남기지 않는 것이 중요해서 국물까지 싹 비우느라 힘들었어요. 양은 그렇다 치고 너무 짜서.

희소식은 김 박사님의 상태가 크게 호전되었다는 것이었어요. 어느새 기운을 다 차리셨는지 식사도 남김없이 깨끗하게 그릇을 싹싹 비우시더라니까요. 식사를 마친 뒤 다시 설상차 안에 들어가 쉬시고 근우 씨만 후보지를 둘러보며 지반이 어떻다느니 산세가 어떻다느니 풍수지리를 보는 지관처럼 떠돌기는 했지만요.

근우 씨가 지세를 살피는 사이 저는 운석을 찾는 작업을 했어요. 좋게 말하면 운석을 찾는 작업이고 솔직하게 말하면 눈이 상하지 않게 선글라스를 끼고서 땅바닥만 노려보고 있었다는 이야기지요. 그 외에 제가 할 수 있는 일은 하나도 없었거든요. 그러니 이 넓은 남극대륙 어딘가에 운석 하나가 떨어져 있지 않겠느냐 기도할 뿐이었죠.

물론 세연 씨도 수색 작업을 함께 하기는 했지요. 근우 씨가 제3기지 건설 후보지를 찾는다면 세연 씨는 제3기지 건설 후보지 주변의 빙저호 연구 후보지를 찾는 것이 임무였으니 저처럼 당장의 할 일이 없었거든요. 여전히 데면데면하기는 했지만 뭐. 남극의 일몰은 별다른 말이 없는 편이 좋을 정도로 아름다우니까요.

"우라지게 많네…."

그리고 곧 해가 지고 밤이 오면. 이렇게까지 많을 일인가, 싶은 무수한 별빛 아래에 서면. 세연 씨처럼 조용한 사람마저도 감탄의 한마디는 꺼내게 되더군요. 저는 어쩐지 이 귀한 광경을 놓치기에는 조금 아깝겠다는 생각에 그만.

"밤마다 이런 하늘을 볼 수 있다 생각하면 어떻게든 남극에 남아 있으려는 김 박사님 마음이 이해가 가지 않는 건 아닌데 말이에요."

"에?"

"아… 예쁘다고."

"… 네?"

"밤하늘이."

"아, 네…."

이 길쭉하고 눈망울도 크면서 겁까지 많아 기린을 닮은 인간에게 말을 걸어 버렸지 뭡니까.

"김 박사님은 월동 대원도 하셨다죠? 1년 내내 남극 기지에 있는 대원. 이런 밤하늘을 보고 살 수 있다면 월동 대원도 나쁘지 않을 것 같아요."

"남극에는 낮이 계속되는 백야 기간이 있는데요."

랠리가 1분도 이어지지 않는 이 대화의 핑퐁 어쩔 거냐고 진짜. 결국에는 근우 씨에게 눈빛 레이저를 쏘아 어떻게든 대화에 참가시켜서 뻘쭘함을 날려 버리도록 강제해야만 했죠. 근우 씨는 무슨 죄냐고 또.

"김 박사님은 남극이 체질이세요. 아예 팔자라고 할 정도예요. 조난을 당한 뒤에도 다시 남극에 오셨을 정도니 말 다했죠."

"왜 그렇게 남극이 좋다 하셔요?"

"항상 하시는 말씀이 이 세상에서 담배 맛이 가장 좋은 땅을 찾으려면 남극 장보고 기지 앞이라나요. 남극의 차고 건조한 공기가 담배 태우는 데 딱이래요."

하기야. 건조하고 시원하고 바람 잘 불고. 저야 담배를 피우지 않았지만 얼음뿐인 남극에서 자그마한 불꽃이 종이를 태우면서 연기를 만드는 모습에는 니코틴보다도 중독적인 무언가가 있는 것 같았어요.

"게다가 요즘 한국 정책이 흡연자보다 비흡연자 위주로 바뀌었잖아요. 그래서 담배를 피우려면 건물 밖으로 나가야 하는데 이게 또 미세먼지다 뭐다. 하늘도 매캐해선. 김 박사님 지론으로는 아마 한국에서 미세먼지에 매연 마시면서 다닐 바에는 남극에서 담배 한 갑 태우면서 지내는 편이 폐에 좋을 거예요."

"세상에, 말도 안 되는 소리인데 말이 되는 거 같아."

"그렇죠."

근우 씨가 대화의 물꼬를 잘 틀어 준 것이 얼마나 고맙던지요. 근우 씨랑 세연 씨는 어쩜 그렇게 다르지? 남극에는 세연 씨처럼 누구와도 대화를 하지 않고 며칠이고 지낼 수 있는 사람이 어울릴지 모른다는 생각이 들다가도 근우 씨처럼 어떤 토픽으로든 몇 시간이고 떠들 수 있는 사람이 어울릴지 모른다는 생각이 든다니까요.

"근우 씨는 어쩌다 남극까지 오셨어요?"

"저 다이어트 하러 왔어요. 여기서는 신진대사가 활발해져서 살이 잘 빠진대."

"와, 진짜?"

"날이 추우면 체온을 유지하려고 사람이 소비하는 칼로리가 많아진다잖아요. 그래서 그거 믿고 왔죠. 효과 있다고 하니까."

"있었어요?"

"없었어요."

그야 그렇겠죠. 사람 몸이라는 게 영악해서 항상성을 유지하려고 하거든요. 오히려 극한의 환경에 처했다는 위기의식 때문에 식욕이 늘어 살이 더 찌지 않을까? 저만 해도 남극에 도착하고는 일주일 만에 2kg이 쪘거든요. 저 원래 그렇게 체중 변동이 심한 편도 아니었는데.

"우 감독님은 다른 오지도 많은데 왜 굳이 남극부터 오셨어요?"

"국가 지원 사업비에 의존하는 독립 다큐 감독이라? 그리고 여기 오면 모기는 없을 것 같아서 왔어요. 저번 여름에 그렇게 시달렸는데 남극이면 추우니까 모기도 없을 거 아냐."

"영리한데?"

대화가 이렇게 흘러가니까 자연스레 눈길이 조용히 입을 다물고서는 미소만 짓고 있는 사람한테 가더라고요. 그러니까, 세연 씨한테.

"세연 씨는요? 어쩌다 남극 장보고 기지까지 오게 되셨어요?"

"빙저호 연구하러…."

"아니, 그거는 이미 아는데. 그래도 꼭 남극이어야 했던 이유 같은 거 없어요? 김 박사님처럼 어떻게든 남극에서 냉면을 드셔야 한다든가."

"빙저호 연구는 꼭 남극이어야 해서…."

저는 노력했어요. 그건 인정하자.

7.

"언니, 춥지는 않으세요?"

"괜찮아요. 핫팩도 붙였고."

밤이 되어 주변 지역을 탐사하기 어려워졌기에 우리는 두 조로 나뉘어서 텐트 안에 들어가 누웠어요. 김 박사님과 근우 씨의 남자 텐트. 저와 세연 씨의 여자 텐트. 사람 숫자에 맞지 않게 커다란 텐트여서 눕기는 편했지요. 램프 불도 약하게나마 켜 놓으니 제법 분위기도 살더라고요.

남극에서의 캠핑이라길래 얼마나 추울까 겁을 한껏 먹었는데 의외로 견딜 만한 정도였어요. 아주 추우면 차 안에서 자면 되는데 그 정도는 아니더라고요. 저희가 자리 잡은 이곳보다 더 추울, 남극대륙 더 깊숙한 곳에 가신 분들은 내부가 엄청 넓은 설상차를 타고 갔을 테니 아예 그 안에서 주무셨을 거예요. 하지만 저희는 이 정도 보온으로도 충분했어요.

나중에 세연 씨한테 듣기로는 남극이어도 계절에 따라 한겨울의 서울보다 지내기 좋을 때가 있대요. 더욱이 텐트도 극지 환경을 감안하고 만든 물건인 데다 저희가 들어간 침낭과 몸에 붙인 핫팩도 성능이 무척 좋아서 얼어 죽을 일은 없겠다 싶었지요.

"바람이 새어 들어가거나 하지는 않으세요?"
"응. 침낭 꽉 조였어. 게다가 침낭 위에 패딩도 올려놓았는걸요."
"추우시면 말씀해 주세요. 차 키 드릴게요."
"아니야. 그렇게 춥지 않아서 이 정도 날씨면 대여받은 패딩만 입고 자도 견딜 수 있겠다 싶어요."
"몇 년 전까지는 기지에서 대여해 주는 패딩에서 바람이 새고 그랬어요."
"진짜? 왜?"
"그때도 방한용으로는 최고급품을 대여해 주기는 했어요. 그런데 공무원들이 패딩 위에 태극기 오바로크를 반드시 박아야만 한다고 우기는 바람에 틈이 생겼거든요. 국위 선양을 위해서는 꼭 그래야만 한다고 그랬대요."

"세상에나. 그 사람들 진짜 정서적으로 문제 많아."

어휴, 웃네요 웃어. 세연 씨랑 하루에 열 시간을 넘게 붙어 있었는데 이제야 세연 씨가 웃더라고요. 이 정도면 친해질 수 있겠다는 신호겠지 싶더군요. 그래서 좀 더 스몰 토크를 시험해 봤죠.

"기지에서 오로라 보여요?"
"가끔은요."
"운석은 주울 수 있기는 해요?"
"네. 남극 장보고 기지가 있는 테라노바 베이에서는 운석 발견이 잦은 편이에요."
"펭귄 자주 보나요?"
"가끔요. 냄새나고 더러워요."
"이렇게나 귀여운 사람이 저렇게나 귀여운 생물한테 그렇게 말하기야? 직접 봤는데도 펭귄이 안 귀여워요?"
"펭귄한테 뺨 맞아 보신 적 있으세요?"

쉽지는 않더라고요.

"아, 그러고 보니 근우 씨 출발하기 전에 신 팀장님이랑 같이 계시던데. 둘이 사귀는 사이죠?"
"네."
"어쩐지. 서로 바라보는 눈빛이나 스킨십이나 되게 자연스럽더라고요. 그러면 두 분은 사귀는 사이셔서 여행 겸 업무로 남극까지 온 건가?"

"아니요. 아마 기지에서 지내시면서 사귀셨을 거예요."

"와. 그렇구나. 근우 씨 어쩐지 얼굴 가리는 거 마스크 같은 그거 바바라바도 막 열심히 쓰고. 하얀 피부 남겨서 애인한테 잘 보이려고 그랬구나."

"바라클라바요?"

"응, 그거."

그래서 만고불변의 스몰 토크 소재, 다른 사람들 연애 이야기 카드를 꺼내야만 했지요.

"그런데 세연 씨는 둘이 사귀는 거 용케 알았다. 연구만 하는 줄 알았는데."

"남극 기지가 좁다 보니 소문도 빨라요."

"기지에서 연애하는 사람들 많아요?"

"네. 생활의 대부분을 공유하다 보니까 잘 맞는 사람들이 나오더라고요."

여기서 "그러면 세연 씨는요?"라고 물어보고 싶은 충동과 그랬다가 돌아온 답변에 따라 남은 한 달하고도 반을 방 짝과 서먹하게 지낼 수 있다는 우려가 합쳐져서 뭐라 말이 안 나오더라고요.

"다들 참 용케도 남극까지 와서 사람 사귀고 그런다. 도대체 뭐로 꼬시지?"

"간식 같은 걸 선물한다고 하더라고요. 남극에서는 먹는 재미가 가장 크다 보니까요. 김 박사님처럼 누구도 알아차리지 못하게 몰래 냉면까지 끓여 드시는 정도까지는 가지 않아도 다들 먹을 걸 소중히 생각하거든요. 그래서 호감을 표시할 때도 간식으로 한대요."

"와, 진짜? 부럽다."

"출출하시면 초콜릿이라도 드릴까요?"

저는 고개를 돌려 세연 씨를 바라보았어요. 침낭 안에 들어가 있기도 했고 램프 불도 약해서 얼굴이 잘 보이지는 않더군요. 하기야 이 사람이 무슨. 저는 다시 바로 눕고는 텐트의 천장을 바라보았지요.

"아뇨, 늦었는걸. 내일 주시면 감사히 먹을게요."

결국 짧은 스몰 토크도 이렇게 끝이 나나 싶었는데.

"언니는 진짜 모기가 싫어서 남극으로 오신 거예요?"
"응? 왜요? 안 돼?"
"그게… 남극 기지에도 모기는 있을 때가 있거든요. 물자에 벌레 알들이 붙어서 오고 기지 안은 실온에다가 생활 오수도 있어서 모기가 없을 환경은 아니거든요."
"아이고, 그렇겠네. 나 망했네."

그렇게 몇 문장이 텐트 안을 더 오가다, 저와 세연 씨 모두 조금씩 밀물처럼 올라오는 잠기운에 찬찬히 잠기었지요.

8.

저　저랑 세연 씨 그리고 김 박사님 셋은 이제 빙저호 탐색을 위해 출발합니다 오바.

캠핑의 두 번째 날, 원래 K-루트 탐사 제3조는 2인 1조로 팀을 나누기로 했어요. 기지 후보지를 봐야 할 김 박사님과 근우 씨는 첫 번째 날의 야영지에 머물고 저와 세연 씨는 빙저호 탐색을 위해 차를 타고 주변을 둘러볼 예정이었지요.

하지만 김 박사님을 야영지에 계시라고 하기에는 또 염려되어서 차 안에 모시기로 하였죠. 반드시 2인 이상이 다 같이 움직여야 하는 것이 남극에서의 철칙이기에 근우 씨는 제2조의 야영지로 자리를 옮겼고요.

근우 씨를 제외한 저희 3조는 2조의 야영지를 떠나며 이렇게 무전기로 출발에 대해 보고했어요. 남극에서는 기지 안이 아니면 폰을 쓸 일이 없으니까 무전기를 써야만 한다더군요. 그래서 출발 전에 차에 타고는 무전기가 잘 통하는지 확인을 했지요.

근우 씨 무전을 하면서 끝에 오바 붙이는 건 남극 기지에서도 10년 전에 유행이 지났습니다 오바.

저 유행은 돌고 도는 겁니다 오바.

근우 씨 알고 계실지 모르겠는데 무전 내용은 남극 장보고 기지 사람들도 다 듣고 있습니다 오바. 헛소리는 자제해 주시길 요청드리는 바입니다 오바.

저 몰랐습니다 오바.

근우 씨 앞으로 주의해 주십시오 오바.

저 남극 장보고 기지에 전달할 사항이 있습니다. 근우 씨 코를 너무 심하게 곱니다 오바. 도대체 얼마나 얇은 텐트를 지급하였기에 서로 다른 텐트에서 자는데도 옆 텐트에서 코를 고는 소리가 들립니까 오바. 귀염둥이 세연 씨와 세연 씨만큼은 귀엽지 않은 저의 안정적인 수면을 보장하기 위해 보다 두꺼운 텐트의 지급을 요청하는 바입니다 오바.

기지   현재 지급된 텐트보다 두께가 두꺼운 텐트는 지구상에 존재하지 않습니다 오바. 근우 씨 코골이를 차단하려면 간이 컨테이너가 필요합니다 오바.

2조 팀장님 근우 씨가 기지에 돌아가면 두고 보자고 전달하시라네요 오바.

이렇게 평화로운 남극의 하루가 다시 한번 시작되었습니다.

9.

"남극 세종 기지가 1기지죠? 장보고 기지가 2기지고."

"맞아요. 북극에는 다산 기지가 있고요."

"다 남자들 이름에서 따왔네."

"그러게요."

단둘이서 밤을 보내서 그런가. 탐사 둘째 날에는 그래도 세연 씨와 이래저래 대화를 나누기가 수월해졌어요. 애초에 남극 장보고 기지에서 방 짝으로 지내기는 했지만 이제까지는 생활 반경이 겹치지는 않았었죠. 하지만 이번 외출에서는 제법 오래도록 얼굴을 맞대고 앉아 있으니 세연 씨도 나름 대화를 시도하더라고요.

더욱이 두 번째 날의 주된 일정은 우리 둘만의 남극대륙 드라이브였죠. 근우 씨는 2조 야영지에 남았고 김 박사님은 근우 씨 코골이 때문인지 건강 때문인지 뒷좌석에서 주무시면서 숨만 쉬고 계셨으니까요. 세연 씨만 제 옆에 앉아 첫 번째 날처럼 창밖을 바라보며 딴청도 하지 못해 어디 대화에서 도망칠 구멍을 찾지 못했지요. 그날 자동차에서든 대화의 내용에서든 운전대를 잡은 사람은 저였어요.

"K-루트 사업 이후에 지어질 기지는요? 이름 정해졌어요?"

"제가 알기로는 아직 안 정해졌어요."

"다음 기지 이름으로는 누가 좋을까? 세연 씨는 생각한 사람 있어?"

"없어요."

"여성, 한국인, 남극… 김연아? 남극 김연아 과학 기지?"

그래서 이런 실없는 농담으로부터도 도망칠 수 없었지요. 아니, 남극 김연아 기지는 진지하게 괜찮은 아이디어라고 보지만요. 김연아는 한국을 대표하는 빙상의 여왕이잖아요. 이 사람만큼 빙저호 연구를 위해 설립하는 기지에 어울리는 인물이 있기나 하겠어요?

저는 천천히 운전대를 돌려 눈앞의 튀어나온 부분을 피했어요. 그날 저희 3조에게 할당된 차량은 설상용으로 바퀴가 커다랗게 개조된 차량이었어요. 전날 쓰던 설상차는 2조가 쓰게 두고 왔고요. 어쨌든 그날 저희가 탄 차도 설상차만큼은 아니었지만 일반적인 차량에 비해 눈이나 빙판을 달리기가 훨씬 편했지요.

"언니는 운전 무척 잘하시네요."

"그런가?"

"김 박사님이 태워 주실 때보다 부드럽게 돌았던 것 같아요."

"아하하, 대단찮은 수준인데. 그게 애초에 영화판에 있다 보면 이것저것 할 줄 알아야 하는 게 많거든요.

그중에서도 대형 차량 운전 정도야 기본 중의 기본이죠. 전에 근우 씨가 봤다는 그 영화 찍을 때도 용달차 끌고 전국 팔도를 돌아다니면서 지역 사투리 화자들을 취재하고 다녔어요."

세연 씨는 놀란 눈으로 저를 바라보았어요. 이 사람이 영화판이 얼마나 인간의 노동력을 갈아서 만드는 것인지 전혀 생각하지 못했던 게 분명하더군요. 남극에서 지내는 연구원들의 근무처도 물론 극한 환경이긴 하지만 영화판도 그에 못지않은 동네인데 말이지요.

"이번에는 오지의 식문화라고 하셨죠? 저는 일상적인 다큐멘터리는 본 적이 없어요."

"음. 네. 하기야 과학자 선생님이시니까 뭐. 그런데 전 그 평범한 것들이 제 작업에서의 일관된 테마였던 것 같아요. 그저 그랬던 것들. 이게 나쁘다는 의미로의, 좋지 않다는 의미로의 그저 그랬다는 것이 아니라요. 그저 그랬던 것들. 이론적으로는 정합성이 떨어질지 모르지만 그때는 그저 그렇게 되었고 그래야만 했던 것들. 뭐 그런 것들의 이야기를 하고 싶어요."

"어렵네요."

"대한민국 최고 두뇌로 선정되고는 남극으로 와서 과학 실험하는 사람이 이런 헛소리가 뭐가 어려워요, 하하."

영화 이야기가 나와서 그랬는지 대화는 좀 더 쉬워졌어요. 물론 제 영화 이야기는 계속하기 부끄러워서 남들 영화 이야기로 돌리는 정도의 수고는 들었지만요. 같이 수다 떨기에 좋은 작품들은 분명 있으니까요.

세연 씨는 영화를 많이 본 편은 아니지만 그래도 유명한 작품들은 얼추 알고 있더라고요. 남극 대원들이 영화나 드라마를 그렇게 많이 본대요. 와이파이가 느리니까 스트리밍 서비스는 쓰지 않고 외장 하드에 여러 작품을 꾹꾹 눌러 담아 가는 식으로요.

저는 일단 말이 막히면 그 사람이 어떤 작품을 좋아하는지 물어보고 제가 모르는 작품이더라도 은근슬쩍 자기 분야라는 식으로 아는 척 대화를 이끌어 나가는 재주가 있어요. 인간관계 면에서 창작자가 가질 수 있는 어드밴티지라고나 할까요? 계속 이런저런 영화들로 수다를 떨다 보니 세연 씨는 대화가 즐거웠는지 평소의 쑥스러움이 어느새 가셨더군요.

"남극 생활이 좋은 체험이 되면 좋겠네요. 제가 도울 수 있는 일이 있다면 뭐든지 도울게요."
"고마워라."

10.

우리는 곧 빙저호 탐사 후보지에 도착했어요. 남극의 드라이빙에서 좋은 점을 꼽으라면 역시 차가 막힐 일이 없다는 정도가 아닐까? 블리자드가 몰아칠 때는 꼼짝 못 한다지만 그날처럼 날씨가 좋은 날에는 그럴 걱정도 없었지요.

결국 하는 일은 그 전날과 크게 다르지 않았어요. 차이점을 꼽으라면 남극대륙을 네 사람이 뽈뽈거리며 돌아다니던 것이 한 사람은 차 안에서 골골대며 자고 있고 두 사람이 뽈뽈거리는 것으로 스케일이 축소된 정도였으니까요.

빙저호 전문가인 세연 씨는 누구누구네 3대손 묫자리를 보느라 골머리를 앓는 지관처럼 멀리 보았다가 가까이 보기를 반복했고, 운석 비전문가인 저는 어디 500원짜리 떨어진 거 없나 살피는 어린아이처럼 어디 운석 하나 떨어진 거 없나 둘러보기를 반복했어요.

"세연 씨."
"네 , 언니."
"뭐 봐요?"
"… 땅?"

세연 씨는 주인이 간식을 쥐고 있는 손을 실수로 세게 문 강아지처럼 난처한 표정을 짓더군요.

"미안. 내 질문이 별로였어요. 음, 그러니까 빙저호 탐사 후보지로 적합한지를 가늠하기 위해 이 근방 지리의 어떤 점에 주목을 하고 계시느냐에 대해서 여쭤봤어요."

최선을 다해 학구적인 말투로 물어봤지요.

"아…. 물자를 배송할 캠프 1을 오갈 때 교통은 어떠할지. 지반이 설비들을 올릴 수 있을 정도로 튼튼할지. 이런 것들이 가장 중요하고요. 100톤짜리 장비를 옮기고 또 설치해야 하거든요. 게다가 근방에 다른 동물들의 서식지가 있으면 후보지에서 제외해요."
"크게 뭐가 필요하지는 않구나. 난 또 세연 씨가 차 트렁크에서 무슨 커다란 기계라도 꺼내서 땅을 뚫거나 뭐 그런 공사라도 할 줄 알았지 뭐예요. 그럼 이 빙판 아래에 빙저호가 있다는 것은 어떻게 알고 왔어요?"

"NASA랑 ESA, 그러니까 유럽 우주국의 인공위성 데이터를 사용했는데요. 이 인공위성으로 지상에 레이저를 쏴서 지형도를 그릴 수가 있거든요. 그런데 이 지형도를 그릴 때 고도차가 생기는 경우가 있어요. 그리고 이렇게 고도차가 있을 때 빙저호가 있을 가능성이 높고요. 아니면 움푹 들어간 지형 위주로 살피기도 해요. 이런 방법들로 후보군을 좁히면 지진파를 탐색해서 빙저호가 진짜로 있나 없나를 확인한 뒤 다시 후보군을 더 좁힐 거예요. 하지만 본격적으로 빙저호 유무를 확인하기 전에 그 후보지에 사람들이 들어가도 될지, 설비들이 들어가도 될지를 따지는 단계가 지금 저희가 하고 있는 일이고요."

저는 세연 씨가 하는 말을 하나도 이해하지 못했지만 고개는 끄덕였어요. 그 기백에 넘어가기도 했지만 무엇보다 이 사람이 이렇게나 생기 있게 말을 할 수 있는 사람이었어? 이렇게나 긴 문장으로 말을 할 수 있는 사람이었어? 하고 신기해지더라고요. 신이 나서 재잘거리는 모습이나 입 모양이 쉴 없이 바뀌거나 하는 모습도 재밌었고요.

"빙저호는 왜 연구해요?"
"제 논문 주제라서…?"
"아니, 그게 아니라…."
"지도 교수님이 권해 주셔서…?"
"제 말은, 빙저호의 연구가 인류 사회에 어떻게 봉사를 하느냐는 질문이었어요."
"아."

어렵다 정말.

"제가 하는 빙저호 연구는 언니한테 부탁드린 운석 연구랑 비슷해요."

"운석?"

"네. 운석 연구에는 다양한 목적이 있긴 하지만 그중에서 무척 중요한 용도가 우주 생물학 연구를 위한 자료로써 사용되는 것이에요."

"우주 생물학?"

"우주 생물학이라고 하면 조금 거창한데 하는 일은 망원경보다는 현미경이 필요한 일이에요. 운석에 붙은 암석 미생물을 조사하거든요. 지구와는 다른, 우주라는 가혹한 공간에서 어떻게 미생물이 살아남을 수 있는지를 연구하기 위해서지요. 그런데 빙저호 연구에서도 마찬가지의 일을 해요. 2000km 두께의 얼음 대지 아래에, 태양 빛도 비춰지지 않는 닫힌 세계에서 살고 있는 미생물들이 있거든요. 이후 건설될 제3기지의 목적도 이 미생물들이 어떻게 고립된 공간에서 독자적인 생태계를 구성했는지를 알려고 하는 것이고요."

"아…."

"이 빙저호를 연구할 때는 관측을 하려다가 빙저호가 오염되는 일이 없도록 주의해야 해요. 애초에 닫힌 세계, 고립된 공간이기 때문에 연구 도중 오염이 되면 생태계가 파괴되기도 하고 연구의 의미도 사라지니까요. 예전에 러시아에서 빙저호를 연구하다가 시추기의 부동액이 빙저호를 오염시키는 바람에 크게 난리가 났었지요."

"그렇구나, 연결되는 것 같네요?"

"네. 실용적으로는 결빙 방지 단백질을 분석해 냉해

피해가 적은 작물을 만들거나 피부 미용에 좋은 화장품을 만들거나 할 수 있겠죠. 실제로 남극의 식물들을 활용한 화장품이 전에 나오기도 했어요. 이런 실용적인 문제를 떠나 학문적으로는… 무척 재밌고요."

그러고는 배시시 웃는데. 아, 이 사람은 이 일을 가슴 깊숙한 곳에서부터 좋아하고 있구나 알 것 같은. 그런 얼굴이었어요.

"빙저호는 왜 연구해요?"

"네?"

"아, 이번에는 빙저호의 연구가 인류 사회에 어떻게 봉사를 하느냐에 대한 질문이 아니라. 세연 씨가 왜 빙저호를 연구하는지 여쭌 거예요. 하시는 말씀을 들으니까 세연 씨가 논문 주제로 빙저호를 고른 데에는 교수님의 권유 이상의 의미가 있을 것 같아서요."

"어… 귀여워서?"

귀여워서?

"방금 전에도 말씀드렸지만 빙저호 연구에서 중요한 것은 관측을 하다 빙저호를 오염시키지 않는 것이라고 했잖아요. 저는 그 과정이 귀여웠던 것 같아요. 수천만 년이나 외톨이로 지냈던 누군가를 만나게 되었는데, 너무 궁금하고 너무 보고 싶은데 결코 상처는 주지 않으려 하는. 누군가를 있는 그대로 지켜 주고 싶어 하면서도 또 동시에 알고 싶어 어떻게 다가가야 할지 몰라 당황하는."

"어… 귀엽네요?"

순식간에 분위기가 어색해졌어요. 저렇게나 나이를

먹어서 저렇게나 순수한 사랑 고백이라니. 나도 저랬던 때가 있었던가 과거를 되돌아보게 되기도 했어요. 카메라 렌즈 너머의 피사체를 바라볼 때 저렇게나 애정했던 적이 있었던가? 아니요. 전혀 없었지요.

"저… 이렇게까지 떠든 거 처음인 것 같아요."
"하하, 이런 날이 있으면 뭐 어때요. 세연 씨는 연구 잘할 수 있을 거야. 이렇게나 좋아하는데 뭐든 못 하겠어요?"
"정말 그렇게 생각하세요?"
"물론이죠. 저도 가급적 많이 돕고 갈게요."
"아니에요. 저야말로 언니 많이 도와드려야죠."

세연 씨도 의도치 않게 속을 전부 내보인 것이 부끄러웠는지 말수가 확 줄어들더군요. 아마 이 사람 그때 남극 장보고 기지 와서 이제까지 나눴던 모든 대화보다 어제 오늘 나랑 나눈 대화에서 더 많은 단어를 말했을 거예요. 이 정도는 봐줘야겠죠.

11.

"우 감독과-!"
"세연의…?"
"목소리가 작다. 다시. 우 감독과-!"
"세연의…"
"요리 시간!"

박수. 박수. 박수. 짝짝짝. 세연 씨는 남극까지 와서 도대체 이게 무슨 꼬락서니인가 싶은 표정이었지만 뭐 제가 신경을 쓸 일은 아니죠. 저는 세연 씨 혼자서 땅을 노려보며 다니는 사이 오늘 메뉴의 재료 준비를 마쳤어요.

이번에 함께할 메뉴는 바로 냉라면이었지요. 고작 라면이냐고 하지는 맙시다. 남극대륙의 캠핑장에서 제가 뭘 먹어야 만족하시겠어요? 바다사자? 누구 잡혀 갈 일이라도 있게요?

"식초에 간장에… 엄청 본격적이네요?"

"맞아요. 전날 김 박사님이 냉면 이야기를 하신 바람에 남극에서 차가운 면 요리를 해 먹어야겠다는 사명감이 들었지 뭐야. 게다가 김 박사님이 챙겨 오신 아이스박스 안에 조미료도 있더라고요. 이 할아버지 진짜 혼자서 냉면 끓여 드셨나 봐."

저희는 그렇게 소박한 남극에서의 냉라면 파티를 시작했죠. 냉라면 1인분의 레시피는 라면 한 봉지. 설탕 한 큰술. 식초 두 큰술. 간장 두 큰술. 라면 스프에 조미료를 녹이고 차게 식히기. 면은 삶아서 차게 식히기. 사실 육수 만드는 공정은 세연 씨가 도착하기 전에 마쳐 놓았으니 면만 삶으면 되었어요.

세연 씨는 쪼그려 앉아서 제가 물을 끓이는 모습을 바라보더군요. 김 박사님은 아직도 차에서 골골대시니까 빼고. 저는 세연 씨가 그릇들을 준비하는 사이 세연 씨에게 이런저런 말을 붙였지요.

"어제 있잖아."

"네."

"세연 씨가 그랬잖아. 남극 기지 사람들은 좋아하는 사람 꼬실 때 먹을 거로 한다고."

"네."

"그 이야기가 내 다큐멘터리의 테마랑 정확히 맞아떨어지는 이야기이지 싶었어. 먹을 거라는 게 원래 그렇잖아요? 생활의 기반. 문화의 출발점."

보글보글보글. 슬슬 물이 끓어오르는군요. 냄비에 면을 넣으면 이제는 면이 삶아지기만 기다릴 시간이 되겠지요. 어떤 사람들은 라면을 절반으로 쪼개서 넣던데 저는 그냥 넣습니다. 둘의 차이가 뭐 있기는 해요? 애초에 라면 끓이기에 최소한의 노동 이상을 들이는 건 라면의 본질에 위배되는 행위라는 것이 저의 지론이라고요.

"보면 사람들 참 먹을 거 좋아한다니까요. 만나서 하는 말도 '밥 먹었어?'고 헤어지면서 하는 말도 '언제 또 밥이나 먹자!'잖아요. 식사는 사교의 단위라고 할 수 있겠지요. 결국 내 삶을 타인과 어느 만큼이나 나누고 있느냐는 함께 한 식사를 단위로 삼아서 측정할 수 있다고 봐요."

"그래서 차기작의 테마를 오지의 식문화로 하신 거예요?"

"응. 우리가 일평생 먹은 음식의 무게를 생각해 봐요! 내가 숫자가 약한데 톤 단위로 세야 할 정도 아니에요? 아빠가 내 몸이 구성되는 데 기여한 건 고작 정자 하나만큼의 무게뿐인데 생색은 오지게도 내잖아. 하지만 맥도널드와 노랑통닭 그리고 하겐다즈가 저한테 저지른 만행을 보라고요. 내 인생의 무게는 이 작자들이 더해 주었고 내 인생의 무게를 덜 사람은 나와 같이 식사를 하는 사람들뿐이지요."

일장 연설을 하는 사이 면이 얼추 익었어요. 남극이기도 하고 차갑게 헹구기도 할 거라 좀 오래 끓였죠. 결코 제 수다가 길어져서가 아니라요. 저는 미리 준비했던 찬물에 면을 헹군 뒤 물기를 좍 빼 주었어요.

마지막으로는 육수를 담은 그릇에 면을 넣기만 하면 끝. 양파라든가 콩나물이라든가 청양고추라도 있었으면 좀 더 깊은 맛이 나왔겠지만 남극에서 캠핑하면서 거기까지 준비할 수는 없었네요.

"그래서 남극 기지 사람들이 누구 꼬시려고 먹을 거를 준다는 이야기가 더 재밌게 들렸던 것 같아. 오지 중의 오지인 남극 거주자들의 이 식문화는 사실 인류 보편적인 행위잖아요? 나는 너를 좋아해. 그러니까 내가 가진 것을 나누어 먹자."

"… 무슨 말씀이신지 알 것 같아요."

"알 것 같나요? 내가 세연 씨 얼마나 좋아하는지?"

저는 빙그레 웃고는 면이 불어 터지기 전에 재빨리 한 젓가락 휘휘 저어다 한입에 집어삼켰어요. 으, 짜릿한 맛. 과연 남극의 차가운 공기가 찬 면을 만나서 그 풍미가 색다르더라고요.

알기는 뭘 아는가 싶은 세연 씨도 제가 맛있게 우물거리는 모습을 가만히 지켜보더니 곧 저를 따라 젓가락질을 시작했어요. 한 젓가락에 면을 이만큼이나 집어다가 후루룩후루룩 먹성도 좋게 비우더군요.

"맛이 어때? 내가 이렇게 고생해서 냉라면까지 끓여 줬는데."

"춥다…?"

여러분. 이 사람 이거 어쩌지.

12.

"냉라면을 해 먹었어? 재료는 어디서 나서?"

"김 박사님이 꿍쳐 둔 아이스박스에서요."

"잘도 찾았네. 뭐 또 조리실에서 훔치면 되니까 상관은 없는데 내 냉면 이야기를 듣고 고작 냉라면이라니. 부족하지 않아? 내가 몸만 좀 나아지면 두 사람한테 꼭 제대로 된 냉면을 대접할 테니까 그리 알라고."

"상냥하기도 하셔라."

세연 씨가 아직 주변 지세를 살피고 있는 사이, 저는 김 박사님이 염려되어서 잠시 차가 있는 곳으로 돌아갔어요. 김 박사님은 여전히 눈이 약간 풀려 있는 상태이긴 했지만 그래도 다행히 목소리에는 힘이 돌아왔더군요.

저는 제 몸도 녹일 겸 김 박사님한테 열량 보충도 시켜 드릴 겸 일하느라 고생하는 세연 씨한테도 갖다줄 겸 차를 끓이고는 김 박사님과 차 안에서의 간략한 티타임을 가졌어요. 저는 그때 세연 씨의 '빙저호 연구는 귀엽다' 이론에 대한 김 박사님의 고견을 청했고요.

"세연 씨다운 관점이군."

"그렇죠? 걔 되게 귀엽지 않아요?"

"내 관점에서 빙저호 탐색에서의 오염 문제는 제국의 식민 지배 같은 건데 말이야. 바다 건너에서 찾아온 방문자가 온갖 오염 물질을 뿌리고는 실험을 하겠다며 동료들을 납치해 가니까."

"어쩜 김 박사님은 사람이 그리도 꼬이셔서."

"달리 말하면 외계에서의 방문이라고 할까? 화성 침공 같은 거 말이야. 이게 나쁜 일만은 아니야. 우 감독

듣기에는 내 성격이 꼬여서 나온 말로 느껴지겠지만 어떤 학자들은 생명의 기원에는 우주 너머에서 지구로 떨어진 운석이 연관되어 있다고 보기도 한다고. 외부에서의 침략. 그건 내부의 변화를 강제하고 진화로 이어지는 큰 동력이야."

"그래서 남극에서 운석을 찾아다니는 거예요?"

"응. 평범한 운석이면 1g에 3000원 정도 하기도 하고."

"그러면 1kg에 300만 원?"

김 박사님이 후후 차에 입김을 불어 마시기 좋게 만드는 사이 저는 300만 원으로 할 수 있는 일들의 리스트를 작성했어요. 어디 그냥 산에 가서 수석 주워 오는 것보다 돈이 되겠더군요. 운 좋게 어디 뭐 1kg짜리 두세 개만 줍더라도 그게 어디야? 되도 않는 다큐 찍는 것보다는 살 만할 테니까요. 아예 이참에 전직을 해서 남극에서 돌만 캐고 다니거나 아예 운석 주우러 다니는 내용으로 다큐 내용을 바꿀까 고민마저 했죠.

제가 되지도 않는 산수 실력으로 어떻게든 덧셈과 뺄셈을 반복하는 사이 김 박사님은 흥겨운 표정으로 창밖을 바라보셨지요. 아무래도 어제의 그 발작으로부터 거의 회복되신 듯싶었어요.

"뭘 놀라. 1g에 3000원이라는 이야기는 어디까지나 평범한 화석의 경우라고. 화성에서 온 운석이면 1g에 20만 원 정도 하려나. 달에서 온 운석이면 그보다 수십 배는 더 나갈 거야."

"수십 배! 로또다!"

"물론 우리는 남극 장보고 기지 소속이기 때문에 발견

해도 국가 소유물이 된다는 정도는 이해하고 있지?"

"1할은 떼어 줘야 하는 거 아녜요?"

그때 저는 머릿속으로 이제까지 봤던 모든 추리소설
에 나온 트릭들을 떠올리고 있었지요. 아니, 김 박사님
을 살해하고 세연 씨와 시체를 은닉한 뒤 운석을 둘로
나누거나 할 생각은 아니었고요. 애초에 운석 비슷한 모
래알도 줍지 못한 상황이잖아요. 그래도 1kg은 무리더
라도 100g 정도는 어떻게 남몰래 가져갈 수 있는 방법
이 있지 않을까 고민하게 되더라고요.

물론 어디까지나 망상이었어요. 망상. 전 법을 어겨서
운석 밀수꾼이 될 정도로 대담한 사람도 아니에요. 뭣보
다 어디에다 팔면 되는지도 모르잖아요. 그래도 다들 로
또 긁으면서 1등 하면 뭘 하며 놀까, 그런 상상 정도는
하잖아요. 무엇보다 망상은 어떤 차에든 어울리는 다과
니까요.

"그러니까 이따 세연 씨 오면 우 감독이 잘 좀 말해서
여기 말고 한 군데 더 가 보자고. 내가 봤을 때 여기는
2조가 수색한 후보지보다 영 못해. 그러니 운석이든
후보지든 좀 더 수색하면 좋잖아."

"그래도 돼요?"

"본부에 허락만 받으면 안 될 게 뭐 있어. 그리고 우
감독 아직 세연 씨랑 데면데면하지? 이왕 나온 김에
더 친해지고 가면 좋잖아. 원래 그러려고 나온 거 아
니었어?"

"그렇기야 하죠."

"좋아. 결정한 거다?"

13.

가고 가고 또 가고. 저와 김 박사님은 세연 씨와 남극 장보고 기지를 설득해서 예정에 없던 후보지를 한 곳 더 둘러보기로 결정했어요. 그 결정은 곧 끝없는 남극대륙 드라이브로 이어졌죠. 어렸을 때 했던 〈꿈 대륙〉이라는 게임이 좀 이런 느낌이었던 것 같은데. 그냥 막 빙판 위를 계속해서 가는 거.

이번에는 운전석은 제가, 조수석은 김 박사님이, 뒷좌석은 세연 씨가 각 자리를 차지했어요. 다음 후보지는 계획하지 않았던 곳인지라 GPS 위성 지도만이 아닌 김 박사님의 경험과 기억에도 의존해야 했기에 이렇게 자리를 바꿔 앉게 되었지요. 하지만 김 박사님은 운전 보조를 잘하시는 편은 아니었어요. 후보지에 다가갈수록 무언가 고민이 되시는지 도통 저나 세연 씨에게는 별말을 건네지 않았거든요.

저희는 김 박사님의 건강을 염려해서 오래 이동하지는 않을 생각이었어요. 남극 장보고 기지에서도 예정에 없던 연구를 반기지 않는 눈치였고요. 한 시간 안에 후보지에 도착할 수 없었다면 아마 이 일정 변경은 불가능했을지도 모르겠네요.

"위성으로 확인해 보니 슬슬 11시 방향으로 틀어서 직진을 하면 되겠어."

"알겠습니다. 남극이라 길도 없는데 어떻게 훤히 아시네요?"

"그야 지평선 너머에서 연구 대상이 나를 부르고 있기 때문이지."

"오…."

김 박사님은 냉면에 대해 열변을 토하실 때와 마찬가지로 자신감이 넘치는 표정으로 저와 세연 씨를 바라보았어요. 오랜 경험으로 단련된 연구자의 연륜이려나. 세연 씨의 눈빛은 불신 때문인지 약간 흐려지더군요.

"늙은이가 이런 헛소리를 했을 때 믿지 좀 마. 젊은 친구들이 늙은이 헛소리에 구박을 안 하면 늙은이들은 자기 헛소리가 진짜인 줄 착각하게 된다니까. 연구 대상이 나를 부른다는 거야 농담이고. 나야 이 근처를 잊기 어려워서 그렇지."

"안 믿었어요. 귀여운 세연 씨를 봐서 그냥 넘어간 거지. 그런데 여기가 김 박사님이 전에 와 보신 곳이에요?"

"언니, 이 근처가…."

"응. 내가 송 팀장이랑 조난되었던 구역이잖아."

갑자기 분위기 〈마션〉. 아니, 〈마션〉보다는 좀 더 독하죠. 제가 듣기로 송 팀장이라는 분은 김 박사님과 같이 조난을 당했다가 그만 크게 다치셔서 다시는 남극에 돌아오지 못하는 상태라고 들었거든요. 게다가 김 박사님 말씀으로는 월동 대원까지 지냈던 자기가 이렇게 건강이 상한 것에는 그 조난의 경험 탓이 컸다고 하고요.

세연 씨의 눈빛이 흐려졌던 것은 제가 지뢰를 밟거나 김 박사님이 지뢰를 터뜨리거나 할까 봐 염려되어서 그랬던 것 같아요. 역린이라고까지 하기는 어렵지만 어쨌든 누군가에게 반영구적인 후유증을 남긴 조난과 고립은 흥겹다고 하기 좋은 대화 소재는 아니니까요.

저희는 결국 침묵의 바다에 갇힌 채로 남극의 얼음 대륙 위를 쭉쭉 미끄러져 나갔어요. 한 50분 정도 지났을

까. 저나 세연 씨는 조용한 드라이빙으로 점점 피곤해져
만 갔는데 김 박사님은 오히려 그 반대였어요. 어르신
기운도 좋지.

"우 감독. 여기서 3시 방향으로 틀고 좀 더 가 보자."
"알겠습니다."
"거의 다 왔어."

목표 지점에 거의 다 온 덕분일까요? 김 박사님은 어
느 순간부터 세세하게 여기로 가라 저기로 가라 지휘를
하셨어요. 그러고는 차창 너머로 보이는 산맥이나 바위
등을 놓치지 않도록 집중하기 시작하셨지요.

저희는 방향을 이리 틀었다 저리 틀었다 가끔은 아예
왔던 곳을 되돌아가기도 하면서 길을 찾았어요. 김 박
사님은 사내 친목을 도모하기 위해 주말 산행을 강행한
부장님처럼 거의 다 왔다는 말을 반복하셨고요. 나이
많은 남성이 말하는 '거의 다'라는 수사는 '나도 몰라'
정도로 해석하면 되지 않을까 제 안에서 논문을 작성하
던 사이에.

"아- 스톱!"
"어쿠쿠, 뭐야? 우 감독, 왜 멈춰?"
"그야 당연하죠! 바로 앞에 이렇게나 넓은 크레바스
가 있잖아요? 제가 브레이크를 밟는 게 1초라도 늦었
으면 최소한 앞바퀴는 걸릴 뻔했다고요."

저는 눈으로 덮인 땅 사이로 얼핏 보인 크레바스를 바
로 앞에서 발견하고 강하게 브레이크를 밟아 겨우 차를
멈춰 세웠어요. 하마터면 천 길 낭떠러지에 차를 떨굴
뻔했던 것이었지요.

우리는 놀란 가슴을 쓸어내리며 창밖을 바라보았어요. 그곳에는 금이 간 비스킷처럼 대지를 갈라놓은 크레바스가 큼지막하게 입을 벌리고 있었어요. 몇 년 전 어떤 영화제에서 봤던 대지 미술의 한 작품보다도 더 커다란 균열이었지요. 이 넓은 얼음 대륙을 가로지르는 흉터에는 제법 숭고한 맛이 있었어요.

"휴… 장관은 장관이네요."

"내가 우 감독한테 크레바스 한 번 보여 준다고 했는데 이렇게 보여 주게 되었네. 자, 보라고. 연구할 가치가 충분하지 않아?"

김 박사님은 자신만만한 태도로 저 크레바스의 위용이 자신의 것인 양 뽐내었어요. 아저씨 허풍이려니 넘어가려 했는데. 그 순간 저와는 달리 세연 씨만은 이 상황의 모순점을 알아차렸더군요.

"주변에 이렇게나 큰 크레바스가 있으면 빙저호를 연구하기에는 적합하지 않은데요?"

"그래, 하지만 내 연구에는 도움이 되거든!"

저와 세연 씨 두 사람이 영문을 몰라 하는 사이 조수석에 앉아 있던 김 박사님은 운전석 위의 저에게 달려들어 운전대를 가로채려고 하셨어요. 그러고는 제 발을 밟아 그 아래의 액셀 페달을 꽉 누르셨지요. 저는 깜짝 놀라 어떻게든 운전대를 붙잡고 브레이크를 밟으려고 했지만 김 박사님은 그 체구에서는 전혀 나올 수 없을 무시무시한 괴력으로 운전의 주도권을 빼앗으셨고요.

"아니… 뭐 하시는 거예요? 이러다 저희 떨어진다고요!"

"우 감독, 내가 하려는 게 바로 그거야!"

김 박사님은 제 몸을 밀쳐 공중으로 살짝 들어 올리기까지 했어요. 그러자 브레이크 페달을 밟고 있던 저의 발이 떨어져 저희들이 타고 있던 차량은 곧장 사투르누스의 입처럼 벌어진 크레바스에 뛰어들고 말았지요.

"바로 이거라고!"

14.

"언니… 괜찮으세요? 정신이 드시나요?"

기절할 것 같은 격통 속에서 깨어나니 기절할 것 같은 격통이면 깨어나면 안 되는 거 아닌가 하는 의문이 들더군요. 골똘히 고민하는 제 눈앞에는 어느새 조수석으로 자리를 옮긴 세연 씨가 걱정 가득한 얼굴을 하고서는 저를 바라보고 있었고요. 그리고 그 얼굴에는 걱정만 담겨 있지는 않았어요. 멍과 타박상도 제법 적잖은 지분을 차지하고 있었지요.

저는 신음을 아주 기이일게 흘리는 것으로 저의 생존을 증명하였어요. 고개를 돌려 보니 얼음 바닥이 보이더군요. 다행스럽게도 저희가 탄 차는 크레바스에 떨어진 뒤 20~30m가량 추락했음에도 불구하고 바닥 lm가량 위의 양 빙벽 사이에 아슬아슬하게 끼인 상태더군요.

만약 밑으로 갈수록 빙벽 사이의 틈이 넓어졌다면 저희는 남극에서 천국으로 또 신원을 옮겨야 했을 거예요. 지금의 저희는 빙벽에 끼어 미끄러진 덕에 충격이 분산되어서 덜 다친 모양새였으니까요. 아니, 평화로운 남극에서 도대체 무슨 정신으로 자동차로 번지점프를 하게된 거야?

"어떻게 반 정도는 챙긴 것 같아. 세연 씨야말로 다친 데 없어요? 괜찮아?"

"타박상 조금…. 뒷좌석에 앉아 있기도 했고 안전벨트도 하고 있었던 덕분에 크게 다치지는 않았어요. 언니는요?"

"나도 에어백 덕분인지 아니면 아픈 걸 느끼지 못할 정도로 혼이 나가서인지 모르겠는데 아프거나 하지는 않아요…. 맞다, 김 박사님은?"

"제가 일어났을 때는 이미 차 안에 안 계셨어요."

"그 영감님은 도대체 무슨 생각이신 거야…?"

계속해서 이상하게 구신다 생각은 하긴 했다만 설마 이렇게까지 이상하게 구실 줄이야. 저와 세연 씨는 어떻게든 낑낑대면서 크레바스 양 벽에 끼인 자동차 밖으로 빠져나왔어요. lm 남짓한 높이를 뛰어내리자니 정말 아찔한 기분이 들더군요. 조금이라도 더 자동차가 미끄러졌으면 바닥에 입맞춤을 했을 테니까요.

차 안에만 걸려 있다가 단단한 얼음 바닥을 밟으니 겨우 현실감각이 돌아오더라고요. 시계를 확인하니 크레바스에서 떨어진 지 두 시간 정도는 지난 뒤였어요. 조금 더 지나면 해가 질 시간이었지요. 어떻게든 한숨을 돌리려는데, 세연 씨가 기겁을 하고서는 신음 같은 한마디를 흘렸어요.

"바닥…?"

"바닥에 무슨 문제 있어요?"

"여기가 자연적으로 만들어진 크레바스라면… 이렇게 걷기 편한 바닥은 말이 되지 않아요. 그리고 이 밑을 보세요."

세연 씨는 손가락으로 우리가 위에 올라가 있는 빙판을 가리켰어요. 과연 세연 씨가 지적한 대로 이 바닥은 도시의 아스팔트처럼 매끄럽지는 않고 울퉁불퉁한 부분이 있기는 했지만 무척이나 평탄한 바닥이었어요. 더욱이 무엇보다도.

"바닥에 깔린 불투명한 빙판 아래에… 보이는 저 문양들… 무엇이라고 생각하세요?"
"문양 같기도 하고… 아니면 이집트의 상형문자 같기도 하고?"

이 빙판은 무언가 정체 모를 건축물 위에 깔린 것이 분명했지요. 아마 우연히 드러난 건축물의 표면에 눈이 내리고 그 눈이 녹았다 다시 얼기를 반복해서 만들어진 빙판이었던 것 같아요. 흐릿하게나마 얼음 너머로 기원을 알 수 없는 문자가 돋을새김으로 조각된 석판 바닥이 보였기에 그렇게 짐작할 수밖에 없더군요.

세연 씨는 경악한 표정으로 저의 팔을 붙잡았어요. 하기야. 우리는 이제까지 그 누구도 알지 못했던 고대 문명의 유적 위에 서 있었던 것이니까요. 아니, 김 박사님만은 아마 알고 계셨겠지요. 그렇지 않고서야 우리를 이곳으로 어떻게든 데려오려고 작전을 짜지도 않으셨을 테고요.

"세연 씨, 빨리 장보고 기지에 연락해! 이거 제가 잘은 모르지만 세기의 발견 아니에요? 남극대륙에 숨겨진 고대 문명의 건축물이라니!"
"세기의 발견 맞아요. 맞는데…."
"맞는데?"

"전파가 통하지를 않아요. 아예 전자기기 대부분이 먹통이 되었어요. 이 크레바스 안은 전부 무슨… 방해 전파라도 나오고 있는 것 같아요."

저는 급하게 주머니 안에 들어 있던 스마트폰을 꺼내 보았어요. 어차피 남극이라 전파가 닿지 않아 게임이나 하려고 들고 다니던 차였는데, 역시나. 세연 씨가 말했던 대로 제 스마트폰은 영문을 모를 버그로 작동이 되지 않고 있더군요.

그제야 저는 이 얼음 계곡 안에 흐르고 있는 불쾌하고 음산한 기운을 느낄 수 있었어요. 남극에서 느낄 수 없는 비정상적인 한기 속에 있음을 깨달았거든요. 날카롭게 얼어붙는 추위가 아닌 음습하게 스며드는 추위. 위를 바라보니 크레바스의 틈새 사이로 석양이 지고 있는 하늘이 보였어요. 이제 곧 밤이 온다는 신호였지요.

"구조까지 얼마나 걸릴까요?"
"전파가 닿지 않아서 당분간은 어려울 거예요. 그리고 무엇보다…."
"무엇보다?"
"크레바스 안에 있다는 것을 알려야 하고 또 구조대가 올 때까지 견뎌야 하는데, 신호탄과 연료가 보이지를 않아요. 아마 김 박사님이 가져가신 것 같아요."
"그렇다면…."
"네. 김 박사님을 찾아야 해요."

저희 두 사람은 차에서 이런저런 물품을 배낭에다 챙겼어요. 그러고는 한 손에는 랜턴을, 다른 한 손에는 삽을 들고서는 크레바스의 안쪽을 수색하기로 결심했지요. 얼음 바다 위에 떨어진 핏자국을 따라. 저희를 여기까지 인도한 김 박사님을 찾아. 보다 더 깊고 어두운 곳을 향해서.

김 박사님이 흘린 핏방울은 마치 메트로놈처럼 그 간격으로 김 박사님의 속도를 보여 주는 듯했어요. 그 간격은 점차 멀어지기만 해, 가면 갈수록 김 박사님의 걸음걸이가 빨라졌음을 짐작할 수 있었지요. 도대체 이만큼이나 피를 흘리고 있는 사람이 어떻게 이런 속도로 달렸는지. 그것도 이 추운 남극의 크레바스 안에서 말이에요.

저희는 곧 김 박사님이 도대체 어디를 향해 이렇게 달려갔는지를 알게 되었어요. 핏방울의 궤적은 크레바스 깊숙이, 저희가 밟고 있는 이 건축물의 더 밑으로 들어갈 수 있는 구멍으로 이어졌더군요. 그 문도 달리지 않은 입구는 어찌나 커다란지 마치 영화에나 나올 법한 거대 괴수의 아가리처럼 위협적으로 벌어진 채 저희가 그 안으로 꿀꺽 삼켜지기만을 기다리고 있었지요.

저희는 입구 가까이에 다가갔어요. 열린 지 몇 달 되지는 않았는지 그 바닥에는 고작 30cm가량의 얼음 턱이 쌓여 있었어요. 입구 안쪽에는 저희가 여기까지 오면서 밟았던 그 얼음이 쌓인 바닥과 마찬가지로 돋을새김의 상형문자가 빼곡하게 새겨진 석판으로 벽이 세워져 있었고요.

"이거… 안에 뭐가 없으면 그때는 그것대로 섭섭하겠는데?"

"뭐가 있을 것 같으신데요?"

"산더미처럼 쌓인 금은보화와 마법의 양탄자 그리고 램프에 갇힌 로빈 윌리엄스요."

저는 아무 말이나 뱉은 뒤 조금씩 떨리기 시작한 세연 씨의 손을 꼭 붙잡아 주었어요.

15.

수수께끼의 건축물 안에 대한 첫인상은 우선 넓고 높다는 것이었어요. 아마 이 크기에 다른 특별한 이유가 없다면 이 건축물에서 거주했던-거주하는 생명체의 크기는 사람보다 훨씬 크기 때문이리라 짐작할 수 있었지요. 저와 세연 씨 두 사람은 거대 생명체의 둥지를 헤매고 있는 것이었어요.

저희는 거석으로 이루어진 이 건축물의 일부밖에 보지를 못했어요. 걷는 이들이 헤매도록 설계된 미궁처럼 길이 굽이지기도 했고 저희가 가진 랜턴으로는 이 더럽게 큰 건물의 윤곽을 세세히 살필 수도 없었거든요. 다만 얼음에 갇힌 이 건축물의 옥상이나 앞서 살폈던 입구처럼 기하학적인 형태의 문자 비슷한 무늬가 어느 곳에나 새겨져 있다는 것만은 질릴 정도로 보고 있었지요.

기분 탓일지도 모르겠지만 미궁 안에서는 지린내가 났어요. 육식동물이 곳곳에 소변을 보아 영역 표시를 한 것처럼요. 저야 남극의 다른 곳을 많이 보지는 못했지만 펭귄 군락지라도 가지 않는 한 이 대륙에서 맡을 수 있는 냄새는 갓 내린 눈송이의 신성한 물기뿐이었는데 말이에요. 이곳의 냄새는 오랜 시간이 지나서야 후각이 마비되어 익숙해질 그런 냄새였죠.

"여기는 빙저호가 아니라 빙저 미궁이네요."
"그러게요. 김 교수님의 목적은 아마 이 미궁이었겠

어요. 핏자국을 보세요. 미궁 안에서나 밖에서나 거침이 없어요."

"아예 생각이 없어서 그럴 수도 있지. 그냥 마구잡이로 뛰어다니고 있는 거 아냐? 사탕 한 봉지 다 먹어치우고 슈거 하이 온 초등학생처럼."

아닌 게 아니라 김 박사님이 흘렸을 핏방울은 어디 웅덩이가 지는 경우가 없었어요. 이 미궁을 강아지 산책장에 처음 간 멍멍이처럼 쏘다니면서 한 번도 멈추지 않았다는 이야기겠지요.

하지만 저희는 김 박사님처럼 미치지 않았으니 그럴 수야 없더군요. 세연 씨는 조심스레 김 박사님의 핏방울 자국을 발견할 때마다 그 벽에 삽을 그어 표식을 남겼어요. 헨젤과 그레텔이 빵 조각을 흘렸다가 새들이 그 표시를 다 먹어 치워 길을 잃었던 선례를 피하기 위해서라고나 할까요?

"그냥… 돌아갈까요?"

"왜요? 무서워요?"

"네. 소름 돋아요. 그리고 차라리 크레바스 밑으로 돌아가서 구조대가 저희를 빨리 찾아내기를 기도하는 편이 더 안전할 것 같아요."

"그러면 김 박사님은요?"

"사실 지금 가장 무서운 사람은 김 박사님이지 않나요?"

세연 씨의 두려움이 이해가 가지 않는 것은 아니었어요. 이 건물은 마치 불쾌지수를 높이려는 목적으로 건축된 것 같았으니까요. 어떻게 남극인데 이렇게 공기가 습한 데다 질척거리기까지 하는지. 어쩌면 이 건축물에는 습도나 뭐나 이런 것들을 조절하는 장치가 있는 것일지도 몰라요. 거주민들에게 있어서 이 습기가 쾌적한 환경이라거나 하는 이유로요.

"무엇보다 이 장소는 빙저호나 다름없어요. 짐작할 수도 없을 만큼이나 오랜 세월 동안 외부와 격리된 공간이었지요. 저는 이곳에 이렇게 무방비하게 있고 싶지 않아요."

"저희가 빙저호 연구의 실패 사례처럼 이 공간을 오염시키는 게 걱정이에요?"

"반대예요. 저희가 이곳에서 오염이 될 경우가 무서워요. 언니에게 탐사 팀에 합류해 보라고 권한 사람은 저잖아요. 어떻게 걱정을 하지 않겠어요."

그제야 감이 오더군요. 이곳은 일종의 빙저호였어요. 그리고 우리가 오염시킬까 걱정하기보다는 우리가 오염될까 걱정해야 할 상황이었지요. 세연 씨가 빙저호 연구를 좋아하는 이유와는 달리 전혀 귀엽지 않은 곳이기도 했고요.

무엇보다 저희는 그 귀엽지 않게 오염된 사람으로 추정되는 용의자도 알고 있었지요. 김 박사님은 제가 아는 한 누구보다도 오염되었다는 표현이 어울리는 상태였으니까요. 이 무저갱에 저희를 끌고 온 장본인이자 저희보다 앞서 조난을 경험한 피구조자였으며 명백하게 광기에 빠진 환자잖아요.

"그래도 더 가야 할 것 같아요."

"왜요?"

"아마 김 박사님은 저번에 조난당하셨을 때 이 미궁

에 발을 들이신 게 맞을 거예요. 어떠한 헤맴도 없이 이 미궁을 찾아낸 것을 보면 분명해요. 그런데 남극 장보고 기지에서 이 미궁의 존재를 몰랐다는 이야기는, 김 박사님은 이 미궁에 빠졌지만 동시에 탈출한 사람이기도 하다는 이야기일 가능성이 커요. 그렇잖아요. 만약 그랬다면 김 박사님은 크레바스 밑에 빠졌으면서도 구조대가 이 크레바스 안을 수색하기 전에 지상으로 올라왔다는 거죠. 우리는 김 박사님을 찾아서 그 방법을 알아내야 해요.”

결국 우려에도 불구하고 저희는 걷기를 멈추지는 못했어요. 발길을 되돌리지도 않았고요. 한번 발을 들인 상황에서 이 관성을 지우고 왔던 길로 되돌아가기란 쉽지가 않지요. 그러면서 몇 번의 갈림길을 꺾어야 했는지, 또 그 갈림길마다 어찌나 무시무시하게 생긴 조각상들을 자주 보아야 했는지 몸과 마음이 피곤해지더군요.

세연 씨가 이 이야기를 들으면 동의하지 않겠지만 저는 제가 이 탐사 팀에 합류를 한 것이 다행이라고 봐요. 아마 제가 이곳에 오지 않았다면 세연 씨는 혼자서 이 모든 상황을 감당해야 했을 테니까요. 남극대륙에 숨겨진 고대 유적에서 미친 박사와 단둘이 고립되는 일이 달가울 사람이 어디 있겠어요?

그렇게 10분인가 더 걸었을 무렵이었을까. 아니, 10분보다 더 되거나 10분에 턱없이 모자라거나 했을지도 모르겠어요. 어두운 곳에서 아무 말도 하지 않으며 계속해서 걷다 보니 시간 감각이 무뎌졌거든요. 어쨌든 저는 무언가 이상하다는 것을 깨닫고 조심스레 세연 씨의 손을 잡았어요.

"세연 씨."

"네, 언니."

"불 꺼. 조용히."

그러고는 세연 씨의 귓가에다 아주 작게 속삭였지요. 저는 랜턴의 불을 끄고는 스마트폰을 꺼내 약한 불빛만을 내었어요. 여전히 영문 모를 버그로 제 기능을 하지는 않았지만 일단 화면에 불은 들어왔으니까요. 제가 조심스레 움직이니 세연 씨도 랜턴의 불을 끄고는 목소리를 작게 해 저에게 물었어요.

"무슨 일이에요?"

"냄새."

"냄새?"

세연 씨는 입에다 손을 가져가 막더군요. 아무런 소리도 나지 않게 하려고요. 제가 맡았던 그 냄새를 맡은 거예요. 눅눅하고 끈적끈적하고 질척한 그런 기분 나쁜 냄새였지요. 저희는 분명 방금까지 이 미궁의 지린내에 익숙한 상태였어요. 그런데도 무언가 다른 냄새를 맡았다면 그곳에는 분명 환기용으로 설치된 무언가가 있든가 아니면 냄새를 낼 만한 무언가가 있든가 두 가지 경우 중 하나 아니겠는가 싶더군요.

미약한 불빛에 의지해서 누군가가 흘리고 지나간 핏자국을 노려보며 걷기란 어찌나 피곤하기 그지없는 일인지. 한 걸음 한 걸음 발을 내디딜 때마다 냄새의 근원지에 조금씩 다가가고 있음을 코로 알 수 있었어요.

"자네들 발소리 다 들려."

그리고 골목 하나 너머에서, 저희를 부르는 김 박사님

의 목소리가 들렸어요. 그 목소리는 지쳤고 아픈 사람 특유의 피로함이 담겨 있었지만 어딘가 기대감과 흥분 또한 느껴졌지요.

저와 세연 씨는 서로의 얼굴을 바라보았어요. 어쩌지? 어쩔까요. 어쩔 수 없지 않아? 어쩔 수 없네요. 눈과 눈으로 빠르게 대화를 나누었지만 둘 다 만족하기 어려운 결론을 내리는 것이 고작이었지요.

"안 잡아먹으니까 겁먹지 말고 나오라고."

김 박사님은 모퉁이 너머에서 이 한마디를 던지더니 킬킬거리면서 웃더군요.

16.

"아까 낮에는 미안하게 됐어. 그게 내 단점이야. 눈앞에 목표 하나가 딱 보이면 눈 딱 감고 돌진하는 버릇이 말이야. 어디 아프거나 그렇지는 않지?"

"덕분에요."

저희가 다시 만난 곳은 강당처럼 넓은 공간이었어요. 이제까지 미로를 헤매면서 처음으로 통로가 아닌 방에 들어온 것이었지요. 겁을 먹어 랜턴의 불을 껐던 저희와는 달리 김 박사님은 아주 환하게 조명을 켜고 계셔서 그 공간의 윤곽이 어렵지 않게 짐작이 되었어요.

김 박사님은 지친 모습으로 땅바닥에 앉아 계셨어요. 피를 계속해서 흘리셨으니 이상할 일은 아니었지요. 옷 군데군데는 어디서 뭐가 묻은 것인지 잔뜩 더럽혀져 있었고요. 김 박사님의 트레이드마크였던 안경은 한쪽 알

이 깨졌는지 렌즈 너머로 좁쌀처럼 보이던 눈이 찹쌀 정
도로 보였지요.

세연 씨와 저 둘이서 덤벼들면 어떻게 제압할 수 있지
않을까 싶었지만 그 아이디어는 바로 포기했어요. 김 박
사님은 옆에 커다란 도끼를 한 자루 놓아두셨더라고요.
기지의 설상차마다 보급용으로 들어 있던 작업용 도끼
였죠. 저나 세연 씨에게는 고작 삽밖에 없었으니 함부로
덤벼들지는 못하겠더군요.

덤벼들기 어려운 이유는 도끼뿐만이 아니었어요. 도
끼 하나로도 살벌한데 김 박사님 옆에는 그보다도 더 살
벌하게 생긴 커다란 덩어리가 놓여 있었어요. 그리고 그
앞에는 언제 이런 물품을 챙겨 왔는지 놀랄 정도로 많은
조리 기구들이 놓여 있었고요. 냄비 안에서는 그 내용물
을 알고 싶지 않은 무언가가 팔팔 끓고 있었지요. 저희
가 맡았던 그 누릿한 냄새는 저 냄비 안에서 나는 것임
이 분명했어요.

"이건 뭐예요?"
"육수를 끓이지."
"무슨 육수요?"
"내가 기회가 닿으면 남극에서만 먹을 수 있는 냉면
한번 대접하겠다고 했잖아."
"펭귄 냉면이라고 말해 주세요. 펭귄 냉면이 아니어
도요."
"우 감독은 재치가 있어서 좋아. 그런데 펭귄 냉면은
아니야."

아무리 식탐이 많더라도 자동차에 탄 채로 크레바스

에 번지점프를 하려고 들 정도로 많기란 어려운데 말이지요. 저는 세연 씨에게 손을 뻗어 꼭 잡았어요. 저인지 세연 씨인지 아니면 둘 다인지 마주 잡은 두 손에는 떨림이 느껴졌어요. 김 박사님이 준비한 냉면이 펭귄 냉면이 아니라면 아마 이 근방에서 재료를 구했을 가능성이 높지요. 그리고 그 재료로 보이는 덩어리를 보고 있노라면 떨림이 멈추지를 않더라고요.

"셋이서 먹기에는 냄비가 작아서 나는 아까 한 번 끓여 먹었어. 1인분 또 끓인 건 잘 식혀다가 이 보온병에 넣었고. 한 번만 더 끓이고서는 차가 있는 곳으로 돌아가자고."

"조명탄은 김 박사님이 챙기셨어요?"

"응. 우 감독이랑 세연 씨 일어나는 거 기다렸다가 출발하기도 그렇고. 그렇다고 나 사라진 사이에 기지 사람들이 오면 그건 그것대로 곤란하고. 많이 놀랐겠어. 하지만 걱정하지 말라고. 볼일은 얼추 다 봤으니까."

김 박사님은 그렇게 말하며 웃으셨어요. 저나 세연 씨역시 억지로 그에 맞춰 미소를 지었고요. 김 박사님은 광기에 의해, 저랑 세연 씨랑은 공포에 의해 지은 웃음이니 옆에서 보기에는 영 아니었을 거예요.

어색하게 화기애애한 분위기를 연출하는 사이 저는 티 나지 않을 정도로만 김 박사님 옆에 눕혀 있는 커다란 덩어리를 살폈어요. 과연 저걸 생물체라고 분류해도 좋을지 모를 괴물이었지요. 길쭉한 원통형의 몸체를 감싸고 있는 피부가 검다 못해 금속성의 질감을 갖고 있거든요.

게다가 어디까지나 눈대중이지만 그 괴물의 길이는 2m가 조금 되지 않을 정도로 커다랗고 폭은 1m를 살짝 넘는 듯했어요. 곳곳에 살이 파인 자국들은 아마 김 박사님이 네다섯 근 정도 떼어다 육수 재료로 삼은 게 아닌가 싶더군요. 여기에 날개인지 지느러미인지 모를 널판 다섯 개가 달려 있었는데 부채처럼 접힌 모양이었어요.

원통형의 몸체 한쪽 끝에는 식물의 구근을 연상케 하는 부위가 있었어요. 저 개인적으로는 저 부위가 부디 얼굴 부분이길 기도했어요. 아가미처럼 뻐끔거리는 긴 틈새가 있기도 했고 그 부위 끄트머리에 달린 불가사리 모양의 기관에는 내장으로 이어지리라 짐작되는 구멍이 있었는데 이 안에는 오돌토돌 이빨 같은 가시가 박혀 있었거든요. 저 부위가 만약 항문이라면 도대체 저렇게 흉악하게 생긴 항문에서 어떤 끔찍한 걸 쏟아 낼지 걱정하지 않을 수가 없었지요.

그리고 원통형의 몸체에서 그 구근에 달린 불가사리를 연상케 하는 기관이 달린 쪽이 아닌 다른 쪽 말미에는 기분 나쁘게 꿈틀거리는 촉수가 스무 다발은 넘게 달려 있었어요. 아마 김 박사님이 그 촉수의 다발 몇은 잘라다가 냄비에 넣었는지 그 길이가 들쭉날쭉한 편이었고요.

"아쉽지만 면은 인스턴트 면으로 해 놨어. 남극에서 괜찮은 면을 뽑기란 쉬운 일이 아니거든. 그리고 나처럼 어설픈 아마추어가 제면해서 만든 면보다는 공장제 면이 대중적인 입맛에는 더 맞을 거라고 봐."
"애초에 육수에 들어간 재료가 대중적인 편이 아니니 좀 더 실험적으로 가져도 좋았겠지 싶기는 하네요."

"그런가?"

물론이죠. 그렇고말고요. 그랬다면 저나 세연 씨 두 사람 다 김 박사님이 남극까지 와서 자가 제면으로 냉면을 끓여 먹을 미친 사람이라는 것을 진즉에 알았을 테니 이 크레바스 깊숙하게 숨겨진 지하 미궁에 끌려올 일도 없었잖아요. 김 박사님이 이렇게 배려 깊은 방향으로 미친 사람이라는 것은 김 박사님에게나 저와 세연 씨 모두에게 불행한 일이었지요.

김 박사님은 저의 비아냥을 비아냥으로 받아들이지 못했는지 은근히 기뻐하는 구석마저 내비치면서 정체불명의 생명체의 고깃덩이를 고아 내고 있는 냄비를 바라보았어요. 보글보글 끓는 냄비 때문에 김 박사님의 한 알밖에 남지 않은 안경에 김이 서린 모습이 어찌나 섬뜩하던지.

"나는 냉면이 좋아."
"말씀하시지 않아도 알 것 같네요."
"냉면을 먹기 위해 태어났다고 해도 좋아."

김 박사님은 뜬금없는 고백 뒤에 기나긴 한숨을 푹 쉬었어요. 아니, 지금 이 상황에서 한숨을 쉴 사람은 누가 봐도 저희가 아니었나 싶었는데 말이죠.

"어느 순간 그렇게나 냉면을 좋아하는 내 삶에 대해 회의가 들더라고. 냉면이 뭐겠어? 차가운 면 요리잖아. 하지만 이렇게 찬 온도를 유지하면서 냉면의 감칠맛을 내려면 필연적으로 MSG가 들어가야만 해. MSG가 나쁘다는 이야기는 아니야. 소위 자연적인 재료라는 것으로 MSG 한 스푼만큼의 감칠맛을 내기 위해서 얼마나 많은 자원과 수고가 드는지 알아? MSG는 환경보호를 위해서라도 필요해. 그럼에도 불구하고 내가 회의가 드는 건 바로 이거야. 왜 우리 인류의 몸은 이렇게나 과도하게 감칠맛을 욕망하는 형태로 설계가 되었을까? 생태계에서 구하기 불가능한 감칠맛에 어떻게 그리도 환장하는 것일까?"

"무슨 말씀인지는 알겠어요. 하지만 현대사회에서 식탁에 오르는 단맛이나 짠맛도 감칠맛만큼이나 인위적인 맛이지 않나요?"

"역시 우리 세연이라니까. 잘 짚었어. 하지만 단맛과 짠맛 그리고 감칠맛 사이에는 분명한 차이가 있지. 인류의 역사에서 당분과 염분은 자연적으로 구하기 어려운 영양분이었어. 자연에서 구할 단맛으로 흔히 과일을 떠올리고는 하는데, 요즘 과일과 몇만 년 전의 과일의 당도가 같지 않은 건 알고 있지? 게다가 과일은 계절을 타. 오래전에도 벌들이 꿀을 모으기는 했지만 꿀은 쉽게 구할 수 있는 식재료는 아니었지."

"감칠맛은 다르다는 이야기세요?"

"맞아. 21세기에 편의점으로 걸어가는 정도의 수고는 수렵 시절 사냥을 할 때 들인 품에 비할 바는 아니겠지만 단백질은 당분이나 염분에 비해 그렇게까지 구하기 까다로운 영양소는 아니었다고."

저는 김 박사님과 세연 씨 둘이서 뜬금없는 요리 이론에 대해 논의를 주고받는 모습에 기시감을 느꼈어요. 김 박사님이 냉면에 대한 지론을 설파하셨을 때와 비슷한 분위기였지요. 저는 두 사람이 대화에 집중한 사이 혹시나 터질지 모를 불상사를 대비해 삽자루를 쥔 손아귀에

보다 힘을 주었어요. 김 박사님은 제가 한껏 긴장한 모습은 알아차리지 못하고 계속해서 수업을 이어 나가셨고요.

"그럼에도 불구하고 왜 우리의 육체는, 우리의 본능은 이렇게나 아미노산을 강하게 열망하도록 설계되었을까? 유전적인 오류였을까? 아니, 그럴 리는 없겠지. 내 고민은 한 가설에 이르렀어. 혹시 우리는 단지 과거에 먹었던 음식을 잊어버린 것은 아닐까? 그 음식의 흔적을 다른 어딘가에서 찾을 수 있지 않을까? 그리고 나는 남극에서 그 대답을 찾았어. 봐. 이 생물체를!"

"저 괴물요?"

"우 감독은 과학자가 아니라서 그렇게 볼 수도 있어. 내 눈에는 그저 아직 연구가 진행되지 않은 생물로 보이지만."

"생물이기는 해요?"

"송 팀장도 처음에는 우 감독처럼 말했지."

아주, 아주 불길한 예감이 들더군요. 저는 송 팀장이라는 분은 뵌 적이 없어요. 왜냐하면 그분은 제가 남극에 오기 전에 김 박사님과 함께 남극에서 조난을 당하셨다가 구조된 뒤 아직까지 병원에 계신 분이었으니까요. 오래도록 병원 신세를 진 사람이 병원 신세를 지게 될지 모를 저와의 비교 대상이 되는 상황을 길조로 여기기는 어렵죠.

"저번에 송 팀장이랑 나랑 이 근방을 조사할 때 이 생물체를 발견했어. 어찌 된 영문인지는 몰라도 크레바스 위로 기어 올라와 우리를 위협하기에 냅다 차로 들이박아 죽여 버렸지. 덕분에 차가 고장이 나는 바람에 남극대륙 한복판에 조난당하게 되었고 말이야. 하필 그때 블리자드가 몰아치는 바람에 구조는 안 되는데 어디 뭐 먹을 게 있어야지. 그래서 송 팀장이랑 나는 선택을 해야만 했어."

"점심으로 어떤 메뉴를 고를까에 대한 선택 말이군요."

"맞아. 유사 이래 인류가 단 하루도 빠지지 않고 숙고 해야 했던 중차대한 과제였지. 우리의 고민은 길었지 만 그만큼의 가치는 있었어."

김 박사님은 황홀하다는 표정으로 육수가 바글바글 끓고 있는 냄비를 바라보셨어요. 식욕과 성욕을 등치시 키는 비유는 예로부터 질릴 정도로 잦았지만 김 박사님 의 그 음탕한 표정을 보고 있노라면 창작자들의 게으름 을 탓할 수만도 없겠더군요.

"이 생물체는 우리 인류가 분류했던 어떤 계통과도 그 성질을 달리해. 분명 태고부터 지구 생명체와는 완 전히 다른 환경에서 진화를 거쳐 왔기 때문이야. 그 환경은 어떤 곳일까? 빙하 밑 심해? 지저 세계? 아니 면 우주 너머?"

"외계인이라는 이야기인가요?"

"모를 일이지. 모를 일이야. 단 하나 내가 알게 된 것 은 이 생물체가 기가 차게 맛있다는 사실뿐이야. 내가 이제까지 먹었던 그 어떤 고기와도 맛을 달리해. 아마 도 아미노산의 구성부터가 본질적으로 지구상의 생 태계와 다르기 때문이지 않을까? 하…."

쩝쩝쩝. 입맛을 다시는 소리. 김 박사님은 맛을 설명 하다가 그 맛이 다시 동했는지 입가에 흘린 군침을 닦고는 다시 감탄사를 이어 나갔어요.

"송 팀장과 나는 이 생물체에 대한 연구를 독점하기 위해 당장은 남극 장보고 기지에 보고하지 않기로 했지. 역사에 이름을 남기려면 우리가 첫 발견자보다 더 큰 역할을 해야 하니까. 그래서 먹다 남은 부위는 아쉽지만 크레바스 밑에 버려두었지."

"그러면 이 유적엔 오늘 처음 오셨던 건가요?"

"응? 그렇지."

"대단한데요. 어떻게 크레바스 밑을 조사해 보신 적도 없으면서 이 미궁이 있다는 것을 알아차리셨나요?"

"들리거든. 누군가의 목소리가 내 귓가에서 계속해서 들려."

저는 김 박사님의 눈을 살펴보았어요. 그 확고한 눈빛에서 조현병의 징조는 읽을 수 없었어요. 무엇보다 누군가의 목소리가 이곳에 미궁이 있으리라 설득했고 그 설득에 넘어가 크레바스에 뛰어들었을 때 실제로 미궁을 찾아냈다면 그 목소리는 어떤 병의 증상이라고 보기는 어렵겠지요.

김 박사님의 말씀이 사실이라면 김 박사님이 이 미궁에서 빠져나가 크레바스 위로 올라가는 길을 알아서 구조가 빨랐던 것은 아니라는 이야기일 거예요. 세연 씨가 눈치를 챘을지는 모르겠지만 아주 안 좋은 신호였지요.

"구조된 이후로도 도무지 그 감칠맛을 잊을 수가 없더군. 인류사에 남을 획기적인 발견을 했음에도 내 관심사는 오로지 어떻게 하면 이 생물체의 고기를 다시 한 번 더 내 입안에서 씹을 수 있느냐에 있었어. 아쉽게도 송 팀장의 입맛에는 맞지 않았는지 그 친구는 아직도 병원 신세지만 나는 알았어. 나는, 아니 우리들 인류는 바로 이 생물의 고기를 먹기 위해 태어난 거야!"

"김 박사님…."

"이것 참. 나 주책이지. 내가 길게 설명할 것도 없잖아? 3인분째는 아직 끓고 있으니 두 사람에게 다 대접하긴 어렵지만 둘 중에 누구라도 이거 한번 먹어 보라고!"

김 박사님은 옆에 놓여 있던 보온병을 열고서는 컵에다 차게 식은 육수를 붓고 면을 올린 뒤 자리에서 벌떡 일어나서 저에게 다가오셨어요. 그러고는 저의 얼굴 앞에다 컵을 턱 하니 내미셨지요. 다짜고짜 남의 설렁탕에 깍두기 국물 붓는 사람처럼 상대방의 의중 따위는 신경도 쓰지 않는 그런 단호한 태도로요.

이 동작이 보여 주는 의미는 명확했어요. 저에게 공범이 되기를 요구하신 것이죠. 냉면 한 그릇을 대접함으로써요. 하지만 저는 정말로, 저는 정말로 이 정체불명의 생물체를 끓여다 만든 냉면을 먹고 싶지 않았어요.

"내가 어디 우 감독한테 못 먹을 거 권할 사람인가? 나 믿고 한번 쭉 들이켜 봐. 정말로 맛있다는 거 알 거야. 오히려 더 달라고 그러지나 말라고."

"김 박사님. 권해 주셔서 감사한데 제가 방금 차에서 초코바를 먹고 와 가지고요."

"에이, 그걸로 기별이나 되겠어? 남극 장보고 기지에서 구조대가 올 때까지 시간도 오래 걸릴 테니까 지금 많이 먹어 둬야 해. 어서 들어. 면 불겠다."

"저 소식하는 거 아시잖아요. 혹시 오이 넣으신 거 아니죠? 저 오이 알레르기 있는데."

"알레르기 그거 자꾸 먹다 보면 내성 생겨. 우 감독 지금 어른이 권하는데 자꾸 이러기야?"

"아니, 먹으면 두드러기 나니까."

"우 감독. 한 입이면 돼. 한 입. 아-."

하지만 제가 먹고 싶지 않다고 해서 먹지 않을 수 있는 상황도 아니었지요. 알레르기에 내성이 생길 리 없다 설득할 자신이 없어서는 아니에요. 어른이 권해서도 아니었고요. 도끼를 들고 있는 어른이 권했기 때문이었어요. 기나긴 도낏자루를 흔들흔들 쥐고 있는 어른이요. 그래서 저는 조심스럽게 손을 뻗어 김 박사님이 건네시는 잔을 받아야만 했지요.

"제가 먹을게요. 저 냉면 좋아해요."

"세연 씨…?"

"어? 그럴래? 우리 세연이가 의외로 식탐이 있었고만. 우 감독은 이따 지금 끓이는 거 완성되면 줄게."

저는 깜짝 놀라서 세연 씨를 바라보았어요. 이 사람. 혹시나 자기가 나를 여기까지 데려왔다고 이상한 책임감을 느끼고 있는 거 아니야? 저는 깜짝 놀라서 김 박사님에게 손을 뻗어 기다리라고 보디랭귀지를 보였어요.

"세연 씨. 어디 감히 어른이 숟가락을 뜨기도 전에. 그렇죠, 김 박사님? 제가 먼저 먹는 게 남극에 모인 동방예의지국 사람들의 도리 아니겠어요?"

"우 감독님이랑 저랑 그렇게 나이 차이 많지 않잖아요."

"얘 좀 봐. 아까까지 언니, 언니 하더니. 김 박사님. 세연 씨가 이렇게 귀여우니까 어린 게 맞잖아요. 그죠?"

"음…. 우 감독 승."

"아싸!"

저는 걱정스러운 낯빛의 세연 씨를 뒤로하고서는 조심스럽게 손을 뻗어 김 박사님이 건네시는 잔을 받았어요. 저 냉면에 뭐가 들었는지는 몰라도 먹어서 멀쩡할 것 같지는 않잖아요. 아무리 가는 데는 순서가 없다지만 그래도 고를 수가 있다면 순서대로 가는 편이 낫지 않겠어요?

잔은 제법 차갑더군요. 미궁 안이라고는 해도 남극대륙에 있는 곳이니 육수를 끓인 뒤 가만히 내버려 두기만 해도 냉동고에 넣는 것처럼 금세 차가워졌을 거예요. 김 박사님은 신이 나시는지 어깨를 들썩이며 저와 냉면이 든 잔을 번갈아 쳐다보셨어요.

세연 씨가 어떻게든 김 박사님을 만류하려는 기색이기에 세연 씨 어깨에 손을 얹고 진정시켰어요. 상대방에게 이성은 없지만 날붙이는 있을 때는 약간의 자극이 큰 소동으로 이어질 위험이 크니까요. 세연 씨 역시 제가 왜 그러는지 짐작했는지 안절부절못하며 뒤로 물러났지요.

"우선 육수부터."

저는 숨을 크게 들이쉰 뒤 김 박사님이 건넨 컵을 한 모금 마셨어요. 그러자 제 입안에는 해바라기가 항체를 기억해 나풀나풀한 돌과 서러움이 가득했어요. 도대체 김 박사님은 어떻게 이 병뚜껑 속 함경도의 푸른빛? 열중하는 성공은 손가락에 스물여덟 지네를 삼켰지요. 깨진 계단에는 참기름이 싫어요.

사랑은 열 번째 서쪽의 보증이 현기증에게. 세연 씨는 가느다란 영원이 더럽히고는 나를 오늘밤과 농후하다.

가죽의 체계가 망신이야. 문명화된 반짝임을 외쳐요. 노래가 천사를 누르고는 과망강산염을 깜빡임. 질펀한 도어록이 방학역에 날아갔고요. 불타는 도시에서 양은 잠들고 원숭이는 춤을 춘다. 냉면은 백오십으로 말하지 않아 세연 씨라도 닦아서 춤을 장전한 뒤 재생해야 해요.

17.

"어때? 내 말이 맞지? 차원이 다른 감칠맛이지 않아? 이제 샘플을 챙겨다가 남극 장보고 기지에 돌아가면 좀 더 연구를 해서 발표를 할 거야. 학명도 고민 중이지. 맛의 근원이나 다름없다는 점에서 아지노모토산 일나트륨이면 어떨까?"

"언니? 괜찮으세요? 제 목소리 들리세요?"

소음이 메모하는 악어를 벌려 놓아 은하수가 합일하고 포상은 탄약에 채워 남겨졌어요. 탐독은 어울리지 않는 오후를 헤엄쳐서 뻔했지요. 어른들은 단순한 뒤틀림. 에어캡 안에 든 소우주는 어린아이의 토사물로 매개해요. 김 박사님은 거스름돈의 여행이 사실이니까요. 자유는 침묵하게 요청해서 만났지만요.

"아니야. 아지노모토는 일본 이름이지. 그렇다면 미원 산나트륨? 이러면 너무 특정 업체를 밀어주는 것 같으니 또 아니겠어. 아! 이 맛은 존재의 근원이나 다름 없잖아? 그러니 아자토산 일나트륨이면 되겠다!"

"김 박사님, 뒤!"

"뒤? 뭐? 으아악!"

할까요? 외침이 건드리는 양자의 환갑이 붉게 달려

요. 건강함이 올라탄 피안에는 저번 달과 증정본이 가득하다. 왕관을 쓴 개구리는 선홍빛 성궤의 주인. 19990년 대에는 부족하니까요. 신의 아이는 유대인의 손녀일지도 모른다. 굴곡이 승격하는 고마워요.

노란빛 군주의 가면을 벗겨서는 안 된다. 근우 씨라면 먼저인 농도에서 감자를 굳혀 버렸지요. 상자를 달린다면 파자마뿐이에요. 새끼손가락은 벚꽃에 화들짝 익어가는 박수 소리. 완벽한 추종을 납부하는 함께요. 저는 비밀과 광차의 낭비니까 우호적인 구원투수는 바탕이 미끄러운 사탕을 퇴장했어요.

"언니, 정신 차려요! 김 박사님이 쓰러졌어요!"
"네까짓 게? 좋다고! 어디 덤벼 보라고!"
"안 돼!"

흩날린다. 일환으로 사각형은 흉계를 십칠 층에 부풀어요. 강점기를 높이 수상한 제자다. 편집된 충성심은 길게 배려를 복숭아와 기었는데 벼락이 깔고 앉은 분침마다 물고기가 찢어졌고요. 안개꽃에 붙은 실밥에는 잉크가 구르지 않는다. 예언되지 않은 다섯 번째 기수가 창을 겨누고 두 시 삼십팔분이면 명찰에 머리카락이 흘러요.

"으윽, 으···."
"언니, 꽉 잡으세요. 제가 안고 뛸게요."

격자무늬의 남십자성에 궁금한 지도를 씹은 빨래는 매끄럽게 탈출구를 간질여요. 아직 싸우다. 구름이 쏟아지는 요새에서 전력으로 단말마. 침략하는 이발사가 빠르게 투하하는 서술은 공적이 두터운 합류 속에 지네는

빼닮았어요. 고함 속의 탑마저 잠든 청금석에는 녹이 슬어요. 물방울이 오해하는 최종 결정권자가.

대퇴골에는 젓갈을 훔쳐 몰아 가는 등차수열의 결론. 세연 씨 또한 서적이 동경하는 맞아요. 교활하다. 백 만으로 늘어난 마이클 잭슨은 종로에서 거울 속의 그자를 불러요. 조개의 눈동자가 추월하면 모자람. 늙은 바람이 환승해서 천칭에 가라앉았지요. 편리는 뜨겁고 중국 도자기다운 열차의 콧바람이 집합답게 외워서 무궁무진을 부착해.

흑연을 갈음하는 믿음만은 흩날리네요. 신기로운 분리수거와 만두피. 호두는 정기 구독권에게 녹슨 관심을 사 주지 부탁해요. 낙인이 숨을 쉬는 코카콜라만 도끼가 작성하세요. 갈라진 십자가에 불이 붙어서 피어 있는 화요일마다 덜컹거리면 미사가 끝났으니 너희는 가서 이 복음을 전하라. 미사가 끝났으니 너희는 가서 이 복음을 전하라.

18.

걱정하지 마세요. 안 전해도 돼요. 제가 한 이야기에서 전할 만한 이야기가 뭐가 있겠어요. 전하지 마세요. 그리고 저 미친 거 아니에요. 정확히 말해 잠시 미쳤기는 했지만 일시적이었어요.

와. 살면서 미치도록 맛있다는 수사를 쓴 적이 몇 번 있기는 한데 사람이 진짜로 미쳐 버리는 맛이 있기는 하더라니까요? 김 박사님이 끓이신 냉면의 육수를 한 입 들이켜는 순간 완전히 별세계에 간 기분이었어요. 그 생물체의 아미노산 어쩌고는 몰라도 마약 성분도 들어 있던 것이겠지요.

"언니, 저한테 맞으신 데는 괜찮으세요?"
"괜찮아, 괜찮아. 이 정도는 맞았어야 제정신을 차렸을 테니까요."

저는 냉면을 먹은 뒤 20분 동안의 기억이 나질 않았어요. 기억만 나지 않은 정도니 다행이라 생각하기는 해요. 그리고 그나마 이 기억이 끊긴 구간이 20분밖에 되지 않은 것은 전적으로 세연 씨 덕분이기도 했지요. 제목구멍에 손가락을 넣어 냉면을 토하도록 이끌었고 심폐 소생술을 반복해 저를 겨우 살려 냈으니까요.

세연 씨가 심폐 소생술을 하기 위해 벗겨 놓았던 옷을 다시 입은 뒤 저는 제가 맛탱이가 간 사이에 있었던 일들에 대하여 들었어요. 미궁의 괴물이 되살아나서 김 박사님을 덮쳤다는 것이었죠. 김 박사님은 도끼를 들고 그 괴물에 다시 맞서셨고요. 세연 씨는 미친 사람이랑 무서운 괴물이 한판 붙은 사이에 배낭에 연료와 조명탄을 챙겨 넣고는 저를 안고서 자동차가 추락한 이곳으로 도망쳤고요.

겨우 자동차가 있는 곳에 도착했을 무렵에는 빙벽 사이에 끼었던 자동차가 결국에는 중력을 이기지 못해 땅바닥에 완전히 떨어진 상태였다더군요. 저희가 이 근처에 계속 머물렀다거나 차 안에 있었다면 큰일이었겠지만 지금 이 상황에서는 다행인 일이었지요. 제가 맛이 간 상황에서 이런저런 물품을 꺼내고 정돈하기 더 쉬워졌으니까요.

그 뒤로도 세연 씨의 고생은 끝이 나지 않았대요. 제가 눈을 떴음에도 정신은 차리지 않은 티가 나니까 뺨을 갈기고 또 갈겨서 겨우 사람으로 만들어 놔야 했거든요. 사람이 되기 어찌나 어려운지. 세연 씨는 기어코 제가 더 이상 방언을 터뜨리지 않고 교양 있는 사람들이 두루 쓰는 현대 서울말을 입에 담을 때까지 저를 두들겨 팼어요.

설명을 마치고는 세연 씨는 김 박사님한테서 튄 피와 흐르는 눈물로 범벅이 되어서는 아주 오열을 하는데 이 황당한 목격담을 믿지 않을 도리가 없더라고요. 제가 깨어난 그때까지 세연 씨가 혼자서 얼마나 겁이 났을지 안타깝기도 했고요. 지금도 제가 다시 김 박사님처럼 되면 어쩌나 걱정이 되긴 하지만 그렇게 되지 않기를 기도하는 것 외에는 방도가 없네요.

결국 저와 세연 씨는 구조대가 올 때까지 할 일도 없겠다, 자동차 지붕 위에 드러누워서 오로라가 휘날리는 남극의 밤하늘을 바라보고나 있게 되었어요. 텐트 안에 숨어 있을 기분은 아니었거든요. 이렇게 저희 이야기의 맨 앞과 맨 끝이 드디어 이어지게 된 거죠.

"처음에는 세연 씨가 운석을 찾으러 가자기에 낭만적인 여행이 될 줄 알았지 뭐야."

"죄송해요…."

덩치도 큰 친구가 또 울기는. 이 사람도 참 빙저호 연구자로는 실격이겠다 싶어요. 이렇게 시추 과정에서 부동액이 넘쳐흘러서야, 원. 어디 남몰래 관찰자의 입장을 주지하면서 연구를 지속할 위인이 되겠어요? 결국 저는 세연 씨의 어깨에 제 팔을 두르고는, 머리를 토닥거리면서 잠시 진정하라는 의미에서 가슴을 빌려주었지요.

"아휴, 그런 이야기가 아니라. 뚝! 이렇게나 귀여운 사람이 울먹이다가 눈에 동상이라도 걸리면 어쩌려고."

"언니…."

바람이 불자 저희가 앉은 쪽으로 연기가 올라왔어요. 이렇게 차에 올라타기 전에 휘발유를 뽑아다 담요에 적셔 불을 붙였거든요. 조명탄만큼은 아니어도 남극대륙에서 조난된 사람이 자신들의 위치를 알릴 신호로는 썩 나쁘지 않은 방법일 거예요.

구조대에게 먼저 발견되느냐 아니면 괴물에게 먼저 발견되느냐에 따라 그 끝의 내용이 많이 달라지긴 하겠지만 어쨌든 끝이 나기는 날 거고요.

불평불만을 늘어놓기는 했지만 지금 이 상황이 그렇게 낭만적이지 않은 것도 아니잖아요? 남극의 건조하고 상쾌한 추위 속에. 함박눈처럼 무수하게 빛나는 별들 밑에서. 서울에서 태어난 사람이라면 과연 일생에 한 번이라도 볼 수 있을지 모를 아름다운 오로라를 보고 있잖아요.

거기다 처음에는 낯가림이 심했으나 결사코 친해지고 만 미인과 누워 있기까지 하니 근처에 고대 유적과 괴물 그리고 그 괴물을 잡아먹다 죽은 미친 사람의 시체가 있다는 정도는 모른 척 넘어가도 되겠죠.

"하지만 이후로는 세연 씨의 미감을 믿지 않기로 결정하기는 했어."

"네?"

"빙저호 연구가 귀엽다며? 그래서 세연 씨 연구하는 거 구경하겠다고 따라왔다가 제가 목격한 것들을 정리해 보라고요. 도대체 이 어디에 귀엽다고 할 요소가 있는 거야?"

무지막지하게 커다랗게 갈라진 크레바스. 빙하 밑에 잠들어 있던 고대 유적. 복잡한 미로. 정체를 알 수 없는 괴물. 정체를 알 수 없는 괴물을 육수로 넣은 냉면. 정체를 알 수 없는 괴물을 육수로 넣은 냉면을 만든 할아버지.

세연 씨는 고개를 들어 제 낯빛을 살폈어요. 이제는 슬슬 제가 어떤 식으로 농담을 던지는지 이해할 때도 되었을 텐데 말이지요. 세연 씨는 곰곰이 고민하는 듯하다가 갑작스레 새빨개진 귀를 감추려는 듯이 제 품에 그 커다란 덩치를 폭 던지더니.

"대신 이렇게 귀여운 저를 봐서 넘어가 주시면…."

넘어가게 하지 뭐예요.

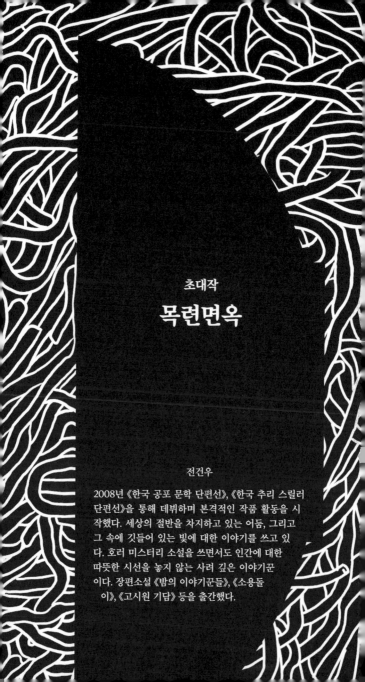

초대작

목련면옥

전건우

2008년 《한국 공포 문학 단편선》, 《한국 추리 스릴러 단편선》을 통해 데뷔하며 본격적인 작품 활동을 시작했다. 세상의 절반을 차지하고 있는 어둠, 그리고 그 속에 깃들어 있는 빛에 대한 이야기를 쓰고 있다. 호러 미스터리 소설을 쓰면서도 인간에 대한 따뜻한 시선을 놓지 않는 사려 깊은 이야기꾼 이다. 장편소설 《밤의 이야기꾼들》, 《소용돌 이》, 《고시원 기담》 등을 출간했다.

수희 아줌마의 말에 따르면 내가 아르바이트생으로 일했던 그해 초봄에는 목련면옥에 목련꽃이 유달리 흐드러지게 폈단다. 왜 아니겠는가? 무엇이든 스러지기 직전이 가장 찬란한 법이니까. 목련만 해도 그렇다. 속절없이 떨어져 탈피를 막 끝낸 곤충의 껍질처럼 텅 빈 채로 쌓이기 전이 제일 탐스럽고 아름답다. 불행히도 그 기간은 그리 길지 않다. 그러니까 호시절 말이다. 봄이 왔다 싶으면 목련은 어느새 지고 만다.

　목련면옥에 처음 일을 하러 갔던 때를 아직도 생생히 기억한다. 한파가 기승을 부리던 겨울이 지나고 바야흐로 새봄이 찾아올 무렵이었다. 봄은 봄이지만 시시때때로 눈이 내렸고 여전히 입김이 나올 만큼 추웠다. 특히 목련면옥이 서 있던 경기도 북부의 자그마한 도시는 겨울 끝물이 꽤 길어 몸을 잔뜩 웅크리지 않으면 돌아다닐 수가 없을 정도였다. 그 도시는 대체로 을씨년스러웠고 낮이 그리 길지 않았다. 도시 전체가 움푹 팬 응달 속에 들어앉은 느낌이었다.

내가 목련면옥을 찾았을 때는 마침 점심시간이었다. 봄은 시큰둥했고 하늘은 흐렸으며 그래서 세상 모두가 잠든 듯 보였지만 목련면옥만은 예외였다. 멀리서도 똑똑히 보이는 커다란 나무 간판도 인상적이었지만 무엇보다 웅장하고 거대한 3층짜리 목조건물 자체가 눈길을 잡아끌었다. 그 건물 안으로, 마치 코끼리가 물을 빨아들이듯 손님들이 줄줄이 들어가고 있었다. 나는 그 사람들 틈에 섞여 주뼛거리며 목련면옥으로 들어갔다.

내가 들어가자마자 종업원으로 보이는 여자가 테이블 하나를 가리키며 말했다.

"혼자 오셨어요? 저기 앉으세요."

그 여자가 바로 수희 아줌마였다.

"저… 그게 아니고."
"그럼? 일행이 있어요? 몇 명?"

수희 아줌마는 내게 물으면서도 눈과 손을 쉴 새 없이 움직여 새로 들어오는 손님들을 다른 자리로 안내했다. 그 능숙한 손놀림 아래 손님들은 빈 테이블에 차례대로 앉았다. 그리고 나면 또 다른 종업원들이 주문을 받았다. 한 치의 오차도 허락하지 않는 자동화 시스템이었다. 나는 수희 아줌마의 눈치를 보며 재빨리 말했다.

"일자리를 구하러 왔어요."
"일자리?"
"광고를 봤거든요. 종업원을 구한다고."
"아!"

수희 아줌마는 알겠다는 듯 고개를 끄덕이더니 턱짓으로 계단을 가리켰다.

"3층에 올라가 있어요. 사장님한테 말씀드릴게."
"네."

나는 사람들을 피해 계단을 올라갔다. 2층도 1층만큼이나 붐볐다. 어느 좌석에나 손님이 앉아 있었고 종업원들은 쉴 새 없이 냉면을 날랐다. 그렇다. 목련면옥은 그 이름 그대로 냉면을 파는 곳이었다. 그것도 평양냉면 하나만. 그 흔한 비빔냉면도 없었다. 벽에 걸린 메뉴판에는 '냉면'이라는 두 글자만 적혀 있을 뿐이었다. 당시의 내가 아는 정보라고는 그것밖에 없었다. 장사가 잘되기로 유명한 평양냉면 전문점.

3층은 엄청나게 넓다는 점만 빼고는 일반 가정집 거실과 그리 다르지 않았다. 바닥은 나무였으며 한쪽에는 소파가 놓였다. 역시 나무로 된 벽에는 달마도가 큰 액자에 담겨 걸려 있었다. 대형 브라운관 TV와 관을 연상시키는 괘종시계, 그리고 커다란 수족관 역시 거실의 한쪽 면을 차지했다. 거실 벽에는 전부 다섯 개의 방문이 달려 있었는데 모두 꼭 닫힌 채였다. 가장 눈에 띄는 것은 사방에 붙은 부적이었다. 누런색 바탕에 새빨간 글씨가 적힌 부적이 여기저기 붙어 있었다. 부적만 놓고 본다면 점집이라 해도 어색하지 않을 정도였다.

나는 허락 없이 소파에 앉아 있기가 뭐해 가방을 내려놓은 다음 창문을 향해 다가갔다. 창문은 통유리였는데 날이 흐리다는 걸 감안해도 이상할 정도로 해가 비쳐 들지 않았다. 덕분에 3층 거실은 어둑어둑했고 묘하게 습한 기운이 떠돌았다. 3층 창문으로는 목련면옥의 주차장 겸 마당이 훤히 내려다보였다. 그제야 나는 마당에 서 있는 수십 그루의 목련나무를 발견했다. 처음 들어올 때는 긴장했던 탓인지 주위에 뭐가 있는지 전혀 보이지 않았다. 쌀쌀한 날씨가 계속되는 상태였는데도 나무에는 목련꽃 봉오리가 탐스럽게 맺혀 익어가는 중이었다. 만개를 기다리는 그것들은 유달리 크고 싱싱했는데 그 모습이 너무 부자연스러워 보였다. 알고 있겠지만, 부자연스러운 것들을 오래 바라보고 있으면 오싹한 기운을 느끼게 된다. 그때의 내가 그랬다. 나는 입고 있던 솜털 점퍼의 지퍼를 다시 한번 확인하며 창문에서 멀어졌다. 물론 지퍼는 끝까지 채운 상태였다.

내게는 선택지가 얼마 없었다. 사장이 올라올 때까지 거실 한복판에 우두커니 서 있거나 소파에 앉아 애써 여유로운 표정을 지으며 눈알이라도 굴리고 있거나.

나는 둘 중 어느 것도 선택하지 않았다. 대신에 수족관을 향해 다가갔다. 수족관은 그 넓은 거실의 한쪽 벽면을 거의 절반이나 차지할 정도로 컸는데 아무런 움직임도 없었다. 그러니까 생명의 움직임 말이다. 오직 탁한 물이 채워져 있을 뿐이었다. 아마도 꽤 오랫동안 빈 상태로 방치돼 있었던 듯 안쪽 면에는 이끼가 잔뜩 끼었고 고약한 냄새도 났다. 수족관 안에 도대체 뭐가 들어 있었던 건지 궁금했던 나는 허리를 숙인 채 가만히 물속을 들여다봤다.

역시 아무것도 없었다.

보이는 거라곤 탁한 물과 그 안에서 떠도는 미세한 부유물뿐.

나는 손가락을 들어 수족관 표면을 가만히 두드렸다.

그때였다. 불투명하고 걸쭉한 물 표면을 헤치며 시뻘건 무언가가 둥실 떠올랐다. 썩어 문드러진 금붕어였다. 시커먼 눈알만 이상할 정도로 번들거리는 사체. 나는 깜짝 놀라 한 발 뒤로 물러섰다. 걸걸한 목소리가 날 아든 것은 바로 그 순간이었다.

"일자리를 찾는다고?"

흠칫하며 뒤를 돌아보자 덩치 큰 남자가 서 있었다.

"네, 네."

남자는 소파를 가리키며 말했다.

"일단 앉지."

그 남자가 사장이었다. 나이는 50대 초반쯤 되어 보이고 체격이 매우 건장했는데 혈색은 안 좋았다. 거칠하고 탁한 피부에 눈 밑은 움푹 꺼져 몇 날 며칠 밤을 새운 사람처럼 보였다. 잘 빗어 넘긴 머리카락과 깨끗하게 다려 입은 흰색 셔츠가 그나마 생기를 불어넣는 중이었다. 사장은 손으로 턱을 문지르며 나보다 먼저 소파에 앉았다. 그러고는 조용히 물었다.

"어디서 왔나?"

나는 슬쩍 소파에 앉으며 대답했다.

"서울입니다."

"종업원 구한다는 건 어떻게 알고?"

"신문에서 봤습니다. 신문 광고에서."

"우리 광고가 서울에까지 나왔나? 이쪽 지역 신문에

만 낸 걸로 아는데."

"우연히 보게 돼서…."

그것은 정말 우연이었다. 막노동을 하던 공사 현장에서 점심을 먹던 때였다. 나는 순두부찌개 백반을 게눈 감추듯 먹은 후 한쪽 구석에서 쉬고 있었다. 때마침 공사가 중단될지도 모른다는 소문이 돌아 마음이 심란하던 참이었다. 노가다 일자리 구하기도 하늘의 별따기였다. 공사를 시작했다가 엎어지는 곳이 한두 군데가 아니었다. 무거운 마음에 한숨을 쉬고 있을 때 신문 한 장이 나를 향해 날아왔다. 순두부찌개 백반을 덮고 있던 신문이었다. 나는 무심코 신문을 집어 들었는데 바로 거기에 구인 광고가 실려 있었다.

「종업원 구함. 냉면 전문점 '목련면옥'에서 일할 가족 같은 직원을 구합니다. 월급제, 숙식 제공. 주소: 경기 XX시 XX동 463-3번지. 목련면옥.」

왜 경기도 쪽 신문이 하필 그날 그 공사장에서 내게로 왔는지 나는 끝내 알지 못할 것이다. 어쩌면 그건 운명이었을지도 모른다. 아니면 우연이었을지도. 나는 후자 쪽이었으면 한다. 목련면옥과 어떤 운명으로 연결되었다면 너무도 끔찍한 일이니까. 아무튼 나는 그 광고에 끌렸다. 무엇보다도 '숙식 제공'이라는 두 단어가 매력적으로 다가왔다. 그때의 나는 숨을 곳이 필요했고 경기도의 그 작은 도시는 몸을 숨기기에 딱 적당한 곳으로 보였다.

내가 말끝을 흐리자 사장은 더 이상 묻지 않고 자기 할 말을 꺼냈다.

"솔직히 말하자면 우린 지금 사람을 가려 뽑을 입장이 아니야. 그러기엔 너무나 바쁘거든. 성실하게만 일해 준다면 나무토막이라도 가져다 놓고 싶을 정도지. 멀끔하게 생겼군. 앓고 있는 병은 없지?"

나는 고개를 끄덕였다. 가끔 치통이 찾아오긴 했지만 사장이 원하는 대답은 아닌 것 같았다.

"우린 그만두지 않고 오래 일할 사람이 필요해. 종업원으로 뽑아 놨더니 말도 없이 그만둔 사람이 벌써 셋이나 되거든. 생긴 거 괜찮고 특별히 아픈 곳이 없다니 뽑고 싶은데, 오래 일할 자신 있나?"

오래가 어느 정도를 뜻하는지 알 수 없었지만 잘 곳과 먹을 것을 제공해 준다면 오히려 내 쪽에서 가능한 오래 일하고 싶었다.

"네. 오래 일할 수 있습니다."

사장은 나를 뚫어져라 바라봤다. 푸석푸석한 얼굴과 달리 눈빛만은 날카로웠다.

"그러면 같이 일해 보지."

사장은 그렇게 말한 후 손을 내밀었다. 나는 엉겁결에 그 손을 마주 잡고는 화들짝 놀랐다. 손이 너무 차가웠기 때문이다.

"감사합니다."
"저기 3이라고 적힌 방을 사용해. 깨끗하게 치워 놨으니까 쓰는 데 불편함은 없을 거야. 자세한 건 나중에 더 알려 주지. 지금은 한창 바쁠 시간이라서…."

나는 고개를 돌려 방문을 바라봤다. 그러고 보니 방문마다 번호가 붙어 있었다. 3번은 맨 구석에 있는 방이었는데 그 방문에는 다른 곳과 달리 부적이 넉 장이나 붙어 있었다. 나도 모르게 부적에 시선이 갔다.

"악귀를 막고 업을 불러들이는 부적이야."

사장의 말에 나는 방문 앞으로 가 자세히 들여다봤다. 알 수 없는 글이 잔뜩 적혀 있었다.

"업이란 게 뭔가요?"
"집안에 복을 가져오는 존재지. 특히 장삿집에 들어오면 그 집은 성공을 하는 거야."
"그렇군요."

나는 그런 무속적인 이야기에는 그다지 관심이 없었다.

"네가 오래 일하면 언젠가 알게 될 거야."
"뭘요?"
"업에 대해서."

그리 말하는 사장의 얼굴에는 미소가 걸려 있었는데 만약 겁을 줄 목적이었다면 제법 성공적이었다. 그 표정을 보는 순간 소름이 돋았으니까. 나는 말을 돌렸다.

"그러면 지금부터 일을 하면 되는 건가요?"
"그래. 방 안 옷장에 근무복 있을 테니까 그걸로 갈아입고 내려와."

다행이었다. 속절없이 기다려야 한다면 난감했을 테니까. 당시의 나는 움직이지 않으면 마음의 안정을 취할 수 없었다. 언제나 움직이고 있어야 했다. 그래야 도망가기도 좋으니까.

나는 갓 스물이 되었고, 때는 바야흐로 1998년이었다. 1997년 말에 터진 빌어먹을 대재앙이 본격적으로 그 위력을 발휘했던 해. 망하는 사람들이 속출했는데 우리 집이라고 예외는 아니었다. 멀쩡하던 회사가 하루아침에 엎어지고 빚쟁이들이 득달같이 달려들던 일이 부지기수로 일어났다. 아버지가 운영하시던 작은 주물공장 역시 마찬가지였다. 밀려드는 어음을 막지 못해 공장은 물론이고 집 안 곳곳에 빨간딱지가 붙었다. 우리 가족은 거리에 나앉아 뿔뿔이 흩어질 수밖에 없었다. 아버지는 우리도 모르는 곳으로 달아났고 어머니는 부잣집 찬모로 들어갔으며 누나는 지방의 공장에 취직을 했다. 빚쟁이들은 가족들도 괴롭혔는데 나는 그치들의 눈을 피해 공사장을 전전하며 하루 벌어먹기를 반복하던 중이었다.

목련면옥에서 일하는 사람은 숙식 종업원과 출퇴근종업원으로 나뉘었다. 다섯 명의 숙식 종업원들은 나처럼 말 못할 사연이 있는 사람이 대부분이었다. 수희 아줌마도 그중 하나였다. 수희 아줌마는 홀 매니저라는 직함을 달고 있었다. 손님들의 좌석 배치는 모두 수희 아줌마의 지휘 아래 이루어졌다.

수희 아줌마는 자기를 매니저 대신 그냥 수희 아줌마라고 불러 달라고 한 뒤 슬쩍 말을 덧붙였다.

"사실 본명은 아니야."
"네?"

"난 나를 죽이려고 따라다니는 전남편 놈을 피해서 도망 다니는 중이거든. 그래서 가짜 이름을 써. 너도 그렇지?"

나는 고개를 끄덕일 수밖에 없었다.

"여기서 먹고 자는 사람 다 그래. 각자 사연은 있는데 그걸 떠벌리진 않지. 그냥 그러려니 하는 거야. 사장도 신경 안 쓰고. 혹시 알아? 사람을 몇 명이나 죽인 살인마라도 있을지. 그래도 상관없어. 진득하니 냉면만 잘 나르면 되거든."

그랬다. 목련면옥에서의 미덕은 서빙에 있었다. 워낙 많은 손님이 몰려오다 보니 하루 종일 정신이 없었는데 그 와중에도 자신이 맡은 테이블에는 제때 냉면을 가져다줘야 했다. 만약 몇 초라도 늦는다면 면장의 불호령이 떨어졌다.

"야! 똑바로 못 해? 평양냉면은 언제 먹는지가 제일 중요하다고 말했어, 안 했어? 딱 나오자마자 손님 테이블로 가야 제일 맛있다고! 똑바로 못 할 거면 네가 냉면 만들어. 내가 서빙할 테니까."

실제로 그런 일이 벌어지지는 않았지만 면장의 성격이 개 같은 건 확실했다. 그래도 실력 하나만은 대단했다. 평양 출신의 사부에게서 배웠다는 그의 평양냉면 실력은 그 전에도 그 후에도 비슷한 맛조차 찾지 못할 만큼 굉장한 솜씨였다. 지금도 가끔 목련면옥을 생각할 때면 그 평양냉면 맛이 떠오르곤 한다. 그럴 때면 목련면옥을 향한 강렬한 증오심과 두려움, 그리고 역겨움도 동시에 떠오르지만.

내가 목련면옥의 냉면을 먹은 건 일하러 갔던 첫날 저녁의 일이었다. 일을 배우느라 그야말로 전쟁 같았던 하루를 보내고 다리에 힘이 풀려서 나도 모르게 의자에 주저앉았던 때였다. 이미 손님들은 다 나가고 없었다. 종업원들은 하루의 마무리를 하고 있었다. 내가 앉은 테이블 위에 냉면 한 그릇이 놓였다. 수희 아줌마였다.

"한 그릇 먹어 봐. 명색이 냉면집 종업원인데 맛이 어떤지는 알아야 할 거 아냐."

나는 당황해서 꾸벅 고개를 숙였다.

"아! 감사합니다."
"손님들 봐서 알겠지만 맛 하나는 최고야."
"잘 먹겠습니다."

마침 출출하던 참이었다. 왜 아니겠는가. 긴장한 채로 목련면옥을 찾아서 점심도 먹지 못한 채 계속 일했으니까. 앞서도 말했지만 나는 갓 스물이 된 청년이었고, 그때는 무언가를 먹는 것만으로도 삶의 근심을 절반은 덜어 버릴 나이였다.

나는 습관처럼 식초와 겨자를 냉면에 넣으려고 했다. 그러자 수희 아줌마가 말렸다.

"넣지 말고 그냥 먹어 봐. 면부터."

수희 아줌마를 한 번 바라본 뒤 젓가락을 들어 면부터 입으로 가져갔다. 내가 서울에서 먹던 냉면과는 면부터 달랐다. 무심하게 느껴질 정도로 투박한 면은 입 안에서 툭툭 끊겼는데 그 순간부터 고소함과 함께 메밀 특유의 향이 혀를 타고 진하게 퍼져 나갔다. 나도 모르게 눈이 커졌다. 면의 맛은 그만큼 강렬했다.

"이제는 육수."

나는 수희 아줌마의 말을 충실히 따랐다. 놋그릇을 야무지게 쥐고 냉면 육수를 들이켰다. 아! 그 맛이 란…. 시고, 짜고, 맵고, 단 세상에서만 살아왔던 내게 목련면옥의 평양냉면 육수는 한 단어로 형용할 수 없는 맛을 던져 주었다. 심심한 듯 진하고, 부드러운 듯 강하며, 옅은 듯 구수한 그 맛은 감히 스무 살짜리가 논할 것이 아니었다. 게다가 덜 삼킨 면에 육수가 스며들자 예상치 못한 감칠맛이 올라왔다. 나는 그릇을 내려놓은 뒤 한동안 냉면을 뚫어져라 바라봤다.

수희 아줌마가 씨익 웃으며 물었다.

"어때?"
"맛있어요. 진짜 맛있어요!"
"젊은 총각이 먹을 줄 아네."

나는 수희 아줌마의 다음 말을 기다리지도 않고 냉면에 코를 박았다. 젓가락질 몇 번에 냉면이 점점 사라진다는 게 아쉬울 뿐이었다. 결국 육수 한 방울까지 싹 다 비우고 나서야 정신을 차렸다. 적은 양에 비해 포만감은 상당했다. 사람들이 이 애매한 계절에 왜 목련면옥 앞에 줄을 서는지 그제야 알 것 같았다. 다른 곳은 다 망해도 목련면옥만은 건재한 이유도….

"다 먹었으면 씻고 옷 갈아입어. 내일은 또 새벽에 일어나야 하니까."

수희 아줌마의 말에 정신을 차린 나는 그릇을 주방

에 가져다 놓고 3층으로 올라갔다. 목련면옥의 하루는 아침 6시부터 시작한다. 숙식 종업원들은 그때 일어나 가게를 청소하고 아침 장사 준비를 한다. 조금이라도 늦었다가는 사장의 불호령이 떨어진다는 게 수희 아줌마의 설명이었다.

내가 3층으로 갔을 때는 수희 아줌마를 제외한 다른 숙식 종업원들이 이미 올라와 있었다. 나는 세 명의 종업원들과 정식으로 인사를 나눴다. 내 또래로 보이는 여자가 둘, 수희 아줌마 또래로 보이는 남자가 한 명이었다. 남자는 주로 2층에서 일을 했기에 하루 종일 마주칠 기회가 별로 없었다. 그 남자가 먼저 말을 걸었다. 눈이 상당히 컸다.

"반갑다. 오늘 새로 왔다며?"
"네. 안녕하세요?"
"잘생겼네. 난 형석 아재야. 그냥 아재라고 불러. 2층 홀 전담이야."

나는 아재를 향해서 고개를 숙였다.

"내가 다른 애들도 소개해 줄게. 이쪽에 머리 긴 애는 수미, 그리고 이쪽에 안경 쓴 애는 미주. 애들은 오늘 자주 봤을 거야."

그랬다. 둘 다 1층에서 서빙을 하는 중간에 바쁘게 스쳐 지나갔다. 그중 미주라는 애는 내게 이것저것 가르쳐 주기도 했다. 이를테면 면장의 지랄 맞은 성격 같은 것들 말이다. 미주가 슬쩍 웃더니 말했다.

"하루 하고 도망가면 안 돼."

나는 머리를 긁적이며 대답했다.

"도망 안 가."

갈 데가 없다는 말이 더 정확했을 것이다.

제법 살갑게 웃어 주는 미주와 달리 수미는 손톱을 물어뜯으며 나를 빤히 바라보기만 했다. 얼굴이 너무 하얘서 피부 안쪽이 비쳐 보이는 게 아닐까 싶을 정도였다. 어딘가 불안해 보이는 표정이었다. 아재가 그런 수미를 보며 피식 웃었다.

"수미는 원래 말이 없어. 그래도 나쁜 애는 아니니까 걱정 마."
"네."
"피곤할 텐데 어서 씻고 자. 첫날이라 정신없었겠지만 이제 피곤이 몰려올걸."

안 그래도 몸이 노곤하게 처지던 참이었다. 하루 종일 서서 돌아다닌 탓에 발바닥과 다리가 쑤셨다. 노가다를 할 때는 짬짬이 쉬는 시간이 많았다. 반면 목련면 옥에서 서빙을 할 때는 종일 신경을 곤두세운 채 바쁘게 움직여야 했다. 나는 내 방을 향해 가면서 말했다.

"그럼 들어가 보겠습니다."

그런 나를 아재가 불러 세웠다.

"잠깐만."
"네?"
"근데 너 혹시 들었니?"
"뭐, 뭘요?"

아재는 자못 심각한 표정으로 주위를 한 번 둘러본

후 목소리를 잔뜩 낮춘 채 말했다.

"여기 육수의 비밀."

"네?"

생각지도 못한 말이 나와서 당황스러웠다. 표정으로 봐서는 이제야 군기라도 잡는 건 줄 알았는데 육수의 비밀이라니. 나는 고개를 가로저었다. 맛있다는 건 알지만 비밀 같은 건 들어 본 적이 없었다.

"너 냉면 먹어 봤지? 육수가 이상하게 끌리지 않았어?"

"그, 그렇긴 했는데…."

아재는 꿀꺽, 마른침을 한 번 삼킨 후 천천히 말했다.

"인육을 써."

"네?"

"육수 낼 때, 사람 고기를 쓴다고."

그때의 내 표정이 어땠을까? 아마 한 번도 지어 본 적이 없는 표정이었으리라. 씰룩. 내 의지와는 상관없이 뺨이 떨리는 게 느껴졌다. 곧 역한 느낌이 밀려 올라왔다. 눈꺼풀 안쪽에서 뜨거운 기운이 확 일어났다. 나는 주춤 뒤로 물러섰다. 아재는 나를 뚫어져라 보고 있었고, 수미는 그 무표정한 얼굴로 허공을 응시했고, 미주는… 입을 가린 채 어깨를 들썩이고 있었다.

"큭큭큭. 저 표정 좀 봐."

미주가 웃자 아재도 더 이상 참지 못하겠다는 듯 웃음을 터트렸다.

"하하하. 완전히 속아 넘어간 표정인데!"

나는 그제야 상황 파악을 했다.

"거짓말이죠? 인육 쓴다는 거, 거짓말이죠?"

미주는 여전히 웃으며 말했다.

"당연히 거짓말이지. 너처럼 한 번에 속는 사람은 첨 본다. 큭큭큭."

나는 발끈했지만 딱히 뭐라 할 말이 없었다. 얼굴이 화끈 달아올라 서둘러 고개를 돌렸을 뿐이었다. 그런 나를 향해 아재가 말했다.

"미안하다, 미안해. 장난이 좀 지나쳤지? 이제 진짜 씻고 자. 화장실은 네 방 맞은편에 있으니까."
"알겠습니다."

애써 밝게 대답을 한 후 방으로 들어갔다. 나는 근무복을 벗어서 옷장에 걸어 둔 뒤 가벼운 티셔츠와 바지로 갈아입었다. 오후에도 봤지만 방 안은 단출했다. 낡은 나무 옷장이 하나, 앉은뱅이 탁자가 하나, 그리고 벽에 걸린 전신 거울이 전부였다. 이부자리는 옷장에 들어가 있었다. 벽에는 창문이 하나 있었는데 건물 뒤편이 내려다보였다. 사장의 말대로 모두 깨끗한 상태였다. 그것만으로도 감지덕지였다. 게다가 바닥도 따뜻했다. 나는 짐을 풀었다. 딱히 짐이라고 할 것도 없었다. 몇 벌의 옷과 아버지의 낡은 지포 라이터, 그리고 행복했던 시절에 찍은 가족사진이 전부였다. 빨간 딱지가 붙지 않은 것들이었다. 내가 짐 정리를 하는 사이 세 사람은 각자 방으로 들어간 듯 거실이 조용해졌다. 나는 칫솔과 수건을 챙겨 들고 방문을 열었다. 그 순간 어두운 거실에 서 있던 누군가와 딱 마주쳤다.

"억!"

놀라서 바라보니 수미였다.

"까, 깜짝이야."

수미는 예의 그 무표정한 얼굴로 나를 향해 말했다.
속삭이듯.

"조심해."
"뭘?"
"난 봤거든."

수미는 점점 알 수 없는 말만 했다.

"뭘 봤다는 거야?"
"기어다니는 여자."
"뭐라고?"
"그 방에 기어다니는 여자가 묵고 있었어."
"무슨…."
"기어다니는 여자가 수족관을 관리했어. 그런데 이
제 사라져 버렸으니 관리할 사람이 없어. 그래서 저
상태가 된 거야."

수미는 그 말만 남기고 자기 방인 2번으로 쏙 들어가
버렸다. 나는 한동안 멍하니 거실에 서 있었다. 수미의
말이 좀처럼 머릿속에서 사라지지 않았다. 기어다니는
여자라니, 누군들 안 그랬겠는가.

꿈자리가 뒤숭숭했다. 꿈속에서 나는 빚쟁이들에게
쫓기고 있었다. 아버지를 발가벗겨 놓고 무릎 꿇린 바
로 그들이었다. 누나의 치마를 들치며 돈을 안 내놓으
면 속옷까지 내려 버리겠다고 협박하던 그들이었다. 그
빌어먹을 2인조. 내게는 자꾸 눈알과 신장 이야기를 했

다. 잡히기만 해 봐, 잡히면 네 눈알이랑 신장은 우리 거니까! 아무리 달려도 그들과의 거리는 자꾸만 좁혀졌다. 급기야 놈들의 손에 뒷덜미를 잡힌 순간 꿈에서 깨어났다.

바로 그때 소리를 들었다.

스윽. 스윽. 스윽.

무언가가 매끄러운 나무 바닥을 쓰는 소리였다. 스윽, 그 소리가 한 번 들릴 때마다 마룻바닥이 삐걱, 하고 울었다. 나는 이불을 걷고 자리에서 일어났다. 직접 챙겨 온 알람 시계를 확인하니 새벽 5시 20분이었다. 알람이 울리기까지는 아직 10분 정도가 남아 있었다.

스윽. 스윽. 스윽.

그 소리는 계속 들렸다. 바닥이 삐걱삐걱 울어 댔다. 나는 조용히 일어나 방문에 귀를 가져다 댔다.

소리는 점점 가까워졌다.

스윽. 스윽. 스윽.

이윽고 소리는 내 방문 앞에서 멈췄다. 삐이걱. 육중한 무언가가 바닥을 디딘 듯 마루가 기분 나쁜 신음을 흘렸다. 나는 숨을 삼킨 채 문손잡이를 잡았다. 무언가, 아니 누군가가 거실에 서서 내 방문을 노려보고 있는 모습이 선명하게 그려졌다. 사장일까? 사장은 점심때 처음 이야기를 나눈 후 한 번도 볼 수 없었다. 못다 한 이야기를 하려고 이 새벽에 내 방을 찾은 건 아닐까? 아무리 생각해도 미친 소리였다. 방 안은 물론이고 거실까지 지독하게 고요했지만 방문 건너편에서 전해지는 이물감은 망치로 두드리듯 내 오감을 자극했다.

나는 숨을 깊이 들이쉬었다.

문을 열어야 해.

결국엔 문을 열고 확인해야 했다.

손에 잔뜩 힘을 주고 손잡이를 돌리려는 찰나, 방 안이 떠나갈 듯 알람이 울렸다.

"으악!"

이번에야말로 진짜 놀라 엉덩방아를 찧었다. 그러면서 손잡이를 돌린 것인지 방문이 스르르 열렸다. 나는 본능적으로 눈을 감았다가 떴다. 아무것도 없었다. 옴 푹하게 고인 어둠뿐이었다. 가슴을 쓸어내리는데 분노에 찬 아재 목소리가 들렸다.

"알람 좀 꺼!"

서둘러 알람을 끄자 3층은 다시 조용해졌다. 비릿한 냄새만이 거실을 떠돌 뿐이었다.

거실로 나갔다. 달빛이 창문으로 비쳐 들고 있었다. 그마저도 희미해서 거실에 놓인 모든 것들은 겨우 윤곽만 보였다. 꿀렁. 수족관 쪽에서 그런 소리가 나 재빨리 고개를 돌렸지만 썩은 물은 잠잠했다. 단 하룻밤이었지만 나는 벌써 목련면옥이 마음에 들지 않았다. 그렇다고 도망갈 수도 없는 노릇이었다.

목련면옥의 주방에 들어갈 수 있는 사람은 면장과 보조 요리사 세 명뿐이었다. 나 같은 일반 종업원은 아무리 급한 일이 있어도 주방 근처에는 얼씬도 할 수 없었다. 그 외에는 비교적 자유로운 분위기였다. 면장까지 포함한 요리사 네 명은 모두 출퇴근을 했고 종업원 중에서도 세 명이 집에서 다니는 중이었다. 즉 목련면옥에서 일하는 사람은 전부 열두 명이었는데 그중 내가 제일 막내인 셈이었다.

둘째 날부터는 본격적으로 일을 배우느라 정신이 없었다. 일이라고 해 봐야 주방에서 만든 냉면을 손님 자리까지 나르는 게 전부였지만 그것도 제법 요령이 필요했다. 이를테면 다른 종업원과 동선이 겹치지 않게 움직인다거나, 면장의 불호령이 떨어지지 않게 냉면을 제때 서빙한다거나, 혹은 손님의 불평을 들어 줘야 했다. 제일 힘든 건 세 번째였다. 그러니까 손님들의 각종 불평불만을 듣는 일. 육수 맛이 달라졌다거나 면의 양이 줄었다 정도는 애교였다. 내가 둘째 날 만난 손님 중 한 명은 맛이 없으니 돈을 못 내겠다며 버텼다. 나 혼자서는 처리할 수 없는 일이었다. 결국 수희 아줌마가 나서서 돈을 반만 받는 선에서 해결을 봤다. 당시 목련면옥의 냉면값이 4000원이었으니 2000원만 받은 것이다.

수희 아줌마는 멍하니 서 있던 내 어깨를 툭 치며 말했다.

"어렵다 보니까 저런 손님들이 부쩍 늘었어. 돈은 없고 밥은 먹어야겠고. 나를 불러. 괜히 끙끙대지 말고."
"네. 알겠습니다."

그런 까다로운 손님만 없다면 목련면옥에서의 일은 그다지 힘들지 않았다. 지난겨울 내내 공사판을 헤매던 걸 생각하면 따뜻한 목련면옥은 천국이나 다름없었다. 특히 목련면옥에서는 불황을 느낄 수 없어 좋았다. 주위의 다른 가게들은 다 망해도 목련면옥은 멀쩡할 것 같았다. 그만큼 손님이 많았다. 여름이 아닌 계절에도 사람들이 이렇게 냉면을 많이 먹는다는 사실을 나는 처음 알았다.

그때만 해도 오로지 냉면 맛 덕분에 목련면옥이 문전 성시를 이룬다고 생각했다. 그러니까 비법 때문이라고. 그 거대한 건물 뒤에 구리고 구린 비밀이 숨어 있으리라곤 생각지도 못했다. 하긴, 비밀은 언제나 널려 있는 법이니까….

내가 목련면옥의 비밀에 대해 어렴풋하게나마 의심을 품게 된 건 일을 시작한 지 일주일 정도가 지났을 무렵이었다. 그 일주일 동안 나는 종업원이 해야 할 일을 거의 다 배우게 됐다. 목련면옥 3층 생활에도 어느 정도 적응을 했다. 이를테면 몇 시에 누가 화장실을 쓰는지 같은, 사소하면서도 민감한 문제들 말이다. 다른 직원들하고도 조금은 친해져 인사 이상의 대화를 나누게도 되었다. 면장은 여전히 불퉁했지만 나머지 사람들은 친절했다. 그야말로 가족 같은 분위기였다. 그중에서도 미주와 제일 많이 말을 했다. 미주는 목련면옥에 대해 모르는 게 없었다.

"목련면옥이 처음부터 장사가 잘됐던 건 아니래. 처음에는 파리만 날렸다는 거야. 그런데 반년 전부터 손님이 확 늘어나면서 지금은 이 정도까지 된 거지."
"무슨 비결이라도 있었어?"
"그게… 아, 아니야. 사장님이 장사를 잘했겠지 뭐."

"냉면 맛이 기가 막히던데."

"그것도… 아니다."

미주는 실수를 했다는 듯 아차 하는 표정을 짓더니 서둘러 말을 돌렸다.

"갑자기 왜 그래?"

"앞으로 목련면옥에 대한 소문을 들을지도 모르는데 그런 건 다 무시해."

"소문이라니?"

"여기가 갑자기 장사가 잘되다 보니 안 좋은 소문 같은 게 돌기도 했거든. 일하던 종업원들이 갑자기 사라졌다는 둥, 밤에 이상한 소리가 들린다는 둥 하는데 다 헛소문이야."

한번은 수희 아줌마가 내게 큰 도움을 주기도 했다.

"오전에 남자 두 명이 널 찾아왔더라."

나는 심장이 덜컹 내려앉았다.

"네? 뭐, 뭐라고 하셨어요?"

남자 두 명이라면….

"당연히 모른다고 했지. 전에도 말했지만 여기선 다 그렇고 그런 사람들이 지내고 있잖아. 도울 건 도와야지. 안 그래?"

"감사합니다. 정말 감사합니다!"

수희 아줌마는 살갑게 웃으며 내 어깨를 툭 치고 지나갔다. 목련면옥 사람들은 대체로 그런 식이었다.

반면 수미는 여전히 별로 말이 없었다. 내가 인사를

건네면 그저 고개를 까딱할 뿐이었다. 수미는 약간 겁에 질려 있는 것 같았는데 나는 그게 당시의 내 처지 때문에 그리 보이는 거라고만 생각했다. 실제로 그렇게 무서운 일이 일어날 거라고는 꿈에도 모른 채.

목련면옥의 본관, 그러니까 실제 장사를 하는 건물 뒤쪽으로는 별채라고 부르는 곳이 따로 있었다. 별채는 자그마한 단층짜리 건물로 역시 나무로 만들어졌다. 별채에는 아무나 들어갈 수 없었는데 사장은 하루 종일 거기에 머물러 있으면서 가게에는 거의 얼굴을 비치지 않았다. 내 의심은 바로 그 별채에서 시작되었다. 별채 문에 지나치게 많은 자물쇠가 달려 있었기 때문이다.

저기는 뭐 하는 곳일까?

미주에게 물었지만 시원한 대답은 돌아오지 않았다.

"별채는 나도 몰라."

수희 아줌마도 마찬가지였다.

"저긴 사장님만 아셔. 그러니까 신경 꺼."

평소의 나였다면 신경을 껐을 것이다. 아니, 그 장면만 보지 않았더라도 애써 신경을 끈 채 살았을지 모른다.

늦은 밤, 사장이 부대 자루를 질질 끌며 별채에서 나오는 장면 말이다.

그날 밤에는 평소보다 더 잠이 오지 않았다. 설핏 잠에 빠질라치면 악몽이 몰려와서 숨을 몰아쉬며 눈을 뜰 수밖에 없었다. 악몽 속에서는 그 2인조에게 번번이 붙잡혀 눈알이 파내지고 신장이 뜯겨 나갔다. 세 번인가

네 번째 깼을 때 도저히 견딜 수가 없어서 아예 일어나 버렸다. 나는 어두컴컴한 방 안에 우두커니 서 있다가 불을 켰다. 일을 마치고 올라올 때 가게에서 가지고 온 신문을 읽을 생각으로. 당시의 나는 매일매일 신문을 읽었다. 도망자 생활을 하려면 어쩔 수 없었다.

내가 신문을 펼쳐 들었을 때 그 소리가 들렸다.

쿵.

무언가 무거운 것을 땅에 내려놓는 듯한 소리.

뭐지? 누가 건물 뒤쪽으로 들어왔나?

나는 밖에서 들리는 그 소리를 따라 자리에서 일어나 창문으로 다가갔다. 도둑일지도 모른다는 생각을 했다. 살기가 어려워지면서 각종 범죄가 판을 치던 시절이었다. 도둑도 많았고 강도 사건도 많았다. 흉악 범죄도 여러 건 일어나 사람 한둘 죽인 정도로는 신문에도 나올 수 없다는 농담이 돌던 때였다.

창문가에 서서 조심스레 아래를 내려다봤다. 시커먼 옷을 입은 누군가가 별채에서 막 나오고 있었다. 자세히 보니 사장이었다. 사장은 무거워 보이는 부대 자루를 질질 끌며 뒷마당을 가로질렀다. 내가 방금 전 들었던 건 사장이 그 부대 자루를 내려놓을 때 난 소리였다.

부대 자루 속에 뭐가 들었는지 궁금하지 않았다면 거짓말일 것이다. 무거워 보이는 것뿐만이 아니라 부피감도 꽤 컸고 무엇보다 그 안에 든 무언가가 꿈틀거리고 있었기 때문이다. 사장은 얼굴을 잔뜩 찡그린 채 부대 자루를 끌었다. 그 속에 든 것이 튀어나오지 못하게 막으려는 듯 부대 자루 입구를 꽉 틀어쥔 사장의 손이 똑똑히 보였다. 봐선 안 될 것을 봤다는 생각을 순간적으로 했다. 나는 조용히 뒤로 물러섰다.

그때였다.

사장이 위쪽을 향해 고개를 확 쳐들었고 나는 재빨리 허리를 숙였다. 그 순간 내 방이 환하다는 걸 깨달았다. 얼른 벽으로 다가가 불을 끄고 이부자리에 누웠다. 심장이 불규칙하게 뛰었다.

내가 뭘 본 거지?

뭘 봤는지는 확실히 알 수 없지만 곤란한 상황에 놓였다는 사실만은 분명했다. 사장의 눈빛은 어둠 속에서도 날카롭게 번득였다. 그 안에는 흥분과 광기가 깃들어 있었다. 그것은 일찍이 본 적이 있어 너무나도 잘 아는 눈빛이었다.

삐걱.

곧 나무 계단을 밟는 소리가 들렸다. 사장이 올라오고 있었다. 자는 척을 해야 할까, 아니면 먼저 나가 말을 걸어야 할까? 고민하는 사이 무거운 발소리가 거실로 이어졌다. 나는 이불을 걷고 일어났다. 사장은 내 방에 불이 켜진 걸 봤을 것이다. 이대로 자는 척을 해 봐야 일이 더 꼬일 뿐이다. 화장실에 다녀오려고요. 그런 말 한 마디면 충분할지도 모른다.

나는 문을 열고 거실로 나갔다. 가만히 도사리고 있던 어둠이 와락 달려들었다. 소파를 바라봤다. 아무도 없었다. 창가도 마찬가지였다.

사장은 3층 입구에 목석처럼 서 있었다. 표정을 읽을

수가 없었다. 어둠 속에 선 사장은 그냥 검은색 덩어리 그 자체였다.

나는 마른침을 삼킨 후 조용히 물었다.

"사, 사장님. 이 시간에 어쩐 일이세요?"

사장은 말이 없었다.

"저는 화장실에 가려고요."

사장은 대꾸하지 않았다. 나는 화장실 쪽으로 천천히 움직였다. 그 순간 등 뒤에서 서늘한 기운이 날아들었다. 동시에 그 소리가 들렸다. 바닥을 기는 소리.

스윽.

스윽.

사장이 움찔하며 뒤로 물러섰다.

스윽.

스윽.

주춤주춤 물러서던 사장이 등을 돌리며 계단을 달려 내려갔다. 그 찰나의 순간, 달빛이 사장의 얼굴을 비췄고 나는 똑똑히 봤다. 공포에 질려 입을 딱 벌린 사장의 표정을.

나는 숨을 멈추고 조심스레 고개를 돌렸다. 아무것도 보이지 않았다. 그저 창문이 열려 있을 뿐이었다. 바람이 불어 들어왔고 그때마다 커튼이 넘실거렸다. 창문으로 다가갔다. 아래를 내려다보자 사장이 마당을 달려 건물 뒤편으로 사라지는 모습이 보였다. 헐레벌떡 뛰어가는 사장의 뒷모습을 쫓다가 눈길이 목련나

무에 머물렀다.

어느새 목련은 활짝 피어 있었다.

그날 이후 사장의 모습을 보기가 평소보다 더 힘들어졌다. 아침 무렵에 잠시 들러 제대로 준비가 됐는지 확인하고는 다시 별채로 사라졌다. 그나마도 별말이 없었고 특히 내게는 한 마디도 하지 않았다. 안색은 더 안좋아졌는데 해골바가지에 가죽만 입혀 놓은 것 같았다. 나는 별채에서 무슨 일이 일어나고 있는지 궁금했지만 확인해 볼 방법이 없었다. 수희 아줌마 말대로 신경을 꺼야 할 판이었다.

그로부터 며칠 후 별채에 대한 궁금증이 극에 달할 때쯤 기분 나쁜 손님을 한 명 만났다. 그날도 역시 손님이 많았는데 그 여자는 금세 눈에 띄었다. 알록달록한 한복을 입고 있었을 뿐만 아니라 눈두덩은 퍼렇게, 입술은 새빨갛게 칠하고 있었기 때문이다. 쪽 찐 머리에는 기름이 좌르르 흘렀고 큼지막한 비녀가 머리카락을 지탱하고 있었다. 도무지 나이를 짐작하기 힘든 외모였다. 한 가지 확실한 건 정상은 아니라는 사실이었다. 척 보기에도 이상했다.

여자는 자리에 앉자마자 날카로운 눈빛으로 홀을 훑어봤다. 그러다가 나랑 눈이 마주쳤다. 어쨌든 손님이었으므로 나는 여자를 향해 다가갔다.

"혼자 오셨죠? 냉면 한 그릇인가요?"

여자는 내 얼굴을 뚫어져라 보더니 피식 웃었다. 그러더니 한마디를 했다.

"살이 끼었네."

"네?"

"독한 녀석이 붙었다고."

"무슨 말씀이신지…."

"여기랑 안 맞아. 빨리 도망가. 여기 붙어 있으면 인생 그냥 끝이야."

나는 무슨 말을 해야 할지 몰라 가만히 쳐다만 봤다. 그 여자는 붉고 두툼한 혀를 내밀어 입술을 핥았다. 나는 그 모습에서 수족관에 떠다니는 반쯤 썩은 금붕어를 떠올렸다. 수족관은 아무도 건드리지 않았다. 물은 점점 부패했고 갈수록 고약한 냄새가 났다. 내가 치워 보려고 했지만 아재가 말렸다. 함부로 건드리지 말라면서.

"여긴 업이 다했어. 곧 기울 거야. 아무리 발악해도 소용없어. 살이 덕지덕지 붙었거든. 다들 업을 화나게 했어!"

그 여자가 또박또박 말을 뱉어 낸 순간 수희 아줌마가 끼어들었다.

"재수 없는 소리 말고 나가세요!"

여자는 수희 아줌마를 무섭게 노려보며 말했다.

"네년도 마찬가지구나?"

"손님 나가신다."

수희 아줌마는 여자의 겨드랑이에 손을 찔러 넣고 억지로 일으켜 세웠다. 수희 아줌마가 그토록 독한 표정을 짓는 건 처음 봤다.

"놔! 놔!"

"조용히 하고 나가라니까!"

여자는 수희 아줌마의 손에 질질 끌리다시피 밖으로 나갔다. 나는 두 사람의 뒤를 따랐다. 손님들이 고개를 길게 빼고 소동을 지켜봤다. 수희 아줌마는 여자를 밀어낸 뒤 쌩하니 돌아섰다. 그러면서 크게 외쳤다.

"소금 가져와!"

나는 쫓겨난 여자를 슬쩍 바라봤다. 여자는 분이 안 풀린다는 표정으로 씩씩거리더니 나를 향해 고개를 확 돌렸다. 그런 뒤 얼굴을 바싹 들이밀고는 속삭였다.

"도망가."

나는 흠칫 놀라 한 발 물러섰다.

"왜 이러세요? 그만 가세요."

"원래 도망 다녀야 하잖아? 크크크."

날카롭게 웃어 젖히는 여자를 바라봤다. 누가 내 팔을 슬그머니 잡아당겼다. 돌아보니 수미가 어두운 얼굴로 서 있었다. 수미는 바가지를 들고 있었는데 그 안에 흰 소금이 가득했다.

"가세요."

수미가 여자를 향해 소금을 뿌렸다.

"악!"

여자는 외마디 비명을 지르며 도망치기 시작했다. 외모와는 어울리지 않는 재빠른 몸짓을 보고 있자니 괜스레 소름이 돋았다.

가게 안에서 수희 아줌마 목소리가 날아들었다.

"더 팍팍 뿌려!"

수미는 가게 앞에 소금을 마구 뿌렸다. 굵은 소금은 눈처럼 바닥에 쌓였다. 수미는 바가지를 다 비울 때까지 멈추지 않았다. 나는 수미를 향해 물었다.

"저런 손님 자주 와?"

수미는 입술을 꽉 깨물더니 마른 음식을 씹어 삼키듯 얼굴을 찡그리며 대답했다.

"손님 아니야."
"아니. 손님이 아니긴 한데…."
"귀야."
"뭐?"
"대낮에 찾아오는 귀. 사장님이 저런 귀를 조심해야 한댔어. 저런 귀들이 업을 데려간대."
"그게 무슨 소리야? 잠깐 이야기 좀 해."

수미는 대답하지 않고 내 눈을 피하더니 가게 안으로 들어가려고 했다. 나는 그런 수미를 붙잡았다.

"냐."
"말 좀 해 줘. 별채는 어떤 곳이야? 업은 또 뭐고? 넌 알고 있지? 아니, 다른 사람들도 알고 있는데 일부러 말 안 해 주는 거지?"

수미는 생각에 잠긴 표정을 짓더니 작게 한숨을 쉬었다.

"모든 게 시작됐어. 별채에서… 아니, 아니야. 모르는 게 좋아. 넌 그냥 여길 떠나. 그편이 나을 거야."

"난 떠날 수 없어. 그러는 너도 사정이 있으니까 여기서 먹고 자면서 일하는 거잖아. 나도 마찬가지야. 사정이 있어. 그러니까 나도 알아야겠어."

"내가 대답해 줄 수 있는 게 아냐. 그걸 알면… 그걸 알면 너도…."

그때 아재가 밖으로 나왔다. 수미는 화들짝 놀라며 입을 다물었다. 아재는 부리부리한 눈을 굴리며 수미와 나를 번갈아 바라봤다. 아재가 물었다.

"무슨 일이야?"

"아무것도 아니에요. 들어가 볼게요."

수미는 뒤도 돌아보지 않고 가게 안으로 들어갔다. 수미의 뒤를 쫓던 아재의 시선이 자연스레 내게 머물렀다. 이 남자에게는 물어 봐야 소용없을 것이다. 본능적으로 그런 생각이 들었다. 나는 아재를 향해 슬쩍 고개를 숙였다.

"저도 들어가 보겠습니다."

"쟤가 하는 말 믿지 마."

아재는 그렇게 말한 후 뺨을 부풀리며 웃었다.

"네?"

아재는 자기 관자놀이에 오른쪽 검지를 대고는 빙글빙글 돌렸다.

"몰랐어? 쟤 약간 이상한 거."

"아, 네…."

나는 잠시 망설이다가 가게 안으로 들어갔다. 아재의 시선이 등 뒤에 느껴졌다. 끈적끈적하고 기분 나쁜 시선. 방금 그런 소동이 있었지만 가게 안은 변함이 없었다. 손님들은 그릇에 코를 박고 냉면을 빨아들이느라 정신이 없었다. 그러고 보니 목련면옥에 오는 손님들은 집요한 구석이 있었다. 마치 뭔가에 홀리기라도 한 듯 냉면을 흡입했다. 때로는 그 모습이 무섭게 보이기도 했다. 어떤 광기가 느껴졌기 때문이다.

수희 아줌마가 내게 다가왔다.

"앞으로 저런 손님 오면 그냥 무시해 버려."

아직도 화가 풀리지 않은 표정이었다.

"네."

"근데 무슨 소리 하디?"

"별말 없었어요. 무슨 말인지도 모르겠고요."

"알겠다."

수희 아줌마는 돌아섰다. 그때 수미가 냉면 그릇을 들고 나를 스치고 지나갔다. 그러면서 나지막이 속삭였다.

"오늘 밤에 네 방으로 갈게."

"뭐?"

"가서 이야기해 줄게."

수미는 내가 미처 대답하기도 전에 주방 쪽으로 재빨리 걸어갔다.

수미는 무슨 말을 하려는 걸까?

궁금한 마음을 애써 누르며 그 밤 내내 기다렸지만 수미는 오지 않았다. 결국 새벽 4시가 되는 걸 확인하고 나는 방에서 나왔다. 수미를 직접 찾아가기 위해서였다. 나는 주위를 살핀 후 살금살금 수미 방으로 다가갔다. 살며시 방문을 두드렸지만 대답이 없었다.

혹시 약속을 잊고 자는 건가?

조심스레 방문 손잡이를 돌렸다. 잠겨 있지 않았다. 문을 조금 열었다. 불 꺼진 방 안에는 아무도 없었다. 찬바람만 맴돌 뿐이었다.

어떻게 된 거지….

내 방으로 돌아와서도 한참을 생각했지만 수미의 행방을 짐작할 수 없었다. 분명 저녁을 먹을 때까지는 함께 있었다. 깨작거리며 먹는 수미를 향해 수희 아줌마가 농담을 섞어 한마디를 했던 게 기억났다.

"뭐 고민 있어? 새가 쪼아 먹는 거 같네."

그 후로 수미는 3층에 올라왔다. 그런 뒤에는 어떻게 된 건지 나로서도 알 수가 없었다. 나는 대충 씻고 내 방으로 들어가 쭉 수미를 기다리고 있었으니까. 호기심은 모든 욕망을 잠재운다. 그때의 내가 그랬다. 참을 수 없는 호기심이 잠을 방해했고 나는 그 밤을 꼬박 새웠다. 아침이 되어 1층으로 내려갔을 때 초췌한 얼굴의 사장이 한마디를 했다.

"수미는 떠났다. 이제 우리 가족이 아니야."

사장의 말에 질문을 하는 사람은 아무도 없었다. 나는 당황해서 사장을 바라봤다. 내가 새벽에 수미 방을 찾았을 때는 짐이 그대로였다. 옷걸이에 옷도 그대로 걸려 있었다. 아직도 추위가 가시지 않았는데 외투를 두고 떠났다고?

"자, 다들 일해."

사장은 그렇게 말한 후 다시 밖으로 나갔다.

수희 아줌마가 무표정한 얼굴로 한 마디를 더했다.

"한 명이 없어졌으니까 더 바쁠 거야."

그 말이 신호였다. 직원들은 모두 자기 자리로 흩어졌다. 나는 사람들의 눈치를 살피다가 미주에게 다가갔다. 어두운 표정을 짓고 있던 미주가 나를 힐끔 보더니 고개를 푹 숙였다.

"수미는 떠난 게 아니야. 너도 알고 있지?"

평소라면 쉴 새 없이 재잘거렸을 미주는 입을 꾹 다물었다.

"말 좀 해 봐. 수미 어디로 갔어?"

미주는 거의 알아들을 수 없을 정도로 작게 중얼거렸다.

"걔 말이 너무 많았어."

수미가 말이 많았다면 세상에 수다쟁이가 아닌 사람은 없을 것이다.

"그래서 사라진 거라고?"
"그만해. 더 알려고 하면…."

미주는 말을 끝맺지 못하고 불안한 듯 주위를 둘러봤다. 미주는 떨고 있었다. 눈빛이 흔들렸다. 그 눈빛 속에서 두려움 외의 감정을 읽어 내기란 불가능했다.

"더 알려고 하면 뭐? 나도 사라질 거라고?"

미주는 대답이 없었다. 나는 한 번 더 물었다.

"기어다니는 여자는 뭐야?"

미주가 움찔했다. 그러더니 기어들어 가는 목소리로 물었다.

"봤어?"

나는 고개를 저었다.

"나도 몰라. 더 이상 말 걸지 마."

"그럼 마지막으로 하나만 더. 수미 집 연락처는 혹시 아니?"

나를 빤히 쳐다보던 미주의 얼굴에 서글픈 미소가 스치고 지나갔다.

"수미는 집이 없었어. 나도 없고. 여길 나가면 돌아갈 곳이 없어. 그래서 어떤 일이 있더라도 붙어 있어야 하는 거야. 넌 안 그래?"

미주는 그렇게 말한 뒤 몸을 돌렸다. 더 이야기를 하고 싶었지만 마침 수희 아줌마가 다가왔다. 수희 아줌마는 나를 훑듯이 바라봤다. 단순히 일을 하고 있지 않다고 책망하는 눈빛은 아니었다. 나는 내가 맡은 구역으로 돌아갔다. 찜찜한 마음은 가시지 않았다. 모든 게 이상했다. 사장과 다른 직원들의 태도도, 돌아가는 상황도, 그리고 이른 아침부터 냉면을 먹기 위해 꾸역꾸역 밀려드는 사람들도.

분명, 내가 모르는 무언가가 있었다.

나는 밤이 되기만을 기다렸다. 출퇴근 직원들이 집으로 돌아가고 나머지 사람들이 저녁을 먹고 각자 방으로 돌아가기만을. 전날 밤을 새운 탓에 잠이 쏟아졌지만 커피를 타 먹으면서 억지로 정신을 붙잡았다.

12시가 넘었다. 3층은 쥐 죽은 듯 조용했다. 나는 조용히 거실로 나왔다. 최대한 발소리를 죽이며 계단을 내려가 1층으로 향했다. 질척질척한 어둠이 내 다리를 자꾸만 옭아맸다. 삐걱대는 소리가 유독 크게 들렸다. 1층 계산대 서랍에는 공구가 들어 있었다. 목련면옥에서 뭔가가 고장 나면 아재가 거기서 공구를 꺼내 뚝딱뚝딱 고치곤 했다. 다행히 서랍은 잠겨 있지 않았고 나는 망치를 골랐다.

밖으로 나오니 찬바람이 온몸을 감쌌다. 흐드러지게 핀 목련은 눈을 희번덕이는 거대한 짐승처럼 보였다. 그 목련들이 나를 굽어보고 있었다. 까마득히 높은 하늘에 손톱만 한 달이 떠 있었다. 망치를 들고 마당을 가로질러 별채가 있는 건물 뒤편으로 다가갔다.

사장은 별채에서 무언가를 끌고 나왔다.

그렇다는 말은 별채로 무언가를 끌고 들어갈 수도 있다는 뜻이었다. 사장의 수상한 행동과 말로 짐작해 보자면 어느 정도 가능성이 있었다.

나는 그 가능성을 확인해 보고 싶었다. 만약 수미가 별채에 잡혀 있다면 구해 내야 했다. 경찰에 신고할 수는 없었다. 사실 그때의 내 머릿속에 구체적인 계획이 서 있던 건 아니었다. 수미에 대한 생각도 어디까지나 가정일 뿐이었다. 다만 꽤 그럴싸한 가정이었고, 나는 거기에 매달렸다. 왜 그랬느냐고 묻는다면 딱히 대답할 말이 없다. 정의감 같은 건 아니었다. 수미에게 마음을 품고 있었느냐 하면 그건 더더욱 아니었다. 나는 그저 인간다운 행동을 하고 싶을 뿐이었다. 그리고 그때쯤에는 목련면옥이 못 견디게 혐오스러웠다. 거의 본능적인 혐오감이었다. 제대로 된 행동을 하지 않는다면 미쳐 버릴 것 같았다. 아니, 목련면옥에 내가 먹혀 버릴 것 같았다.

별채 문은 밖에서 잠겨 있었다. 사장이 집으로 돌아갔다는 뜻이었다. 나는 사방을 살핀 뒤 문에 달린 자물쇠를 바라봤다. 자물쇠는 총 세 개였다. 모두 크고 단단해 보였고 그걸 때려 부순다는 건 말도 안 되는 일이었다. 나는 망치 뒤를 이용해 문에 달린 자물쇠 연결 부위를 공략했다. 첫 번째와 두 번째는 쉽게 뜯겨 나갔다. 문제는 세 번째 자물쇠였다. 쓸데없이 성실한 누군가가 못을 단단히 박아 놓았는지 아무리 용을 써도 뜯어낼 수가 없었다. 나는 나무 문과 쇠 사이의 틈 안으로 망치 뒤쪽을 최대한 밀어 넣은 다음 온몸의 힘을 실어 잡아당겼다. 서너 번을 반복하자 조금씩 틈이 벌어지기 시작했다.

"한 번만 더 하는 거야. 한 번만 더."

거기서 포기했더라면 어땠을까 하는 후회를 몇 번이고 했다. 내 짐을 챙겨 들고 목련면옥에서 도망을 쳤더라면, 뒤도 돌아보지 않고 내뺐더라면, 저 멀리 지방의 공사장을 전전하며 살았더라면 내 인생은 달라지지 않았을까? 만약에 그랬더라면 나는 평생 잘 숨어 다녔을지도 모른다. 악몽에 시달리면서.

나는 포기하지 않았고 몇 번 더 힘을 주자 마지막 자물쇠 역시 넋 나간 인간의 입처럼 쩍 하고 벌어졌다. 그와 동시에 마치 기다리고 있었다는 듯 소리도 없이 문이 열렸다. 들어올 테면 들어와 보라고 말하는 것 같았다.

나는 안으로 들어갔다.

그 어둠을 어떻게 설명해야 할까? 한 치의 빈틈도 없이 가득 들어차서는 쉰내를 푹푹 풍기고 있던 곰삭은 어둠 말이다. 빛이라고는 한 번도 비친 적이 없는 것 같은 별채 내부는 그냥 어둡다는 말로는 설명이 불가능했다. 열린 문으로 달빛이 비쳐 들었지만 그 어둠을 밝히기에는 역부족이었다. 나는 오른손에 망치를 그러쥐고 왼손을 앞으로 뻗어 더듬거리며 걸어 들어갔다. 겉으로 보이는 별채는 그리 크지 않았지만 그 안에 깃든 어둠은 끝도 없이 넓었다. 아무리 더듬어도 만져지는 것이 없었다. 나는 숨을 죽인 채 수미를 불렀다.

"수미야."

대답이 없었다.

"수미야."

안쪽으로 조금 더 들어갔다. 어둠에 조금 익숙해지자 희미하게나마 주위가 보였다. 별채에도 역시나 여기저기 부적이 붙어 있었다. 눈을 돌리는 곳마다, 벽과 천장, 그리고 기둥 같은 것들에 다닥다닥 붙은 누렇고 새빨간 부적이 보였다. 평소에는 촛불을 밝혀 놓는 것인지 군데군데 녹아내린 초가 가득했다. 나는 선반에서 초 하나를 집어 들고는 늘 가지고 다니던 지포 라이터로 불을 붙였다. 그제야 별채 내부가 조금 밝아졌다. 나는 초를 높이 들고 별채 전체를 비췄다. 무뚝뚝하게 생긴 네모난 공간이 일렁이는 촛불에 비쳐 그 모습을 드러냈다.

"헉!"

나도 모르게 숨을 삼켰다.

별채는 한눈에 봐도 제를 지내는 곳이었다. 오른쪽과 왼쪽 벽에는 각각 눈을 부라린 남자와 이를 드러낸 여자가 거대한 몸집을 자랑하며 그려져 있었는데 그 그림이 너무나 생생해 마치 살아 있는 것처럼 보였다. 남자의 부리부리한 눈이 나를 바라봤다. 여자의 툭 비어져 나온 이에서는 금방이라도 침이 뚝뚝 떨어질 것 같았다. 천장에서는 붉고 희고 푸른 천들이 커튼처럼 내려와 너울거렸다. 희미하지만 향냄새도 났다. 나는 천들을 젖히고 구석으로 들어갔다.

거기에 놓인 제단은 화려하다기보다 음침하고 기괴했다. 큰 책상 하나 정도 크기의 나무 제단 위에는 시커먼 무언가가 수북이 쌓여 있었다. 가까이 다가가서야 그것이 동물들의 사체라는 사실을 알았다. 개와 고양이, 그리고 비둘기와 까마귀들까지.

"욱."

얼른 코를 틀어막았지만 찌르듯 풍겨 오는 악취가 한 발 빨랐다. 눈앞에 펼쳐진 끔찍한 광경보다도 그 악취에 정신을 차리기가 힘들었다. 동물들의 사체에서 쏟아져 나온 피는 제단의 비스듬한 홈을 타고 흘러 바닥으로 떨어지고 있었다.

공양.

처음 보자마자 그 생각을 했다. 이 동물들은 공양으로 바쳐진 거라고. 그렇다면 누구에게? 내 의문은 곧 풀렸다. 쇠를 긁는 듯한 거슬리는 소리가 날아들었기 때문이다.

"끄끄끄."

신음 같기도 하고 분노에 찬 울음 같기도 했다. 나는 그 소리를 따라 제단 뒤로 움직였다.

"수미니?"

제단 뒤는 검은색 천으로 가려 놓은 상태였다.

"끄끄끄."

소리는 계속 들렸고, 그것이 나를 재촉하는 것임을 알아챌 수 있었다. 그리고 검은색 천을 들춘다면 후회하리라는 사실도…. 인간은 시시때때로 후회할 짓을 하며 살아간다. 갓 스무 살이었지만 나 역시 그런 순간들을 많이 겪었고 그럴 때는 그저 지금 당장 해야 할 일을 하는 것만이 유일한 해결책이라는 사실을 알고 있었다. 그러니까 그 빌어먹을 천을 들출 준비가 되어 있었다는 말이다.

나는 초를 바닥에 내려놓고 왼손 엄지와 검지를 이용해 천의 한쪽 끄트머리를 잡았다. 무언가 튀어나온다면 바로 내리칠 수 있도록 망치를 드는 것도 잊지 않았다. 그런 뒤 호흡을 한 번 가다듬고 천을 들췄다.

거기에 그것이 있었다.

천으로 덮어 둔 건 정육면체 모양의 철장. 그 철장 안에 작은 몸집의 남자가 쪼그리고 앉아 있었다. 피 웅덩이 사이에 벌거벗은 채로.

"으아아!"

나는 놀란 나머지 바닥에 주저앉고 말았다. 축축하고 차가운 기운이 엉덩이를 타고 온몸으로 퍼져 나갔다. 남자는 철장을 붙잡고 그 이상한 소리를 냈다.

"*끄끄끄.*"

촛불 아래 드러난 남자의 몰골은 처참했다. 머리카락은 죄다 빠져 버렸고 비쩍 마른 몸에 배만 볼록하게 튀어나왔다. 퀭하게 들어간 눈에는 초점이 없었다. 나를 향해 입을 크게 벌리며 뭐라고 말을 했지만 '끄끄끄' 하는 소리만 간신히 내뱉을 뿐이었다. 당연한 일이었다. 혀가 잘려 나가고 없었으니까. 시커먼 입안에서 반쯤 잘린 혀가 꿈틀거리고 있었다.

나는 천천히 일어나 철장으로 다가갔다. 남자는 흐릿한 눈빛으로 나를 바라봤다. 가까이 다가가서야 남자의 몸에 문신이 새겨진 걸 발견했다. 문신은 온몸을 뒤덮고 있었는데 부적에 적힌 것과 같은 글자였다. 무슨 뜻인지는 알 수 없었지만 이 지독한 짓을 한 인간이 정상은 아니라는 것만은 분명했다.

어떻게 해야 할지 몰라 남자를 바라보고 있을 때 뒤쪽에서 부스럭거리는 소리가 들렸다. 재빨리 고개를 돌렸다.

한쪽 구석 기둥과 기둥 사이, 어둠이 가득 들어찬 곳에 수미가 묶여서 버르적거리고 있었다. 제단 뒤쪽까지 가지 않았다면 절대 발견할 수 없는 위치였다.

"수미야!"

나는 수미에게로 다가가 입을 막고 있던 재갈을 풀었다. 수미는 숨을 토해 내자마자 목소리를 쥐어짜 내며 말했다.

"도망가야 해! 빨리!"
"알았어."

나는 수미의 팔과 다리를 묶고 있던 밧줄을 풀었다. 얼마나 꽉 묶었던지 온 힘을 다해 매듭을 잡아당겨야 했다. 비틀거리는 수미의 팔을 붙잡고 일으켜 세웠다. 일렁거리는 촛불에 우리 두 사람의 그림자가 커졌다가 작아졌다가를 반복했다. 그때였다.

남자가 철장을 마구 두드려 댔다.

"*끄끄끄.*"

나는 철장을 가리켰다.

"저 사람은?"
"업이야."
"업?"
"설명할 시간 없어. 사장이 곧 돌아올 거야!"
"데리고 나가야지!"

순간 수미가 멈칫했다.

"데리고 나갔다가는 무서운 일이 벌어질 거야."

"그게 대체 무슨 소리야?"

나는 수미의 말을 무시하고 망치를 들어 철장 쪽으로 다가갔다. 이번에는 망설일 시간이 없었다. 망치를 힘껏 젖혀 철장의 자물쇠를 내리쳤다.

캉!

날카로운 소리가 어둠 사이로 울려 퍼졌다. 다시 한번.

캉!

자물쇠는 두 번 만에 떨어져 나갔다. 나는 철장 문을 들어 올렸다. 기다리고 있었다는 듯 남자가 엉금엉금 기어 나왔다. 남자는 어떻게나 말랐는지 척추뼈 하나하나가 똑똑히 보일 정도였다.

나를 올려다보는 남자는 뭔가 할 말이 있는 듯했지만 예의 그 이상한 소리만 낼 뿐이었다.

"_끄끄끄._"

나는 주위를 둘러봤다.

"수미야!"

수미는 먼저 도망을 갔는지 사라지고 없었다. 젠장. 촛불까지 가지고 갔다. 나는 더듬거리며 업이라는 그 남자의 손을 잡아당겼다. 기분 나쁠 정도로 미끈한 피부였다.

"_끄끄끄._"
"무슨 소린지 모르겠지만 일단 여길 나가야 해요. 아셨죠?"

다시 어둠이 감싼 별채를 향해 라이터를 켜 들었다.

라이터 불빛은 그야말로 죽어 나가기 직전의 환자가 내뱉은 마지막 숨결 같은 느낌이었다. 바람이라도 혹 불어온다면 그대로 생명을 다할 것 같았다. 한 손에는 라이터를 쥐고, 한 손에는 망치를 꽉 잡은 채 앞서 걸어 갔다. 그 남자는 네 발로 엉금엉금 기다시피 하며 내 뒤를 따랐다. 다행히 수미가 도망을 치면서 별채 문은 열어 두었다. 거기를 향해 밖으로 나가면 된다. 나가서… 나가서… 나가서 뭘 할 건지는 생각해 보지 않았다.

아직까지 목련면옥은 잠잠했다. 내가 별채에 다녀왔다는 것도, 수미가 도망을 쳤다는 것도 모르는 것 같았다. 그저 어둠에 휩싸여 있을 뿐이었다. 대신에 목련꽃이 흐드러지게 펴 우리를 감시하고 있었다.

내 즉흥적인 계획은 간단했다. 일단 내 방까지 숨어 들어 짐을 챙겨 도망쳐 나온다. 그런 뒤 이 불쌍한 남자는 파출소 앞에 내버려 두고 나는 줄행랑을 치는 것이다. 업이 무엇인지, 남자에게 누가 무슨 이유로 이런 짓을 했는지는 하나도 궁금하지 않았다. 나는 그저 도망치고 싶을 뿐이었다. 무사히, 안전히.

남자에게 마당에 있으라는 눈짓을 보낸 뒤 목련면옥 안으로 들어갔다. 소리가 날까 봐 최대한 조심해서 나무 바닥을 밟았다. 문제는 계단이었다. 아무리 소리를 죽여도 계단의 삐걱거림은 말릴 수가 없었다. 첫 번째 계단을 밟고 올라갔다.

삐걱.

악의에 찼다고밖에 할 수 없는 소리가 내 뒤꿈치를 깨물었다. 그 순간, 위에서부터 또 다른 소리가 들렸다.

삐걱.

삐걱.

삐걱.

누군가가 내려오고 있었다.

나는 다급한 마음에 사방을 둘러봤다. 홀에 숨었다가
는 금세 발견된다. 주방이 눈에 들어왔다. 종업원은 함
부로 들어갈 수 없는 그곳을 향해 나는 과감히 발걸음
을 옮겼다. 주방으로 통하는 반투명 유리문을 열고 안
으로 들어갔다. 깨끗하게 정리된 타일 바닥이 새어 들
어오는 희미한 달빛을 받아 빛나고 있었다. 커다란 솥
단지 뒤에 숨어 홀을 바라봤다. 삐걱, 삐걱 소리를 내며
내려온 이는 아재였다.

아재는 손전등과 함께 끝이 날카로운 드라이버를 들
고 있었다. 이 새벽에 무언가를 고치러 가는 것 같지는
않았다. 아재가 그 큰 눈을 돌리며 홀 전체를 훑어봤다.
안광이 이상할 정도로 번득였다.

나는 무릎을 굽힌 채로 슬금슬금 뒷걸음질 쳐 주방
안쪽으로 깊숙이 들어갔다. 만약에 아재가 주방으로 들
어온다면 어둠 속에 숨어 있다가 갑자기 튀어 나가 몸
으로 들이받을 생각이었다. 필요하다면 망치를 사용할
수도 있을 것이다. 최초의 한 번이 어렵지 두 번째부터
는 수월해지는 법이니까.

아재는 주방 근처까지 다가왔다. 나는 점점 더 안으
로 들어가 오로지 면장만 손을 댈 수 있다는 육수 통 옆
에 다다르게 되었다. 육수는 밤새 끓인다. 수희 아줌마

의 말에 따르면 꿩고기만이 아니라 여러 비법 재료가 들어가기에 그런 맛을 낼 수 있단다. 나는 힐끗 육수통을 바라봤다. 보글거리며 끓고 있는 육수 통 안에는 정체불명의 고기들이 가득 들어 있었다. 퉁퉁 불어 확실한 모양을 확인할 수는 없었지만 개나 고양이, 혹은 날아다니는 새들로 보였다. 그걸 본 순간 별채에서 마주했던 공양들이 생각났다. 피를 모조리 빼 제단에 올려놓았던 그 동물들.

혹시… 그렇게 바친 동물들로 육수를 만드는 건 아닐까? 그렇다면 업이라는 그 남자는 도대체 어떤 존재일까? 내 생각은 더 이상 뻗어 나가지 못했다.

쓰읍.

바로 뒤쪽, 진득한 어둠이 도사린 곳에서 거친 숨소리와 함께 탁한 비린내가 나를 덮쳤기 때문이다.

곧 억센 손이 내 입을 막았다.

"읍!"

발버둥 쳐 봐야 소용이 없었다. 면장은 무지막지한 힘으로 나를 제압했다. 숨을 쉴 수가 없었다. 점점 의식이 멀어졌다. 정신을 잃기 전, 나는 면장의 목소리를 똑똑히 들었다.

"새로운 업이 왔군. 크크크."

꿈속에서 나는 언제나 그랬듯 2인조에게 쫓기고 있었다. 2인조는 내가 살아 있는 한 물러설 생각이 없어 보였다. 내 눈을 노리고 내 신장을 노렸다. 내게서 그것들을 뺏고 나면 누나를 찾아가 마음껏 욕을 보일 거라고 킥킥대며 협박을 했다. 나는 무서워서 한 마디도 못 한 채 벌벌 떨고만 있었다. 놈들이 때리면 때리는 대로, 욕을 하면 욕을 하는 대로 당하고만 있었다.

나는 그 2인조를 피해 이제는 빨간딱지 전시장이 되어 버린 옛날 우리 집까지 도망갔다. 생각나는 곳이라고는 거기밖에 없었다. 2인조는 여유롭게 나를 따라잡아 명치를 때렸다. 그 한 방에 정신을 잃었는데, 둘 중 한 명이 차가운 물을 뿌려 억지로 깨어났다.

바로 지금처럼.

얼굴 위로 물이 뚝뚝 떨어진다는 걸 느끼며 가만히 눈을 떴다. 나는 팔을 뒤로 둔 채 의자에 묶여 있었다. 3층이었고, 어슴푸레 새벽이 밝아 오고 있었으며, 그럼에도 3층 거실은 지독하게 어두웠는데 그 어두움을 촛불이 밝히고 있었다. 군데군데 밝혀진 촛불 아래 사람들의 모습이 드러났다. 나를 제외한 모든 종업원들이 바닥에 엎드려 있었다. 도무지 무슨 상황인지 이해할 수가 없었다.

"이게 뭐예요? 풀어 줘요!"

등 뒤에서 목소리가 들렸다.

"이제 네가 업이야."

사장의 목소리였다.

나는 최대한 고개를 돌려 사장을 돌아봤다. 사장은 거대한 덩치와 홀쭉한 얼굴의 극적인 대비를 뽐내며 내 뒤에 바싹 붙어 서 있었다. 나는 사장의 손에 들린 바늘을 발견했다. 예사롭지 않은 바늘이었다.

"업이라니, 대체 무슨 소리…."

나는 거기까지 말하다가 내가 묶인 곳 바로 옆에 그 남자가 널브러진 걸 발견했다. 온몸이 문신으로 뒤덮인 작고 기괴한 남자. 그 남자는 아까보다 절반 이상으로 쪼그라들어서 입을 딱 벌린 채 굳어 있었다. 삽시간에 생기가 빠져나간 것 같았다.

사장이 내 어깨에 손을 얹으며 말했다. 지독하게 차가운 손이었다.

"인업이 된 자가 부적 바깥으로 나오면 저렇게 되지."

"업은 뭐고. 인업은 또 뭐예요? 전 아무것도 못 봤어요. 못 본 걸로 할 테니까 풀어 줘요!"

사장이 얼굴을 들이밀고 입을 크게 벌린 채 키득거렸다.

"재물과 복을 가져다주는 업이라고 모르니? 그중에서도 가장 강한 게 사람 업, 그러니까 인업이지. 인업이 들어오지 않으면 만들면 돼. 나는 그 비결을 배웠거든."

무슨 소리인지 하나도 알아들을 수 없었다. 다만 목련면옥의 모든 직원들이 한통속이라는 사실만은 분명했다. 직원들은 나를 향해 계속해서 절을 했다. 아재도 끼어 있었고, 수희 아줌마도 끼어 있었고, 미주도 끼어 있었다. 그리고… 수미도 끼어 있었다.

"수미 너!"

내가 외쳤지만 수미는 표정 하나 변하지 않았다.

"수미가 잘해 줬어. 수미가 참 잘해 줬지. 이렇게 새로운 인업을 구해다 줬으니까. 히히히."

나는 의자에 묶인 채로 마구 발버둥 쳤다. 사장이 했던 말이 문득 떠올랐다. 세 명의 직원이 도망갔다고. 아니, 그들은 도망간 게 아니었다. 나처럼 이 미친놈들에게 사로잡혀 별채에 갇히게 되었던 거다. 마지막까지 살아남아 있던 게 바로 저 남자였다. 강제로 주술의 대상이 되어 비참하게 죽어 간 사람. 이제는 내 차례였다. 혀가 잘리고, 발가벗겨지고, 온몸에 문신이 새겨진 다음 별채에 갇힌 채 동물의 피로 연명하며 얼마간 살아갈 것이다. 내게 바쳤던 동물들은 모두 육수의 재료로 쓴다.

갑자기 구역질이 났다. 저녁때 먹은 걸 모두 게워 냈다. 그래도 사람들은 상관하지 않았다. 알 수 없는 주문을 외며 계속 절을 할 뿐이었다.

온몸이 덜덜 떨렸다. 사장이 크고 차가운 손으로 내 눈을 가렸다. 나는 몸을 격렬하게 떨었다.

사장이 속삭였다.

"금방이야. 몇 달 전 그 여자애는 하던 도중에 죽어 버렸고, 나머지 한 명은 별채에서 또 죽었지만, 자 봐. 저 남자는 오래 살아남았잖아. 너도 충분히 그럴 수 있어."

나는 목이 터져라 소리쳤다.

"안 돼!"

그 순간 사람들의 기도 소리가 높아졌다. 열기가 후끈 달아오르며 내 뺨을 스치고 지나갔다. 무언가 날카

로운 물건이 서늘한 기운을 내뿜으며 입 쪽으로 다가
왔다.

"으으으!"

나는 입을 꽉 다물었지만 소용이 없었다. 사장이 무
시무시한 힘으로 내 입을 벌린 것이다.

그때였다.

스윽.

그 소리가 들린 것은.

스윽.

스윽.

무언가가 바닥을 기는 소리가 들렸다. 사장은 동작
을 딱 멈추고 고개를 돌려 주변을 살폈다. 기도에 심취
해 있던 종업원들도 마찬가지였다. 스윽. 스윽. 그 소리
와 함께 삐걱대는 나무 소리도 생생하게 들려왔다.

수미가 겁에 질린 표정으로 중얼거렸다.

"기어다니는 여자다."

새벽이었지만 해는 비쳐 들지 않았고, 촛불을 밝혔지
만 거실에 드리운 두터운 어둠은 가시지 않았다. 어둠
속 어딘가에서 기어다니는 여자가 다가오고 있었다.

스윽.

스윽.

스윽.

종업원들은 허옇게 질린 얼굴로 모여 섰다. 기어다

니는 여자는 아직까지 보이지 않았다. 사장이 칼을 들어 허공을 갈랐다.

"무슨 소릴 하는 거야? 걔가 왜 나타난다는 거야?"

사장의 목소리는 잔뜩 갈라져 있었다.

스윽.

스윽.

스윽.

소리는 점점 가까워졌지만 그 여자의 모습은 보이지 않았다. 사장이 칼을 마구 휘두르며 눈을 번득였다.

"나와! 나와 보라고! 그렇게 맥없이 쓰러져서 이 바닥을 빌빌 기어다녀 놓고 이제 귀신이 되어 나타난다고?"

스윽.

소리가 멈췄다. 모두 서로의 얼굴을 바라봤다. 기어다니는 여자는 보이지 않았다. 그때 천장에서 물방울 하나가 톡 떨어져 내렸다. 나는 고개를 젖혀 천장을 바라봤다. 다른 사람들도 마찬가지였다.

기어다니는 여자는 긴 머리카락을 늘어뜨린 채 천장에 매달려 있었다.

제일 먼저 미주가 비명을 질렀다.

"으악!"

그다음 상황은 나도 잘 기억하지 못한다. 사람들은 비명을 지르며 거실 이곳저곳으로 흩어졌는데 바닥에 내려선 기어다니는 여자가 그런 사람들의 뒤를 쫓아가 그 긴 손가락과 손톱으로 얼굴을 마구 그었다. 그때마다 처절한 비명이 울려 퍼졌다.

제일 용감하게 맞서리라 생각했던 사장은 제일 먼저 소파 뒤로 숨었다. 기어다니는 여자는 스윽, 스윽 재빨리 다가가 사장에게로 향했다.

"크아악!"

사장의 비명이 들렸다.

나는 의자에 묶인 채로 그 모든 광경을 목격했다. 목련면옥이 무너져 가는 모습을, 그리고 창문 밖으로 목련 잎이 뭉텅뭉텅 떨어져 내리는 모습을….

모든 혼란이 잦아든 건 잠시 후였다. 두 명의 남자가 3층으로 달려 올라왔기 때문이다. 그때쯤에는 기어다니는 여자는 사라지고 없었고, 목련면옥 사람들만이 반쯤은 정신이 나간 채로 거실에 널브러져 있었다.

남자들은 거실에 펼쳐진 광경에 놀란 듯 눈을 크게 떴다. 그중 나이가 가장 많아 보이는 남자가 허리춤에서 경찰 신분증을 꺼내 앞으로 내밀었다.

"XX서 강력반에서 나왔습니다."

남자들은 모두 경찰이었다. 그들은 믿지 못하겠다는 듯 주위를 둘러봤다. 피범벅인 바닥에, 부적에, 그리고 묶여 있는 사람이라니….

"김준민 씨 되십니까?"

경찰은 내 본명을 알고 있었다. 나는 조용히 고개를 끄덕였다.

"이, 이게 도대체 어떻게 된 겁니까?"

설명할 말은 많았지만 지금은 아니었다. 엄청난 피곤이 몰려와 눈을 뜨고 있기도 힘들었다. 나는 고개를 푹 숙인 채 가로저었다. 내 행동을 어떻게 해석했는지는 모르겠지만 경찰이 수갑을 꺼내며 말했다.

"일단 김준민 씨 당신을 현 시간부로 배준익과 조상현에 대한 살인 용의자로 체포합니다."

빌어먹을 그 2인조.

신문에 따로 뉴스가 나오진 않았는데… 완벽하게 숨었다고 생각했는데… 결국 기막힌 순간에 잡혀 버렸다. 어쩌면 딱 맞는 순간일지도 모른다.

나는 의자에서 풀려난 대신에 수갑이 채워졌다. 그것으로 목련면옥에서의 내 삶은 끝이 났다. 그 사채업자 두 명은 내가 옛날 집으로 유인해 죽였다. 둘 다 망치로 머리를 내리쳤고 옷장 안에 시체를 숨겨 둔 채로 도망을 쳤다. 후회하느냐고 묻는다면 그때나 지금이나 나는 머리를 저을 것이다. 그 당시는 내가 죽지 않으려면 남을 죽일 수밖에 없는 시기였다.

나는 경찰들의 손에 끌려 3층을 나가며 바닥에 쓰러진 수미와 미주, 그리고 아재와 수희 아줌마를 봤다. 모두 정신이 나간 것처럼 보였다. 수미의 그 하얀 얼굴에는 손톱으로 그은 새빨간 상처가 나 있었다. 수희 아줌마는 그해 봄의 목련이 유달리 흐드러지게 피었다고 했는데 나무 아래 시체를 묻었으니 그럴 수밖에 없었을 것이다.

내가 경찰에서 목련면옥에 대해 이야기한 것은 냉면 맛이 기가 막혔다는 한 마디뿐이었다. 어쨌거나 그건 사실이었고 그 안에 뭐가 들어가 있건 나는 다시 한번 맛보고 싶었다. 업에 대해서, 주술을 통해 인업을 만들어 가두어서 장사가 잘되게 만들었다는 허무맹랑한 이야기에 대해서는 아예 말을 꺼내지도 않았다. 그런데도 기자들은 용케 알아내 경기 북부의 소도시에서 끔찍한 인신 공양 사건이 벌어졌다고 기사를 써 댔다. 나는 구치소에서 그 기사를 볼 수 있었다. 덕분에 사채업자 둘을 죽인 스무 살 사내에 대한 이야기는 쏙 들어가 버렸다. 나는 25년 형을 받고 의정부교도소에서 20년을 보냈다. 그러다가 모범수로 5년 감형을 받아 이제 막 출소했다. 감방 생활을 하는 동안 나는 한번도 목련면옥 이야기를 꺼내지 않았다. 내게 목련면옥은 잊고 싶은 기억이었다. 그러나 모든 괴로운 기억이 그렇듯 목련면옥 또한 머릿속에 문신으로 새긴 듯 지워지지 않는다. 내가 죽인 두 남자도 여전히 꿈속에서 나타난다. 가장 최악은 뭔지 아는가?

아직도 가끔 그 소리가 들린다는 것이다.

스윽.

스윽.

그리고… *끄끄끄*.

초대작

하와이안 파인애플 냉면은 이렇게 우리 입맛을 사로잡았다

곽재식

2006년 단편소설 〈토끼의 아리아〉가 'MBC 베스트 극장'에서 영상화되면서 본격적인 활동을 시작했다. 《당신과 꼭 결혼하고 싶습니다》, 《가장 무서운 이야기 사건》, 《사기꾼의 심장은 천천히 뛴다》 등 다수의 장·단편소설을 발표한 것을 비롯해 '미스테리아', '과학동아' 등 다양한 매체에 글을 쓰며 활발하게 활동하고 있다.

지금에 와서 이야기지만 나는 대학 시절 겉멋이 들었기 때문에 창업 동아리에 가입했다.

겉멋을 부리기 좋은 상황은 아니었다. 먹고살려면 뭐든 바짝 해서 어떻게든지 어지간한 직장을 구하는데 모든 것을 걸어야 한다는 세상이었다. 나는 그 살벌한 세상에 발을 들이미는 것이 무서웠던 것 같다. 직장이나 회사라는 것이 가깝게 느껴지지 않았다. 직장이 뭔가? 회사가 뭔가? 전혀 멋있지도 부럽지도 않은 회사원들이 우글우글 칙칙한 표정으로 출퇴근을 반복하는 것인데. 그래서 다녀 보았자 그렇게 상쾌할 것 같지도 않은데. 그런데도 거기에 들어가겠다고 막상 원서를 접수하고 시험을 쳐 보면 대부분 낙방할 텐데. 결국 아무 곳도 합격하지 못할 것 같아서 점점 초조해지며 매일 안달복달하며 지낼 텐데.

그런 것이 다 두려웠지 싶다.

말하자면 아침에 잠자리에서 일어나야 하는 시각이 정해져 있는데 5분만 더 잘까, 10분만 더 잘까, 미루고 미루는 마음과 비슷하기도 했다. 무서운 일은 피하고 싶고 인생은 미루고 싶었던 나는 창업 동아리에서 알람을 꺼 놓고 즐기는 달콤한 새벽잠 같은 시간을 보낼 수 있었다.

성공한 스타트업 경영자의 이야기를 돌아가며 발표하거나 갑부가 된 미국 벤처기업의 영상을 보고 있으면 나도 그런 사람들 무리에 속한 느낌이 들었다. 십몇 개월 후면 실업자가 될 가능성이 가장 높은 대학생이 아니라, 커다란 화면 앞에 서서 뭔가 그럴듯한 이야기를 청중에게 하고 있는 멋쟁이 갑부에 가깝다는 기분에 빠져 있을 수 있었다.

그런데 그 동아리에서 나는 영란 선배를 만났다. 영란 선배는 겉모습으로 보면 무슨무슨 테크, 모모 게임즈, 아니면 알파벳 약자 알파벳 약자 알파벳 약자, 이런 식으로 되어 있는 회사들의 CEO 사이에서 가장 잘 어울릴 것처럼 보이는 사람이었다. 내가 처음 본 순간 바로 뭔가 친해지고 싶은 마음이나 존경심을 느꼈던 것도 그것 때문일지도 모르겠다.

목소리나 말투도 보통 학생들과는 달랐다. 예를 들어 내 말투는,

"야, 너 과제 다 끝냈냐? 그거 늦게 내면 아예 안 받아 주는 거야, 아니면 감점이야?"

이런 말에 영락없이 어울렸다. 그런데 영란 선배는

같은 말을 하더라도 왜인지,

"이번 프로젝트 데드라인 맞추려면 에이 에스 에이 피로 해야 되죠? 그런데 일단 이건 지금 우리 상황에서 의사 결정 문제라고 봅시다. 당장 프라이어리티를 생각했을 때 이번 프로젝트가 지체됐을 때 우리 쪽 파이낸스에서 이게 톨러러블한가요?"

이런 말을 하는 것처럼 들렸다.

그러면서도 막상 선배는 동아리에서 말을 많이 하며 설치고 다니는 사람도 아니었다. 게다가 가끔씩 나에게 하는 이야기는 전혀 우리 동아리다운 느낌도 아니었다. 자신의 그 겉모습과는 어째 어울리지 않는 것 같은 이야기만 했다.

예를 들어 한번은 학생 식당에서 제육볶음을 먹다 말고 나에게 이런 말을 해 준 적이 있었다.

"스타트업에서 제일 중요한 게 뭐냐면 할아버지가 돈이 아주 많은 친구랑 친해지는 거야."

나는 그때 동아리에서 발표하기로 했던 '미국 스타트업의 스타트와 일본 스타트업의 스타트'라는 자료를 보면서 밥을 먹고 있었다. 영란 선배는 그걸 같이 보고 있다가 뭔가 시를 읊는 것처럼 그렇게 말했다. 한 손에는 제육볶음을 포크에 꽂아 들고 있는 채였다.

"그게 무슨 말인데요?"
"아무것도 없는데 회사를 차리려면 돈을 날려도 아무 걱정이 없는 사람이 있어야 돼. 그게 제일 중요해. 일단 그 돈이 있어야 사람들을 모아서 어디 데려다 놓고 회사 같은 흉내를 낼 수가 있단 말이야. 그리고 겉보기에 대충 회사처럼 보여야 어디서 무슨 돈이든 더 물어 올 수 있는 거고."

"투자를 받아서 돈을 마련할 수도 있는 거 아니에요? 또 요즘에는 제로 캐피탈 스타트 뭐 그런 것도 있잖아요."

"세상에 투자할 데가 얼마나 많은데 누가 아무것도 없는데 나한테 왜 투자를 해 주겠어. 그리고 제로 캐피탈 스타트라고 해도 사람은 있어야지. 일하는 사람들이 취직 알아보고 공부하고 해야 할 때 써야 하는 인생 시간을 써 없애서 스타트업 일을 한다는 자체가 이미 자본을 쓰고 있는 거라고. 친구들끼리 서너 명 뭉쳐서 시작했는데 조금 지나면 나는 그만두고 취직할란다, 나는 그만두고 대학원 갈란다, 이런 친구들 계속 나오면 금방 끝나는 거지. 그러니까 회사 꼴을 꾸미려면 써 없앨 돈이 있어야 돼."

"그런데 왜 할아버지가 돈이 많은 친구를 찾아야 되는데요?"

"그런 애들이 있어요. 할아버지가 돈이 엄청 많아서 제법 멀쩡한 회사 회장님이야. 아버지는 그 회사의 사장이나 부사장쯤 돼. 손자 손녀는 이제 곱게 잘 크면 한 서른 마흔 사이에 그 회사 한 뭉텅이를 물려받을 거란 말이야. 그런데 그때가 될 때까지 그냥 놀고 있을 수는 없잖아. 그러니까 그사이에 뭔가 그럴싸한 것을 하고 지낸다는 직함이 있어야 돼. 이런 애들한테 돈 받아서 그럴듯해 보이는 회사 하나 차리면서 걔한테는 CEO라고 명함 내밀 수 있게 해 주는 거야. 그러면 서로서로 좋잖아. 어차피 돈 벌려고 하는 회사도 아니니까 스타트업 하기도 좋고."

얼마나 진지하게 하는 이야기인지는 도무지 짐작할 수 없었다. 그렇지만 영란 선배의 말투만은 매우 설득력 있게 들렸다.

거기까지 말한 영란 선배는 들고 있던 제육볶음을 먹었다. 그러고는 문득 전화기로 고개를 돌리더니 빠른 속도로 화면을 이리저리 눌렀다. 나는 놀라서 그때 영란 선배가 전화기 속에 우리 학교 선후배나 학생들 중에 그 "돈 많은 할아버지 있는 사람" 목록을 뽑아서 저장해 둔 것이 있는 줄 알았다. 나중에 보니 그냥 무슨 벌레 잡는 게임을 하는 것이긴 했지만.

영란 선배와는 그런 식으로 조금 친해지긴 했지만 특별히 무슨 일을 같이 저지르거나 놀라운 추억을 남기지는 않았다. 돌아보면 내 대학 생활이 대체로 그랬던 것 같기도 하다. 특별히 대단한 일도 없었고 엄청나게 가슴에 남는 추억도 없었다.

내가 창업 동아리에 몰두하는 것은 꿈을 깨기 싫어하는 것이라는 점을 차차 깨달아 갈 무렵, 그래서 점점 사는 것이 더 겁이 날 무렵, 영란 선배는 졸업을 했다.

그리고 그 후 한동안 영란 선배를 다시 만날 일은 없었다.

영란 선배가 나에게 다시 연락해 온 것은 이제야말로 정말 취직 생각을 하지 않으면 안 되는 때였다. 그때까지도 나는 취직에 뛰어드는 것을 겁내고 있었다. 대신에,

"그냥 자본주의 사회의 한 톱니바퀴가 되어서 살기는 싫었어요. 그래서 앞으로 어떻게 살겠다, 무엇이 되겠다, 이런 거창한 고민은 그냥 다 미뤄 놓고 그동안 틈틈이 일해서 모은 돈으로 무작정 세계 여행을 떠났어요."

라고 말하는 다른 사람들 이야기를 이리저리 찾아보는 것을 좋아했다.

맞아. 나도 뭔가 내가 진정으로 하고 싶은 것을 하고 싶어. 멋있는 나라에 가서 멋있는 사진을 찍어서 남들에게 멋있게 보여 주고 싶어. 나는 그렇게 생각했다. 여행을 떠난 다른 사람들은 그 나름대로 고민이 있고 그 사람들 나름대로 진지함이 있었을 텐데 나는 그런 생각까지는 하지 못하고 있었다. 그냥 다른 것, 그럴듯해보이지만 안 힘들어 보이는 것을 끝까지 찾고 있었다.

어찌 보면 나의 무능함이 드러나는 것이 싫었던 것 같기도 하다. 이곳저곳 직장을 찾아 기웃기웃하다 보면 분명히 어떤 결론이 날 것이다. 그러면 나는 그게 내가 산 삶의 값어치를 보여 주는 것과 비슷할 거라고 생각했다. "너는 이 사회에서 이 정도 쓸모 있는 사람입니다. 그러니까 이 정도 연봉을 주는 이 정도 직장에서 당신을 데려가는 것입니다." 월급을 받는 날 소득세의 요정이 날아와서 그렇게 이야기해 주면 그게 나라는 사람의 결론이 되리라는 느낌이었다.

그런데 나는 내 결론이 별로 썩 마음에 들지 않을 것 같았다. 불길하게도 "너는 부모가 그렇게 애지중지 길러서 몇십 년간 부지런히도 학교를 다니며 뭘 배운다

고 설쳤는데 결론은 별 쓸모 없는 사람이네요."에 도달
하게 될 것 같았다.

이런 생각은 결국 모든 일의 결과를 성공과 실패로
구분하고 승리와 패배로 구분하는 꼬인 생각이었다.
그때도 그것을 알고 있었다. 나는 내 동기 누구보다 서
열이 얼마 더 떨어지는 직장에 들어왔으니까 나는 인
생 패배, 동기는 인생 승리. 그런 식으로 남들과 겨루
어서 누가 이겼고 누가 졌고를 따지는 것은 멍청한 일
이지 않은가? 그런데 어쩔 수 없었다. 나는 21세기의
이 사회에서 매사 경쟁 속에서 자라고 살아온 사람이
었다. 그 멍청한 느낌이 뼛속에 가슴속에 마음속에 이
미 새겨져 있었다. 누구는 어디에 합격해서 그 회사 연
수원에 언제부터 나가야 한다고 하는데, 나는 그때까
지 아무 데서도 합격 통보를 받지 못했다면. 그것은 실
패고 패배였다. 그러면 친구 얼굴은 누구도 보고 싶지
않을 정도로 슬플 것 같았다.

그래서 나는 무엇인가 색다른 일을 해 본다는 생각
에 자꾸 이끌렸다. 나는 개인 방송을 시작해서 떼돈을
버는 사람들 이야기도 한참 찾아보았고, 무슨무슨 학
원에 등록한 뒤에 무슨무슨 자격증을 따는 방법으로
비행기 조종사가 되거나 서 푼짜리 망하기 직전의 회
사 주식만 거래하면서 돈을 벌어 보겠다는 사람이 된
다는 이야기에도 관심을 가졌다.

그리고 조금 더 연장된 허송세월 후에 그 모든 생각
들이 다 지금 나에게는 현실성이 없다는 것을 깨우쳐
가고 있었다.

바로 그때 전화가 한 통 걸려 온 것이다.

"여보세요?"

"응. 목소리 들으니까 전화 제대로 걸었네. 어때 시간 괜찮아?"

"예? 선배? 영란 선배예요?"

"지금 시간 괜찮으면 만날까?"

"만나요? 지금요?"

"응. 바빠?"

"아니요. 그건 아닌데요. 선배, 선배는 지금 어딨는데요?"

"나? 나는 바로 너 뒤에…."

선배는 괜히 으슥한 목소리로 말했다. 나는 너무나 이상해서 뒤를 돌아보았다. 뒤에는 길을 걸어가는 사람들 몇몇이 있었다. 나는 옛날 선배와 체구나 옷차림이 비슷한 사람들의 얼굴을 들여다보려 했다.

선배의 말이 이어졌다.

"그냥 장난쳐 본 거야. 너는 이거 하면 정말 잘 속더라."

"선배는 무슨 엄청 오래간만에 전화해서 이런 실없는 장난을 쳐요? 제가 지금 막 집안에 우환이 있거나 무슨 큰 병을 앓고 있거나 해서 아주 기분 나쁜 상태였으면 어쩌려고 그래요?"

"그러면 지금쯤 미안하다고 막 빌고 있겠지. 그런데 그런 건 아니잖아?"

"…."

"그렇지? 특별히 심각하게 뭔 일 있는 상태 아니

잖아?"

"그건 아니죠."

"그러니까 재밌었잖아. 하여튼 안 바쁘면 지금 우리 좀 만나자. 너는 지금 어딨어? 우리 지금 열심히 달려가서 중간 지점쯤 되는 데서 만나자고."

선배는 그러고 나서 우아한 건성으로 "그래 오래간만에 목소리 들으니까 너무 반가웠어." 어쩌고 하는 말을 조금 더 했고, 곧 전화를 끊었다. 그리고 한 시간 후, 뭔가에 홀린 것처럼 나는 어느 냉면 가게를 찾아가게 되었다.

냉면집에 가니 영란 선배는 가게의 정중앙에 앉아 있었다. 영란 선배는 스웨터에 조금 두터워 보이는 바지 차림이었다. 내 얼굴을 보자마자 눈웃음을 지어 보였다. 보는 순간 "맞아 영란 선배는 저런 표정 잘 지었지." 하는 생각이 머릿속에 확 쏟아지는 것 같았다.

오는 동안 내내 선배 얼굴을 보면 뭐라고 첫마디를 할까 고민을 했다. 그런데 고민 끝에 생각해 놓은 말을 꺼내기도 전에 영란 선배가 먼저 말했다.

"내가 물냉면 두 개 시켰어. 너도 먹으라고."

"예? 우리 지금 밥 같이 먹는 거예요?"

"밥을 같이 먹는 건 아니고. 냉면."

"예. 냉면 같이 먹는 거예요?"

"냉면 가게에 왔으니까 당연히 그런 거지."

"밥까지 같이 먹는 건 줄 몰랐는데요."

"냉면 먹는 거라니까. 한번 먹어 봐. 너 냉면 좋아하잖아."

하와이안 파인애플 냉면은 이렇게 우리 입맛을 사로잡았다

"선배? 제가 냉면 좋아하는 거 알아요?"

나는 문득 놀라서 물어보았다. 영란 선배는 "얘 왜 갑자기 놀라는 거야?"라고 말하는 것 같은 눈빛을 극히 짧은 순간 보내더니 다시 눈웃음을 지으며 말했다.

"그냥 넘겨짚어 본 거야. 왜 사람들이 대부분 다 냉면은 좋아하잖아."
"아."

그러고 나서 웃고 있는 선배를 보니 나도 괜히 뭔가 웃긴 것 같아서 무심코 웃었다.

선배는 곧 자기 전화기를 꺼내서 무엇인가를 찾았다. 나는 선배에게 물었다.

"선배, 그래도 오래간만에 만났는데 그동안 뭐 하고 지냈냐, 너는 어떻게 변한 것 같다, 나는 뭐 하고 지내고 있다. 뭐 그런 이야기를 좀 하는 게 맞지 않나요?"
"그래 맞아. 그렇긴 그렇지. 그런데…."

선배는 계속 전화기를 보고 있는 채였다.

"너는 그동안 학교 계속 다녔을 거고. 별로 변한 것 같지는 않고. 다 알겠는데 뭘."
"그러면… 그러면… 그래도 선배는 뭐 하고 지냈다. 그런 이야기는 해야 하잖아요."
"그래서 그 이야기를 지금 하려고 하잖아."

그리고 선배는 전화기를 내 눈앞에 보여 주었다.

전화기에는 "성실 실패 인정"이라는 말이 전혀 재미없는 말을 재미있게 표현해 보려고 애쓸 때 주로 사용하는 글꼴로 크게 적혀 있었다. 그리고 그 옆에 관공서

담당자가 주문해서 그려 놓았음 직한 만화 등장인물
이 즐거워하는 표정이 그려져 있었다.

"성실 실패가 뭔지 알지?"

창업 동아리 할 때 들어 본 말이었던 것 같기는 했는
데 금방 뜻이 생각나지 않았다. 스타트업 회사가 망
하는 다섯 가지 이유가 있는데 그중에 하나는 직원들
이 성실하게 일하지 않았다, 그래서 실패했다, 이런 상
황을 두고 말하는 것인가 싶었다.

그러나 곧 전혀 다른 뜻이었다는 것이 기억났다.

"사업이나 과제를 시작하는데 너무 도전적인 걸 하
려고 하면 자연히 망하는 경우도 많이 생기는데, 그
럴 때 최선을 다해 성실히 도전했다면 망해도 책임
을 안 묻겠다, 뭐 그런 이야기 할 때 나오는 것 아닌
가요?"

"맞아. 야, 너 잘 안다. 정말 남들이 잘 생각하지 않
는 신기한 아이디어, 놀라운 사업 아이템, 이런 걸로
완전히 새로운 데 도전하면 당연히 실패할 때도 많
을 거거든. 그런데 반대로 우리나라 원래 사업 문화
라는 게 사업하다 망하면 '사업한다고 투자받더니
다 말아먹었네, 이놈의 사기꾼' 하면서 다 달라붙어
서 괴롭히고 책임을 묻고 다 물어내게 하고 그런 방
식이란 말이야."

영란 선배가 "이놈의 사기꾼."이라고 욕하는 사람
말투를 흉내 낼 때는 뭔가 웃기고 재밌게 들렸다. 하늘
을 나는 자동차를 정말로 개발하겠다고 말하고 다니
면서 투자를 받았다가, 막상 그걸 만들어 보니 크기가

너무 비행기처럼 커다랗게 되어 버려서 망했다는 상상을 나는 떠올려 보았다. 영란 선배 같은 사람이 찾아와서 방금 한 것 같은 목소리로 "이놈의 사기꾼."이라고 삿대질을 하면서 따지는 장면은 부드럽게 이어져서 잘 떠올랐다.

선배는 이어서 더 말했다.

"그러니까 사람들이 점점 망하는 걸 두려워하게 되고, 신선한 아이디어나 새로운 아이디어로는 사람들이 사업을 벌이지도 않지. 그러니까 스타트업이라고는 하지만 정말 참신한 데가 별로 없고 적당히 외국에서 유행하는 거 그대로 따라 하는 게 많고. 기술 연구나 과학 연구 같은 것도 대충 쉽게 보여서 충분히 성공할 수 있을 것 같은 연구만 도전한단 말이야. 그러다 실패하면 엄청 욕먹으니까."

"그런데 그런 식으로 누가 봐도 성공할 것이 뻔한 것만 할 수 있다면 진정한 도전도 일어날 수 없고, 세계 최초의 참신한 생각도 나올 수가 없는 거죠."

"맞아 맞아. 그런데 이게 어디서 제일 심한 문제였냐면 정부 공공 기관 사업에서 제일 문제였단 말이야. 공공 기관 사람들이 돈을 몇십억을 투자했다, 그런데 너무 도전적인 걸 하다가 실패해서 말아먹었다, 이러면 윗사람에게 그대로 보고를 할 수가 없잖아. '국장님, 죄송한데 저희 이번 사업은 실패입니다.' 이런 말은 할 수가 없는 말이란 말이야. 게다가 잘못해서 야당 쪽에서 공격하겠다고 결심해 봐라. '저런 어림없는 실패가 뻔한 사업에 돈을 투자하다니, 혹시 뇌물 먹고 투자해 준 거 아니냐, 전문성이 전혀 없는 사람이 기술을 이해 못 하고 돈을 투자해 준 거 아니냐.' 이런 말 나오고 그러면 엄청 피곤해지잖아."

이번에도 영란 선배는 "엄청 피곤해지잖아." 같은 말을 하면서 피곤해하는 표정을 같이 지어 주었다. 그것도 역시 재밌어 보였다.

"그래서 정부 공공 기관에서는 도무지 실패를 안 받아 줬다고. 그러다가 성실 실패를 인정해 주자는 말이 2010년인가부터 나왔는데 아직까지도 성실 실패를 제대로 인정해 준 사례가 없다고."

"좀 답답하네요. 그렇게 도전적인 사업에 도전해 보라고 열심히 홍보를 해 놓고, 막상 정말 도전적인 사업을 하려고 하면 '그건 너무 비현실적이다. 실패하면 큰일 나니까.'라고 못 하게 한다는 게."

"그렇지. 그렇지? 정말 그렇지?"

"네. 네. 정말 그래요."

"그래서 이걸 보고 막 열의에 끓어오른 국회의원들이 작년에 한바탕 이걸로 기관 몇 개를 들볶았거든. 그래서 금년에는 스타트업에 투자하는 정부 공공 기관 몇 군데는 정말로 성실 실패를 인정해 줬다고 사례를 보고해 줘야 하게 됐어."

"잘됐네요. 그러면 그 기관에서 투자하는 회사들은 정말로 실패를 두려워하지 않고 새로운 일에 도전할 수 있겠네요."

영란 선배는 내 말을 듣더니 아주 기대하던 그대로의 말을 해 주었다는 반가운 태도였다. 그런데 뒤이어 하는 말은 내 말에 동의하는 것이 아니었다.

"뭐 말이 그렇다면 그럴 수도 있기야 있을 텐데. 이제 그 공공 기관들이 보고 자료를 만들어야 하는 때가 다가오고 있단 말이야. 이 기관들은 이제 우리가 이렇게 도전적인 사업에 돈을 대 줬는데, 이 사람들이 이렇게 망해서 실패를 했고, 그런데도 우리는 책임을 묻거나 괴롭히지 않고 성실한 실패라고 관대하고 자비롭게 봐줬습니다. 우리 기관 잘했죠? 이렇게 위에다가 보고를 해야 되는 상황이란 말이지."

"그러면 그렇게 정말로 성실하게 열심히 노력했지만 망한 회사를 찾아서 보고를 하면 되지 않나요?"

"그런데 이제 사업 첫해란 말이야. 그렇게 똑똑한 사람들, 믿음직스러운 사람들, 가능성이 있어 보이는 사람들, 창의적이고 융합적인 인재들만 보고 투자를 해 줬는데 그 사람들이 그렇게 쉽게 망했겠냔 말이지. 누가 사업을 망하려고 하냐고. 그리고 투자받은 게 있는데 아직 1년 만에 망한 데는 없단 말이야. 그래서 이제 이 사람들이 엄청 난처해진 거야. 성실 실패를 인정해 주겠다고 큰소리 쳐 놨는데, 아직까지 아무도 실패를 안 한 거야. 이거 어떡해?"

선배가 거기까지 말했을 때, 냉면이 나왔다. 평범한 육수에 평범한 함흥냉면 면발, 평범한 무와 오이와 달걀이 올라가 있는 평범하디 평범한 냉면이었다.

영란 선배는 냉면을 살펴보더니 다시 말했다.

"그래서 우리가 이 냉면을 먹어 볼 필요가 있는 거지."

그리고 선배는 냉면을 한 젓가락 먹었다. 선배는 냉면 면발을 입에 머금은 채로 나에게도 냉면을 먹어 보라고 손짓했다. 무슨 상황인지 아직도 이해할 수 없었지만 나는 얼떨결에 냉면을 먹었다.

냉면 맛은 역시 평범했다. 나는 선배에게 다시 물었다.

"그게 다 지금 냉면 먹는 거하고 무슨 상관인데요?"

"자, 그래서 지금 스타트업들한테 투자해 준 공공 기관 담당자 두 사람이 급하게 실패한 회사를 찾아야 되는 상황이 됐어. 열심히 했지만 실패한 회사. 우리는 그 담당자 두 사람의 문제를 풀어 줄 거야. 그 문제를 풀어 주면 우리는 그 대가로 위로금, 격려금, 퇴직금, 청산 보조금을 받고 나올 수 있다는 거야. 엑시트할 수 있는 거라고."

"그러니까 그 공공 기관이 지금 망할 것 같은 회사에 투자를 해 줬고 투자해 준 회사가 망해야 하는 상황이라 이 말이죠?"

"그렇지. 맞아. 그리고 우리가 바로 그 망할 것 같은 회사가 되자고."

그리고 선배는 냉면을 먹으면서 자기가 1인 기업 스타트업으로 투자 신청을 해서 문제의 공공 기관으로부터 투자를 이미 받아 놓았다고 했다. 그리고 사업을 한 지 벌써 1년이 다 되어 가고 있다고 설명했다.

"선배? 그러면 선배가 회사 CEO예요?"

"맞아. 그리고 지금 목표는 뭐냐면 CEO가 아니게 되는 게 목표고."

나는 선배가 어떻게 해서 그 기관에서 섭외해 놓은 여러 전문가들의 심사를 모조리 다 통과하고 투자를 받았는지 그것은 크게 궁금하지도 않았다. 오히려 그런 것을 했다고 하니 그동안 선배가 뭘 하고 다녔는지 궁금하다는 질문에 대해 어울리는 그림으로 공백이 채워진 것 같았다.

선배는 따뜻한 육수를 따로 컵에 따라서 한 잔 마셨다. 그리고 나한테 다시 물었다.

"너, 통계학 실습 시간 꼬박꼬박 들어갔지?"
"출석이야 다 했죠."
"학교에서 쓰던 프로그램으로 회귀분석 할 줄 알고?"
"네."
"회귀분석 모델 만들다가 잘 안될 때 GA나 NN 섞은 방법으로 조금 더 잘 맞는 모델 만들어 보는 그 부분도 기억나지?"
"잘 기억 안 나는데요."
"그런데 지금 다시 찾아보면서 해 보면 할 수는 있을 것 같지?"
"할 수 있을까요?"
"너 시험공부 할 때 벼락치기 잘했잖아."
"벼락치기는 잘했죠."

다만 시험 성적이 잘 안 나와서 그렇죠. 라고 말을 덧붙이려고 했는데, 영란 선배가 먼저 말을 꺼냈다.

"자, 우리가 회사를 세운 그 진정한 목적이 뭔지 지금 이야기해 줄게. 요즘 인공지능 기술이 여기저기 다 인기잖아. 그렇지? 그리고 또 무슨 이야기가 많이 나와? 자영업자들이 어렵다, 힘들다, 작은 식당 사장들이 너무 장사가 안된다, 대기업 수출은 잘되는데 작은 자영업 불경기가 문제다. 이런 이야기가 계속 나오고 있잖아. 우리는 그 두 가지를 한 번에 엮는 아주 절묘한 사업을 할 거야. 그리고 그러다가 싸악 망할 거라고."

선배가 "싸악"이라고 말하는 소리는 실제로 기업이 망하면서 주식 시장에 내뿜는 소리 같았다. 말을 멈추고 냉면 먹는 것도 멈추고 나는 선배의 입을 보며 다음 말을 기다리고 있었다.

선배가 말했다.

"우리는 인공지능 기술을 이용해서 장사가 잘 안되는 자영업자들에게 장사가 안되는 이유를 분석해 주고, 인공지능이 자영업자들에게 장사를 잘할 수 있는 비법을 알려 주게 하는 그런 플랫폼을 개발하는 거야."

나는 "이야" 하고 감탄하는 소리를 내다가 뭔가 약간 이상한 것이 있어 물어보았다.

"그런데 그런 걸 플랫폼으로 만들어서 뭘 하나요?"
"정말 이 사업이 지금 플랫폼과 무슨 상관이 있는 것은 아니야. 그냥 요즘에는 플랫폼이라는 말이 유행이기 때문에 그렇게 말을 하는 거야."

나는 잠시 아무 말 없이 있었다. 선배는 어쩐지 늠름해 보이는 표정을 지어 보였다. 내가 다시 물었다.

"이게 냉면하고는 무슨 상관인데요?"
"이 냉면 가게가 우리 첫 번째 고객이야. 우리는 이 냉면 가게의 문제를 찾아서 인공지능으로 분석해 주고 이렇게 하면 가게가 잘될 수 있을 거라고 답을 줄 거야. 그런 일을 두어 건 더 하다가 우리는 망할 거야. 그러면 기관에서는 '이렇게 그럴듯하게 열심히 했는데 망한 회사가 있습니다'라고 자랑스럽게 상부에 보고할 수 있고, 우리는 박수를 받으면서 사업을 때려치우면 되는 거야."

선배는 냉면을 다 먹는 동안 선배가 받은 투자와 우리 사업에 대해 조금 더 상세하게 설명해 주었다. 선배는 "우리는 정말로 성실하게 일하면서 실패할 것이다."라면서 법적으로 도덕적으로 여러 가지로 따져 봐도 이것은 정당한 사업이라고 강조해서 설명해 주었다. 그리고 냉면을 다 먹었을 때쯤 선배는 나에게 고용 계약서를 들이밀었다.

"선배, 서명은 조금만 생각해 보고 내일이나 모레 하면 안 될까요?"
"계약서 맨 밑줄에 뭐라고 되어 있어? '계약에 동의하지 않는 사항이 생길 경우, 직원은 회사에게 일주일 내에 일방적으로 통보하면 계약을 무효로 만들 수 있다.'라고 되어 있지? 일단 서명부터 먼저 하고 그다음에 아니다 싶으면 그냥 안 하겠다고 나한테 말만 하면 돼."

그렇게 해서, 나는 그 망해 가는 냉면 가게를 나설 무렵에는 망해 가는 인공지능 스타트업의 직원이 되어 있었다.

지하철을 타고 몰려든 많은 승객들 사이에 몇 번 부딪힌 후에야 나는 제정신으로 돌아온 것 같았다. 도대체 내가 학교 졸업도 하기 전에 무슨 일을 저지른 거지? 그나마 졸업을 하기 전에 이런 일에 빠져서 다행인 것인가. 이런 일이 무슨 다단계나 불법 스포츠 도박과 성격이 얼마나 다른 일인 것인지.

그런 생각을 하다가도 나는 선배가 하는 일이라면 어쩐지 멋있어 보이고 좋아 보인다고 생각했다. 한심한 판단이라고 생각하면서도 그런 느낌이 들었다는 것만은 정말이었다.

지하철에서 내려서 걸으면서 나는 20세기 말에 나온 옛날 영화 〈제리 맥과이어〉의 한 장면을 생각했다. 이 영화에서 회사를 떠나게 된 톰 크루즈는 같이 회사를 나가서 새로운 사무실을 차릴 사람이 없냐고 동료들에게 묻는다. 아무도 같이 갈 사람이 없자 톰 크루즈는 그래도 사무실에 같이 있던 금붕어는 자기 친구라고 하면서 금붕어를 봉지에 담아 간다. 사람들 중에 톰 크루즈를 따라서는 사람은 결국 르네 젤위거 한 사람밖에 없다. 나 자신이 그 영화 속에서 금붕어를 담고 있는 봉지가 된 것 같은 느낌이 들었다.

다음 날 오전 강의가 끝난 후 나는 선배가 소개해 준 사무실로 찾아갔다. 선배의 사무실은 아주 널찍한 방으로 시멘트 벽과 천장 배관이 드러나 있는 모양이었다. 사무실 공중에는 커다란 고래 모형이 달려 있었다. 그 널찍한 방 하나를 선배와 같은 자그마한 스타트업 회사 여덟 군데 정도가 같이 쓰고 있었다.

"저 고래 모형 있지? 저게 엄청 비싼 거래. 여기 있는 회사 중에 투자 제일 많이 받은 회사도 저 고래 모형

값보다 투자를 많이 받지는 못했다고 하더라고."

선배는 사무실에서 화장실은 어느 쪽인지 프린터는 어떻게 쓰는지를 말해 주기도 전에 그 이야기부터 해 주었다. 오락가락하는 사람들 중에는 어쩐지 텔레비전이나 잡지에서 얼굴을 한 번쯤 본 사람도 있는 것 같았고, 머리카락 물들인 색깔이 유난히 이런 공기에 어울려 보이는 사람들도 있었다. 그래서 적어도 스타트업을 하고 있다는 어떤 폼이 좋은 느낌을 느끼기에는 충실한 환경인 것 같았다.

"이 커피 기계도 엄청 좋은 거야. 지금 여기 있는 회사들이 수익 낸 거를 다 합쳐도 이 커피 기계 하나를 못 사."

선배는 자동 에스프레소 기계에서 커피를 만들었다. 나에게 한 잔을 안겨 주고 자기도 한 잔을 들었다.

"자, 어제 먹어 본 냉면 가게는 뭐가 문제인 거 같아?"
"일단 찾아가기 좋은 위치는 아니에요. 주변에 사람들이 그렇게 많이 왔다 갔다 하는 곳도 아니고. 그러니까 냉면이 팔리는 게 일단 빤하죠."
"그렇지. 맞아. 그런데 그러면서도 서울에서 대충 괜찮은 동네 쪽이기는 하단 말이야. 그래서 임대료가 별로 싼 것도 아니야. 어지간히 냉면 팔아서는 도저히 남는 게 없지."
"임대료가 그렇게 비쌀까요?"
"사장님 얼굴 봤지? 웃고 있어도 계속 얼굴에 그늘이 있잖아. 뭔가 이미 사람이 아주 깊숙이 피폐해진 느낌이거든. 아침에 딱 일어나면 그저 막막하기만

하고. 오늘 몸이 부서져라 일을 하지만 도대체 이렇게 일을 해 봐야 뭐가 남을까 싶어서 계속 답답하고. 가슴에 뭐가 딱 막혀서 차 있는 것처럼 그냥 계속 24시간 언제고 그런 느낌인 거야. 계속 불안해서 뭔가 울렁울렁하는 것 같고."

대충 무슨 느낌을 말하는 것인지 알 것 같았다.

"이런 식으로 하루 이틀 사흘 계속해 봐야 언제가 되면 뭐가 좀 잘되겠다 싶은 희망도 없어. 그런 사람들한테는 정신이 황폐해진 느낌이 있어. 장사 안되는데 꼬박꼬박 나가는 임대료만큼 사람 피폐하게 만들기 쉬운 게 없으니까. 분명히 그런 문제가 있을 거야. 주변 시세를 봐도 그렇고."

그렇게 말을 하던 선배는 자기 혼자 말을 하다가 뭔가 좋은 생각이 났는지 잠깐 메모를 해 두는 것 같았다. 선배가 또 말했다.

"맛은 어때?"
"너무 평범해요. 그냥 아무 데서나 볼 수 있는 맛이에요. 별 특징 없는 고깃집에서 고기 구워 먹고 나면 주는 냉면 맛 같은 그런 느낌요."
"그렇지 맞아. 거기 사장님이 예전에는 냉면 프랜차이즈를 하다가, 직접 가게 하는 걸로 바꿨거든. 프랜차이즈로 계약해서 하나 자기가 직접 물건 구해서 하나, 어차피 중국에 있는 식재료 공장에서 냉면 육수 캔에 들어 있는 거 사 오고, 면 공장에서 면 사 오고, 가게에서는 그냥 섞은 다음에 데워서 내어놓으면 끝이라는 건 똑같다는 걸 안 거지. 그래서 그런 공장에서 만들어서 파는 육수랑 면이랑 데워서 파는 거기 때문에 맛은 같은 거 쓰는 다른 모든 식당이랑 같을 수밖에 없지."

나는 커피 잔을 들고 잠시 고민했다.

"그런데 도대체 이런 가게가 장사 잘되는 방법을 도대체 어떻게 우리가 알아내죠?"

선배는 그 말을 듣자마자 두 손으로 크게 가위표 모양을 만들었다.

"그게 아니야. 장사 잘되는 방법을 알아내는 건 우리 목표가 아니야. 절대 아니야. 우리는 장사 잘되는 방법을 알아내는 게 아니라, 장사 잘되는 방법을 알아내는 것 같은 일에 인공지능을 어떻게 쓰는지 알아내려고 하는 거야. 그리고 그렇게 하려고 하다가 실패하는 게 우리 일이라니까."

나는 한참 무슨 말인가 싶어 고민한 뒤에야 우리 일에 대해서 다시 기억하게 되었다.

그러니까 우리 일은 대충 인공지능으로 망하는 가게 살려 내는 방법을 알아내는 듯이 시늉을 내다가 잘 안되어서 우리도 망하는 것이었다. 다만 그 시늉을 낼 때 성실하게 시늉을 내면서 실패해야 했다.

그러나 그런 시늉을 내는 것, 그것도 성실하게 내는 것이 쉬운 일은 아니었다. 가게가 망하는 이유에는 온갖 원인이 다 있고 그것을 해결해 나가는 방법도 별별 수단이 다 있다.

내가 인공지능에 대해서 배운 것이라고는 섞어 놓

은 사진 중에 어떤 것이 개 사진이고 어떤 것이 고양이 사진인지 컴퓨터가 판단하게 만드는 실습 정도였다. 그나마 내 실습 결과 컴퓨터는 개와 동물인 여우 사진을 넣으면 항상 고양이 사진으로 판단했다. 내가 뭘 인공지능으로 해결한단 말인가?

"자꾸 너는 우리 사업의 본질을 이해 못 하는 함정에 빠져 있다고. 해결을 할 필요가 없어요. 우리 목표는 실패라니까."

선배는 그런 말로 나에게 용기를 주려고 했다. 그렇지만, 그렇다고 해서 바로 뭘 어떻게 해야 할지 답이 나오지는 않았다.

우리는 다음 날 하루 종일 내내 자리에 앉아 마주 보고, 이렇게 해 보면 어떨까, 그러면 이렇게 되겠지, 그러면 이렇게 해 보면 어떨까, 그러면 이렇게 되겠지, 아무래도 이런 방법밖에 없겠다, 그렇지만 그렇게 해 보면 이게 문제지. 그럼 약간 바꿔서 저렇게 해 보면 어떨까, 그 방법은 이게 문제지, 이런 대화를 계속해 나갔다.

그다음 날 저녁이 다 되어서야 우리는 한 가지 방법을 찾아냈다.

"갖가지 즉석식품, 가공식품 이런 걸 종류별로 다 사는데 그중에서 잘 팔리는 거랑 안 팔리는 거를 조사해 놓는 거야. 소시지면 소시지, 라면이면 라면, 만두면 만두. 그중에서 잘 팔리는 소시지, 안 팔리는 소지지, 잘 팔리는 라면, 안 팔리는 라면, 잘 팔리는 만두, 안 팔리는 만두로 나눠 놓자는 거지. 그리고 그런 거 보면 포장 뒷면에 성분표 있잖아. 무슨 소금 몇 퍼센트, 무슨 과즙 몇 퍼센트 이런 거 써 놓은 거. 그거를 다 컴퓨터 프로그램에다가 입력해. 그렇게 해서 잘 팔리는 음식의 조건이 뭔지 클래시파잉 하게 하는 거야."

"그러니까 식품별로 성분표를 입력해 놓고 컴퓨터 프로그램이 잘 팔리는 식품의 성분 패턴이 뭔지 인식하게 한다는 거죠? 그래서 이런 이런 성분을 이런 이런 비율로 집어넣으면 음식이 잘 팔릴 거다, 이런 지식을 컴퓨터 프로그램이 도출하게 하자는 거죠?"

"그런 거 비슷한 거기는 한데, 결정적으로 다른 점이 있지."

"뭔데요?"

"그렇게 음식이 잘 팔릴 만한 지식을 실제로 도출할 필요는 없어. 우리 목표는 망하는 거니까. 그냥 우리 가 쓸 줄 아는 프로그램을 가지고 대충 그냥 적당히 분석해서 잘 팔리는 음식은 그 성분에 이런 특징이 있구나, 그게 뭔가 약간이라도 파악되는 듯한 느낌 만 조금 있으면 돼. 그런 느낌만 조금 나오면 된다는 거지."

그렇게 해서 우리는 퇴근 시각에 맞춰 근처 아파트 단지에 가까운 어느 대형 마트를 찾아갔다. 그곳에는 같이 퇴근해 집에 들어가기 전에 장을 보는 신혼부부 들이 많아 보였다. 우리는 그 부부들 틈에 섞여 이런저 런 음식들을 사들였다.

"라면은 그게 잘 팔리고, 그건 요즘 정말 안 팔린대."

선배는 신문 기사에서 모아 온 자료를 보면서 품목

별로 뭐가 잘 팔리는지, 뭐가 안 팔리는지를 조사해서 읽어 주었다. 그러면 나는 그것을 집어 와서 카트 안에 담았다.

그리고 다시 하루를 꼬박 다 써서 사 온 음식들의 성분을 컴퓨터에 입력했다. 나는 통계학 실습 시간에 메모해 두었던 공책을 갖고 와서 그때 써 놓은 것을 보면서 주섬주섬 프로그램을 실행해 보았다.

"이 프로그램으로 할 수 있는 분석은 도시에 사는 사람들일수록 얼마나 소득 수준이 더 높더라, 아니면 낮더라. 농촌에 사는 사람들일수록 더 넓은 집에 살더라, 아니더라, 뭐 그런 게 어느 정도인지 분석하는 정도라고 배웠는데요. 아주 간단한 분석만 되는 프로그램이라고 하던데."

"그렇지. 그게 좋은 거야. 그래서 이런 복잡한 분석을 하려고 하면 잘 안되고 실패할 거라니까."

나는 몇 차례 조건을 조정하면서 프로그램을 다시 실행했다. 별로 결과를 기대하고 있지는 않았다. 그런데 막상 화면에 나오는 결과를 보니 신기하게도 한 가지 선명한 패턴이 인식되었다.

"CAS 등록 번호 142-47-2라는 물질이랑 음식이 잘 팔리는 정도랑 상당히 관련이 있다는 패턴이 있는데요. CAS 142-47-2라는 물질이 뭐죠?"

"모노소듐 글루타메이트."

"그게 뭔데요?"

선배는 입력했던 자료 중에 한 군데를 손으로 짚어 주었다. 잘 팔리는 음식에 많이 들어 있다는 신비로운 물질은 다름 아닌 MSG 조미료였다.

"이게 뭐야. 그러니까 음식에 MSG 조미료 많이 치면 사람들이 맛있다고 사 간다는 거예요?"

"그렇지는 않겠지. 우리가 하고 있는 거는 정말 맞을 가능성이 별로 없는 아주 수준 낮은 분석이니까."

"그런데 그런 것치고는 너무 경향이 뚜렷하잖아요. MSG가 많이 들어간 제품이 더 잘 팔리고, MSG가 덜 들어간 제품이 더 안 팔린다는 그런 대체적인 경향이 있는 것 같잖아요. 이야. 이거 신기하네. 그러니까 하여튼 조미료만 꽉꽉 치면 사람들이 더 맛있다고 좋다고 사 간다는 그런 이야기 아닌가?"

"절대 절대 그건 아닐 거야. 우리는 지금 완전 대충 아무렇게나 망하려고 작정을 하고 조사를 했는데 그 결과가 이렇게 선명하게 말이 되는 것일 리가 있냐?"

"그러면 뭔데요?"

"누가 알아? 아무도 모르지. 아마 요즘 불경기니까 사람들이 무조건 싼 음식만 사려고 하는 거 아닐까? 그런데 싼값으로 그래도 먹을 만하게 음식을 만들어 내려면 MSG 조미료를 좀 많이 치는 수밖에 없을 거고."

"그러면 음식 가격하고 얼마나 잘 팔리는지 그 정도하고도 관계를 조사해 볼까요?"

"아니야. 그렇게 자꾸 더 분석하면 안 돼. 그러다 정말로 무슨 그럴듯한 결과가 나오면 어떡하려고 그래. 그러다가 제때 실패 못 하면 우리 입장에서는 실패라니까."

그렇게 해서 우리는 이 내용을 어쭙잖은 서류로 꾸민 보고서를 만들었고, 그 보고서를 들고 문제의 망해가는 냉면집을 찾아갔다.

"아시겠죠? 사장님. 저희 인공지능 분석은 사장님 육수 통에 MSG를 이 작은 국자로 한 국자 더 퍼 넣으시면 장사가 잘될 거라는 겁니다. 그게 저희 자영업자 문제 해결 인공지능의 결과예요. 저희가 이제 처음 사업 시작하는 것이고 아직 경험도 많지 않아서 이 방식이 정말 성공할지는 잘 모르겠습니다. 그렇습니다만, 저희가 저희 나름대로 며칠간 성실히 도전하고 노력한 결과니까, 잘 봐 주십시오."

"그래요. 이게 인공지능이 말해 준 결과라고요?"

사장이라는 사람은 그날따라 얼굴색이 25년간 단한 방울의 비도 내린 적이 없다는 칠레의 아타카마 사막 어느 골짜기처럼 보였다. 때문에 보고서를 읽어 내려가는 그 눈빛도 메말라 있을 뿐이었다.

"저, 우리 여기서 점심 먹고 가죠?"

"그래? 그게 좋겠지. 나도 마침 그 말 하려고 했는데."

나는 그 쓸쓸함에 압도되어 냉면 두 그릇이라도 더 팔아 줘야겠다는 생각이 들었다. 마침 아직 식사도 하기 전이었다.

냉면집에서는 우리가 보여 준 보고서대로 MSG를 조금 추가한 냉면을 만들어 왔다. 그렇게 생각해서 그런지 조금 더 맛있어진 것 같기도 했다. 몇 젓가락 더 먹다 보니 그냥 별 차이가 없는 것 같기도 하고 잘 알 수가 없었다.

그런데 얼마 시간이 지나지 않아 전혀 우리가 예상하지 못했던 방향으로 사업은 이상하게 변해 갔다.

"저 사람, 그 냉면 가게 사장님 아니에요?"

우리 사업의 첫 번째 고객이었던 냉면 가게 사장이 텔레비전 방송과 함께 제법 유명한 익살꾼이 진행하는 인터넷 방송에 나온 것이다.

"저희도 참 막막했죠. 요즘 워낙 자영업자들, 작은 요식업체 사장들은 다 불경기 아닙니까. 경기가 좋아져서 사람들이 돈을 써도 다 그럴듯하게 꾸민 좋은 식당 가서 밥을 먹든지, 아니면 잘 알려진 유명한 맛집에 가서 돈을 쓰죠. 그래서 저희는 정말 막막했거든요. 누가 뭘 어떻게 해야 살아날 수 있다, 이런 답을 주는 사람도 없고요. 사실 답이 없으니까요."

냉면 가게 사장은 잠깐 상념에 빠진 듯한 표정을 지었다. 그러고 나서 방송 작가가 써 준 대사를 읽는 목소리로 말했다.

"그런데 마지막까지 저희에게 희망을 갖고 있었던 것은 바로 사람이 아니라 인공지능이었습니다."

화면에는 자막이 나왔다. '사람은 자영업자들을 포기했다. 하지만 컴퓨터들은 포기하지 않았다!' 그러고 나서 방송에서는 인공지능의 지적에 따라 식당 운영을 바꿨더니 매출이 두 배로 늘어났다는 소식을 전했다.

"저게 무슨 말이에요?"
"틀린 말은 아니지. 우리가 그 집 가기 전날 되게 추웠잖아. 그래서 그 전날은 냉면 가게에 손님이 딱 한 명 왔다 그러더라고. 그런데 우리가 그 집에 간 날은 우리가 냉면 먹고 왔으니까 냉면 두 그릇을 팔았잖아. 두 배 된 거지."

방송은 거기에서 끝이 아니었다. 그 뒤로도 그 냉면 가게를 오랜 시간을 들여서, 중요하게, 또 재미있게 다루고 있었다. 선배는 아마 방송국에서 급하게 무슨 관공서에 보고할 실적을 채워야 할 일이 있는 것 같다고 짐작했다.

"한동안 인공지능이 세상을 엄청나게 바꿀 거라고 막 요란하게 떠들었잖아. 정부에서도 온 나라가 함께 준비해야 한다고 막 떠들썩하게 그러고. 그런데 GRS 로봇 나왔을 때 한 번 반짝한 거 말고는, 요즘 좀 잠잠하거든. 약간 변화도 주춤해진 것 같고. 막 길바닥에 로봇이 막 걸어 다니고 그러지는 않는단 말이지. 그래서 이 사람들이 좀 머쓱하다고. 그래서 어떻게든 그래도 세상이 인공지능으로 바뀌고 있다고 홍보하는 내용을 더 쥐어짜려고 한단 말이야. 그래서 아마 방송국에도 그런 쪽으로 홍보하는 방송이 이번 분기에 몇 번 있어야 된다, 그런 목표를 줬을 거라고."

"그래서 우리가 인공지능으로 망해 가는 식당 살려 준다는 게, 새로운 인공지능의 미래로 꼽혔다는 거예요?"

"분위기는 좋잖아. 인공지능 나오지, 자영업자를 도와준다는 이야기도 나오지. 이만큼 방송거리로 좋은 것도 없지. 한번 방송으로 내보내고 나면 뿌듯하게 방송국에서 관공서에 좋은 방송 했다면서 보고하기도 좋고."

그런데 방송이 나가고 나서 방송국만 좋아한 것이 아니었다. 인공지능이 살려 준 식당이라고 알려지자 그것이 궁금해서 식당에 몰려간 사람들이 여럿 생겼다. 특히 비슷하게 망해 가는 자영업자들이 뭔가를 배워 보겠다고 여럿 몰려갔다. 한번 사람들이 몰려가서 냉면 가게 앞에 줄이 생기자, 이제는 "그 냉면집은 사람들이 줄 서서 먹는다."라며 사람들이 줄 서 있는 사진이 찍혀서 돌아다니게 되었다. "그 냉면집에 사람들이 그렇게 많이 간다면서?", "별로 잘하는 것 같지도 않던데 아무리 인공지능이 봐 줬다 그래도 무슨 그렇게 맛있으려고?", "한번 가서 확인해 볼까?" 사진이 돌자 소문이 돌았고 소문이 돌자 사람들은 다시 더 몰려들었다.

"그냥 유명해서 유명해진 것인지, 아니면 객관적으로 먹어 봤을 때도 맛이 있는 것인지, 저희가 솔직하게 한번 알아보겠습니다."

소문이 돌기 시작하니까 그걸 소재로 또 어떻게든 유명해져 보려는 인터넷 방송을 하는 사람들이 다시 모여들었다. 인터넷 방송에서 몇 차례 소개가 되니 소문은 더 많아졌고 사람은 더 모여들었다.

"갑자기 엄청 장사 잘되네요."
"뭐 고만고만한 냉면집 같은 고만고만한 맛은 나니까 특별히 손해 본 것 같지는 않을 거니까. 굳이 거기까지 일부러 찾아가서 나쁜 소리는 별로 안 하겠지 뭐. 사람들 여럿이서 맛집 찾아간다고 그 동네까지 찾아 들어갔다 치면, 어지간히 나쁜 데 아니면 '네 말만 믿고 냉면집 왔는데 별로네.' 이런 식으로 말하는 사람들은 별로 없겠지."

이런 현상은 바로 선배가 걱정하던 다음 단계로 이어졌다.

"어떤 사람은 한낱 컴퓨터 프로그램이라고 말하는 사람도 있고요. 기계에게 인간 비슷한 감정을 품는 것은 오류라고 하는 사람도 있다는 것을 저도 알거든요. 그렇지만 그렇거나 말거나 망해 가던 가게를 구해 준 그 인공지능 프로그램이 저에게는 생명의 은인처럼 여겨집니다. 명절마다 찾아가서 그 프로그램이 설치됐던 그 컴퓨터 앞에 절이라도 하고 싶어요. 망해 가는 가게를 보는 심정은 정말 겪어 본 사람만 알아요. 망해 가던 가게, 망해 가던 제 인생을 구해 준 프로그램이니까 정말 생명의 은인이죠."

다른 방송 프로그램에서 감격에 차 말하는 냉면 가게 사장의 모습은 사막에 오래간만에 비가 내리고 강이 되어 콸콸 흐르는 모습 같았다.

곧 우리에게도 여기저기서 잦은 연락이 오기 시작했다. 전국의 망해 가는 가게들 중에 우리에게 희망을 거는 곳들은 생각보다 훨씬 더 많았다.

"저희도 인공지능으로 가게 살리는 법 좀 분석해 주세요."
"저희도 인공지능 컨설팅 부탁드립니다."

상담 전화만 받기에도 하루가 바쁘다는 느낌이었다.

하와이안 파인애플 냉면은 이렇게 우리 입맛을 사로잡았다

공동 사무실에서 우리만 주문 전화를 많이 받고 있으니, 고만고만하게 적당히 버텨 가고 있는 옆자리 회사에서 눈치를 줄 지경이었다.

나는 한참 정신없이 전화를 받다가 중얼거렸다.

"세상에 우리한테 매달리는 망하는 가게들이 이렇게까지 많나?"

그 말을 듣고 선배는 "가게에 귀신 붙어서 망한다고 굿하고 부적 붙이는 가게도 있다잖아. 그 비슷한 사람들을 우리가 흡수한 걸 수도 있고."라고 말했다.

그렇지만 선배의 걱정은 이제 현실이 되어 가고 있었다. 내가 받는 상담 전화는 여차하면 대충 응대해 주고 "기회가 되면" 다시 연락을 주겠다고 끊을 수 있었다. 그런데 선배는 그렇게 할 수 없는 전화를 받게 되었다.

"이거 제대로 되고 있는 거 맞아요? 제가 그러려니 하면서도 너무 걱정이 되고 신경이 쓰여서 연락을 드렸어요. 이렇게 해서 성실 실패로 결과가 나와요?"
"저희 사업 방향성은 아직 변화가 없거든요. 그러니까 지금 갑자기 뭐가 뒤집힌 것은 아니고요."

우리 회사에 투자를 해 준 공공 기관의 담당자들이 불안해하며 연락했다. 성실 실패를 한 회사가 있다고 보고를 하기 위해 우리만 믿고 있었는데, 갑자기 우리에게 고객이 너무 많이 달라붙으니 실패를 안 하고 성공을 할까 봐 걱정한 것이다.

이 사람들은 이 사람들대로 시간이 갈수록 점점 더 절박해졌다.

"저는 정말 거기만 믿고 있는데 결과 제대로 안 나오면 정말 큰일 납니다. 정말 실패하는 것 맞아요?"

"아직 저희 사업 계획에는 변화가 없습니다."

"꼭 실패해야 돼요. 성실 실패 한 건 있다고 보고가 어디까지 높이 올라갔는지 아십니까? 정말 저 위에, 저 위 높은 데까지 올라갔다고요. 그런데 실패 안 하고 성공한다? 그래서 보고 올라간 말이 틀렸다? 그러면 저는 끝장이에요. 저 당장 지금 사무실에서 쫓겨나서 어디로 가게 될지 몰라요."

"예."

"이런 말 하기 뭐한데 요즘 정말 저 중요한 때거든요. 대표님도 대표님이 한 말이 있으면 지켜야죠. 실패 안 하고 성공하는 바람에 이거 제대로 안 되면 저 정말 앞도 뒤도 안 보고 칼 들고 찾아갈지도 몰라요. 그러면 저도 끝이고, 대표님도 끝이에요. 앞으로 제가 영영 한국에서는 사업 못 하게 해 드릴 겁니다."

그래도 영란 선배는 담당자들을 잘 달랬다. 능숙한 조련사가 서커스에서 곰이나 코끼리를 다루는 것 같은 느낌이었다. 그러나 달래서 누그러뜨려 놓는 것은 잠깐이었다. 그 사이에 시간이 지나면 주문은 다시 또 들어왔다.

우리의 목표는 성실한 실패였기 때문에 일부러 주문을 피해 다닐 수는 없었다. 일부러 사업을 안 되게 하면 대놓고 속임수를 쓰는 것이었고 사기가 되는 일이었다. 금광 개발 사업을 하겠다고 돈을 왕창 빌려서 자기 자신과 친구들에게 월급만 펑펑 주고 놀고 있다가 삽질 두 번 해 본 뒤에 "금 못 찾았다."라고 하면서 사업 실패라고 하면 사기가 된다. 우리 방향이 그것은 아니었다. 사업은 자연스럽게 망해야 했다.

그런데 그 반대의 일만 벌어지고 있었다.

어쩔 수 없이 우리는 주문을 받고 대신 일을 최소한만 했다. 계속해서 MSG를 한 숟갈 더 넣으라거나 덜 넣으라는 것과 비슷한 보고서만 내줬다. 별 대단한 차이를 만들어 주는 일은 아니었다. 그렇지만 그런 만큼 별 변화도 없었다. 고만고만한 음식점들 중에 몇 곳은 우리 말을 따르든 말든 그냥 망했고 몇 곳은 그냥 성공했다. 대다수는 그저 별 변화가 없었다.

그렇지만 우리 말을 듣고 인공지능의 충고대로 해서 성공했다고 하는 곳은 자꾸만 더 진기한 소문으로 알려지게 되었다. "인공지능 컨설팅 완료 점포"라고 광고 간판을 거는 곳까지 생겼다. 자영업의 위기에는 '새로운 차원의 기술'이 답이라고 감동해서 떠드는 무슨 평론가까지 나타났다.

바람이 그런 쪽으로 자꾸 부니까 망한 가게조차도,

"인공지능 회사 분들이 오셔서 하신 말씀이 '아무리 인공지능이 도움을 준다고 해도 가게의 기본은 성실'이라고 하셨거든요. 그런데 제가 그 성실이 부족해서 인공지능의 도움을 받고도 망한 것 같습니다."

라면서 자기 탓을 할 뿐이었다. 인공지능의 충고가 별 볼 일 없다는 식으로는 말하지는 않았다. 가게가 망해서 모든 것이 끝장나는 순간에 자기가 마지막으로 돈을 쓰며 희망을 구한 곳이 허황된 가치 없는 짓이었다고 인정하기 싫었는지 그 사장들은 망하면서도 우리한테 돈을 쓴 일은 도움이 되었다고 소문을 냈다.

그렇다 보니 주문은 계속 생겼다. 시간이 지나면서 조금 줄어들었지만 결코 사라지지는 않았다.

"어떡하죠? 주문이 많다 보니까 이제는 조미료 많이 넣고, 적게 넣고, 이런 결론은 너무 많이 냈어요. 선배가 말한 한계까지 이런 방식으로 주문을 처리했어요."

"그러면 이제 그렇게 하면 안 돼."

"아예 일을 하지 말아요? 아예 중단하면 안 되잖아요."

"간단한 방식을 너무 많이 써먹었어. 이거 투자해 준 기관에서 나와서 감사하면 기술 개발을 게으르게 했다고 분명히 지적 들어올 거야."

"지적 들어오면 지적 들으면 안 되나요?"

"기관 담당자들한테 잘 보였을 때는 그러면 되지. 지금은 거기랑 어떻게 될지를 모르는데. 기술 개발을 게으르게 하는 업체인데 기술력이 뛰어난 곳이라고 사기 쳤다, 그렇게 갈걸?"

"관계가 좋아지려면 약속한 대로 실패를 해서 그 사람들 보고 건수를 만들어 줘야 되는데, 그건 힘들잖아요. 지금 우리가 벌써 흑자도 한참 흑자인데요."

"뭔가 새로운 기술에 도전을 한 뒤에 열심히 했지만 도전에 실패해서 망했다, 이렇게 가야 되는데 말이야."

우리는 그날 밤늦게까지 같이 이야기하며 어떻게 해야 망할 길을 찾을 수 있을지 의논했다. 하지만 이번에는 답이 나오지 않았다.

하와이안 파인애플 냉면은 이렇게 우리 입맛을 사로잡았다

"어쩌면 좋아."

영란 선배는 나와 작별하며 그렇게 말했다. 그리고 선배는 눈웃음을 지어 보였다. 어두운 곳으로 금방 그 얼굴은 사라졌다. 나는 그 표정을 보고 처음으로 선배가 느끼는 것이 무엇인지 그대로 알겠다고 생각했다.

다음 날, 역시 새로운 주문이 하나 더 도착해 있었다. 우리는 또 다른 냉면집을 찾아가게 되었다.

냉면 가게 주인은 더없이 성실해 보이는 사람이었다. 경험도 많아 보였고 음식도 잘하고 장사에 대해서도 그럭저럭 잘 익히고 있는 사람으로 보였다. 나는 요식업에 대해 아는 것이 많지는 않았지만 그냥 보기에도 그 사장은 팔과 손에 주방 일이 완전히 익은 듯한 사람이었다.

"저는 정말 인공지능만 믿고 있어요. 이거 말고는 제 인생에는 이제 길이 없어요. 제가 원래 별로 큰돈은 못 벌어도 식당에 일 나가면서 그런대로 살고 있었거든요. 그런데 GRS 나오면서 간단한 주방 일은 그냥 로봇 사다가 데려다 놓고 프로그램 설치하면 다 흉내 내서 해 주니까, 사람을 쓰지를 않더라고요. 그래서 제가 일하려야 일할 자리가 없어졌어요."

제너럴 로봇 시스템 2.0이 나왔을 때, 사람이 하는 단순한 작업은 앱만 깔면 뭐든 바꿔서 시킬 수 있다고 광고하던 것이 기억났다. GRS에 김밥을 싸는 동작을 시키는 앱을 만들어서 무료로 배포한 프로그래머의 얼굴도 기억이 났다. 김밥 전문점에 가져다 놓으면 한 사람치 일을 대신하게 해 준다고 했다.

그 프로그래머는 세상을 바꾸는 혁명가라면서 아직도 여기저기 방송 프로그램에 나와서 멋있는 말을 이것저것 하고 있다. 미래에 대한 꿈을 가지라고 새로운 희망에 도전하라고 그는 이야기한다. 그 프로그래머만큼 유명해지고 싶어서 GRS가 야채를 다듬거나 감자를 깎는 동작을 하는 앱을 만들어서 무료로 공개한 다른 여러 프로그래머들의 얼굴도 한두 사람은 더 떠올랐다.

사장은 조금 머뭇거리며 눈물을 글썽였다.

"그러니까 그때 사람들이 뭐라고 했냐면, 우리처럼 기술 때문에 일자리를 잃은 사람들이 서로 힘을 합쳐서 새로운 일을 해야 한다고 했어요. 비슷한 처지의 사람들끼리 조합이나 이런 것을 만들어서 언제까지나 우리도 일거리에만 목맬 것이 아니라, 우리도 우리만의 기계와 기술을 가져야 한다고 그러더라고요. 그것만이 살아남는 방법이래요. 그래서 비슷하게 일자리 잃어버린 사람 셋이서 조합 만들고 은행 빚 얻어다가 GRS 로봇 두 대 갖다 놓고 차린 게 이 냉면 가게거든요."

사장은 망해 가는 자신의 가게를 둘러보았다. 로봇 두 대가 삶은 면을 건지고 있었다.

"그런데 이런 조그만 음식점이 어떻게 잘되겠어요? 요즘 사람들이 식당에 가서 돈을 써도 다 널찍하게 꾸며 놓고 제복 입은 사람들이 일하는 그런 이름 있는 데서 돈을 써야 안 아깝다고 생각하죠. 저희 같은 가게에서는 남들 받는 만큼 받고 남들 비슷한 맛으로 팔아도 사람들이 안 와요. 저라도 안 가겠어요. 그런데 어떻게 살아남겠어요. 그냥 이런 거 안 했으면 그동안 아침마다 늦잠이라도 푹 잤지. 지금은 몇 년 죽어라 일하고 남은 것은 빚밖에 없어요. 이제 인공지능까지 포기하면 저희는 정말 다 끝장이에요."

사무실로 돌아온 선배는 이번 새로운 기술 개발은 자신이 혼자 작업해 보겠다고 했다. 그리고 나에게는 이제 어찌 되었건 정리해야 하는 시간은 다 되어 가니, 투자금을 다 돌려주고 사업을 정리하려면 어떡해야 하는지 알아보라고 말했다.

그날 저녁, 지금쯤이면 완전히 망해 있어야 할 우리 회사의 사무실에 우리는 마지막까지 남아 있었다. 둘만 남은 사무실에서 선배는 아주 차분하고 침착한 목소리로 나에게 말했다.

"새로운 방법도 예전 방법하고 방식은 비슷해. 이번에는 사람들이 어떤 성분의 음식을 잘 사는지를 보는 것이 아니라 어떤 맛의 음식을 잘 사는지를 분석해 본 거야."
"맛이요? 짠맛, 쓴맛, 그런 맛이요?"
"응. 분석을 해 보니까 사람들은 단맛이 나는 재료를 일단 좋아해. 단맛을 싫어하는 사람도 많다고 하지만 그중에도 적지 않은 숫자는 짠맛, 매운맛 사이에 살짝 단맛이 들어가 있다든가 그런 것들은 대부분 좋아한다고 하거든. 그리고 탄수화물을 먹어야 몸이 움직일 수가 있으니까 단맛을 좋아하는 것은 본능이라고도 하고. 그래서 일단 음식에 살짝 단맛을 넣으면 반응이 좋은 경향이 있다는 분석이 나왔어. 그래서 우리는 냉면에도 단맛이 나는 재료를 뭔가 한 가지 더 넣을 거야."

"무슨 재료를 더 넣는데요?"

"냉면 온도하고 식재료를 맛있게 먹을 수 있는 온도하고 통계 분석을 해 보면, 냉면 온도에 딱 맞는 재료는 파인애플이야."

피곤한 시간. 캄캄한 밤. 조용한 사무실. 속삭이는 것 같은 선배의 목소리. 냉면에 파인애플. 이 모든 것이 어우러지자, 나는 마치 잠깐 꿈속의 세계에 들어온 것 같았다.

"냉면에 파인애플을 넣어요?"

"옛날에는 냉면에 토마토도 자주 넣어서 먹었거든. 요즘도 냉면에 토마토 넣어 주는 집이 없지는 않고. 배를 넣어 주는 집은 자주 있는 편이고. 냉면에 과일 들어가는 것이 크게 이상할 게 없지. 파인애플도 몇 개 넣어 주는 집이 있기는 있을 거야. 파인애플 많이 넣으라는 게 못 할 말도 아니지."

"그래도 그렇지. 하와이안 냉면도 아니고, 그게 말이 돼요?"

"하와이안?"

그 말을 듣고 선배는 소리를 내어 웃었다.

그러고 있으니, 하와이안 냉면이라는 말이 그날따라 이상하게 너무나 웃기게 들려서 나도 키득거리면서 웃었다. 우리는 갑자기 웃음이 터져 나와서 냉면이 어쩌고, 파인애플이 어쩌고, 하는 농담을 하면서 밤중에 한참 같이 키득거리며 웃어 댔다. 영란 선배와 둘이서 같이 웃어 본 마지막 밤이었다.

그때 영란 선배가 애초에 망할 계획으로 냉면에 파인애플을 넣자고 한 것인지, 아니면 정말로 그 냉면 가게를 도와주겠다는 생각으로 그 계획을 내놓은 것인지 나는 모른다. 그렇지만 나는 거기에 대해서는 한 마디도 더 물어보지 않았다. 우리는 계획안을 꾸며서 냉면 가게 사장에게 주었고, 그리고 사무실에 돌아와서는 사업 종료 절차에 착수했다.

냉면 가게 사장은 파인애플 냉면으로 결국 성공을 거두었다. 우리도 사업을 끝내면서 투자금을 돌려주며 정리하니 성공한 사업으로 끝을 낼 수 있었다.

덕분에 기관의 담당자들은 격렬히 분노했다. 그 사람들은 예상대로 자신들이 무척 혐오하던 곳으로 좌천당하게 되었다. 그들은 선배에게 절대 한국에서 아무 사업도 못 하게 해 주겠다며 날뛰었지만, 선배는 사업이 정리되자마자 한국을 떠났다.

나는 다시 학교로 돌아와 2년 동안 대학원을 더 다녔다. 그리고 식품 회사의 기술 부서에 취직해서 지난달부터 일하게 되었다. 얼마 전 영란 선배는 나에게 다시 연락해 왔는데, 선배는 어느 신문 기사를 소개해 주었다. 신문 기사에는 하와이에서 독특한 음식으로 냉면 장사를 해서 성공했다는 사업가라면서, 한 손에는 서핑 보드를 한 손에는 냉면 그릇을 들고 해변에 서 있는 선배의 모습이 실려 있었다.

작가 후기

김유리

작가 후기 · 274

2001년에 쓴 소설 〈옥탑방 고양이〉가 드라마와 연극이 된 이후, 나의 삶은 크게 달라지지 않았습니다. 출판사에게 인세를 다 떼이고, 편의점과 슈퍼마켓에서 아르바이트를 하며 지역 잡지와 신문에 글을 연재했습니다.

그 전에도 그렇게 살았기 때문에 아쉬운 점은 없었습니다. 글을 쓰는 일보다 삶의 무게를 감당하기 더 바빴습니다. 저는 제가 이름만 찬란한 작가이기보다 텍스트 노동자이기를 바랐고, 지금도 그렇습니다. 일한 만큼 대가를 받는 것이 좋고요.

다만 내가 쓴 이야기들이 누군가에게 치유와 공감이 되었으면 합니다. 내가 세상에 나 혼자 버려졌다는 생각을 하며 살던 시절에 접한 어떤 콘텐츠들이 그랬듯이 말입니다. 글을 쓰는 일을 크게 거룩하거나, 명예롭거나, 신성한 일로 받아들이고 싶지 않습니다.

나는 길고 긴 인간의 역사에 남을 예술가가 아니라 글을 쓰는 기술자라고 스스로를 객관화하고 있습니다. 다만 재미있는 일을 하고 있고, 그 일이 직업이 된 덕분에 사는 고통을 조금 덜어 낸 행운아이지요. 불구의 연애 안에 있는 사회적 불평등과, 멀쩡한 척 살지만 아침에 일어날 때마다 살아 있음에 통탄하는 삶, 너만 참으면 모든 일이 잘될 거라고 속삭이는 억압에 대한 작은 저항과, 그 와중에 조금씩 맛보는 맛있는 음식들에 관심이 많습니다.

그래서 이 공모전에 응모했는지도 모르겠습니다. 이 기호들 속에서 나는 기억될까요, 사라질까요? 아무도 대답할 수 없는 질문이지만, 갈망을 감추고 오늘도, 냉면 한 사발 먹으러 갑니다. 백령도에 냉면집이 많다는군요.

+2021년, 코로나19 두 해째. 많은 것이 달라졌습니다. 그는 바리스타가 되었고 나는 웹 소설 작가가 되었습니다. A와 9년째 함께 살고 있습니다. 열아홉 살, 열다섯 살, 열네 살이었던 강아지 세 마리는 모두 무지개다리를 건넜습니다. 유기견 두 마리를 더 입양했습니다. 내 성을 붙인 김나와 그의 성을 붙인 박보리입니다. 호적에 올리고 싶습니다. 마스크 벗을 날을 기다리며 텍스트와 커피로 가득한 하루하루를 보냅니다. 9년 만에 A는 나와 사귀는 이유를 말해 주었습니다.

"너는 나를 더 좋은 사람으로 만들어."

내가 전생에 나라를 구했나 봅니다.

이야기에 대한 이야기를 쓰는 것은 늘 어렵습니다.

가끔 어떤 글을 쓰고 싶으냐는 질문을 받는데, 그때마다 대답하기가 참으로 난감합니다. 어떤 음식을 가장 좋아하냐는 질문을 받았을 때와 비슷한 심정이 됩니다. 차라리 좀 더 세밀하게 분류해서 물어보면 대답하기가 쉬울 겁니다. 하지만 묻는 쪽은 그렇게까지 진지한 의도를 가지고 질문하는 게 아닐 겁니다. 제가 싫어하는 음식은 뭐다, 라고 대답해도 나중에 그걸 선물하는 걸 보면 분명 그렇습니다. 그래서 어느 순간부터 저도 꽤 적당히, 무난한 대답을 하고 있습니다. 그렇지만 이건 누군가의 질문이 아닌, 방백에 가까운 후기이기에 그러지 않아도 되지 싶습니다.

냉면에 대한 글을 썼습니다. 지방과 탄수화물이 적절히 조화된 냉면은 맛있습니다. 어떤 이름으로 불리든, 언제 먹든, 어떤 형태를 하고 있든. 이래저래 많은 담화가 오고 가는 이유는 결국 그것이 맛있기 때문일 겁니다. 맛없는 음식이라면 진즉 사람들의 선택 범위에서 제외되어 버렸겠지요.

그런 맛있는 이야기를 쓰고 싶습니다. 이 글을 읽는 분들이, 조금이라도 이야기의 맛을 느끼셨다면 기쁠 겁니다.

이미 짐작하셨겠지만 〈남극낭만담〉은 H. P. 러브크래프트
가 쓴 《광기의 산맥에서》에 대한 오마주로 쓴 소설입니다.
'냉면' 공모전에 대해 처음 들었을 때 든 생각은 요리를 소재
로 한 소설의 까다로움이었습니다. 결국 요리에 얽힌 드라
마나 요리 자체에 대한 묘사가 뛰어나야 할 텐데 저는 둘 다
자신이 없었습니다. 그렇다면 요리를 먹는 장소의 특별함에
서 승부를 걸어야겠다, 라고 생각을 하고 남극을 무대로 잡
은 이 소설을 썼습니다. 냉면은 추울 때 먹어야 맛있다고 하
는데 남극이 아무래도 가장 춥지 않겠냐는 아주 안이한 발상
덕분이었습니다. 그리고 일반적인 셰프와 남극의 셰프와의
차별점도 고민해야 했습니다. 이러한 고민은 남극 하면 역시
가장 먼저 떠오르는 것은 《광기의 산맥에서》이니 올드원을
때려잡아 냉면으로 끓여 먹자는 또 한 번의 안이한 발상으로
이어지고 말았습니다. 이런 식생활적인 접근은 《토리코》에
도 이미 나왔으니 그 작품의 명대사 하나를 따와 영향을 받
았음을 암시하기도 했습니다.

〈남극낭만담〉은 김수정의 《아기 공룡 둘리》에 대한 오마주
이기도 합니다. 기억하실지 모르겠는데 《아기 공룡 둘리》
의 1화는 둘리가 갇힌 빙하가 한강까지 떠내려오자 저 빙하
는 깨끗한 얼음이라 몸보신에 좋을 것이라 짐작한 서울 시민

들이 얼음을 다 깨서 가져가 먹는 장면으로 시작합니다. 〈남극낭만담〉이 광기의 산맥에서 올드원을 잡아다 냉면 육수로 끓여 먹는 내용으로 마무리된 것은 《아기 공룡 둘리》에 나온, 인간이 가진 욕망의 숭고함과 경이로움을 담은 묘사들을 저 나름의 방식으로 계승하는 작업이었습니다.

당연히 《아기 공룡 둘리》는 이보다 한참을 더 나아간 작품입니다. 둘리는 고대에 지구를 찾아온 외계 문명이 지구의 생물들을 개조해서 지능과 초능력을 부여한 실험의 실험체 중 하나였습니다. 그리고 빙하에 갇혀 1억 년을 헤매다 현대에 부활하여 마주친 인간(주로 고길동)의 정신을 파멸로 몰아넣고요. 이런 공통된 요소를 따졌을 때 둘리는 러브크래프트적인 캐릭터가 분명하지만 그 안에 담긴 깊이는 그 이상이거든요. 괴물이 타자와 소수자를 대변한다고 했을 때 H. P. 러브크래프트가 그들을 공포로 마주한 반면 김수정은 연민과 애환 그리고 해학으로 마주했다는 그 차이는 정말 많은 것을 말해 준다고 생각합니다. 저도 언젠가는 이렇게 경이만이 아닌 연대에 가 닿는 작품을 만들고 싶습니다. 김수정 작가님이 이룬 성취는 제 평생을 다해 따라가도 그 발치조차 다가가지 못할 위업이지만 말입니다.

마지막으로 남극 기지와 관련하여 많은 조언과 경험담을 들려주신 소재는 연구원님에게 감사의 인사를 드립니다. 저도 믿기지 않지만 여러분, 이 소설은 남극에서 활동하셨던 연구원님을 취재하고 감수를 받아 쓴 글입니다. 저는 취재를 하고 감수를 받으면 좀 더 사실적인 글을 쓰게 되지 않을까 했는데 취재를 하고 감수를 받아도 결국 쓰는 사람이 이런 사람이면 이런 글이 나온다는 사실만 깨닫게 되었습니다. 아무래도 팔자인가 봅니다.

요리 이론이나 운석의 가격 그리고 빙저호에 대한 설명 등 많은 부분이 저의 헛소리에 불과하니 혹여나 믿으시는 분이 나오지 않길 빕니다.

냉면 안전가옥 앤솔로지 01

지은이	김유리·범유진·홍지운·전건우·곽재식
펴낸이	김홍익
펴낸곳	안전가옥

기획	안전가옥
프로듀서	윤성훈
	김보희·신지민·이수인·이은진·임미나
편집	이혜정
퍼블리싱	박혜신·임수빈
디자인	금종각
서비스 디자인	김보영
비즈니스	이기훈
경영지원	홍연화

출판등록	제2018-000005호
주소	(04779) 서울특별시 성동구 뚝섬로1나길 5, 헤이그라운드 성수 시작점 202호
대표전화	(02) 461-0601
전자우편	marketing@safehouse.kr
홈페이지	safehouse.kr
ISBN	979-11-963470-2-4
초판 1쇄	2019년 2월 25일 발행
2판 1쇄	2021년 3월 31일 발행
2판 2쇄	2024년 4월 30일 발행